わくらば追慕抄

朱川湊人

角川文庫
17024

目次

扉イラスト／浅野いにお
扉デザイン／高柳雅人

澱みに光るもの

吹雪《ふぶき》――。

今にして思えば、あの人には、それ以上にふさわしい名前はないように思えます。本当に激しくて、冷たくて、あらゆるものを凍らせてしまうような目をしている人でした。

あの人のことを思い出すと、今でも首筋あたりが涼しくなるような心地がします。まるで雪女の冷たい指先で、そっと撫《な》で上げられたような気がするのです。

「あんたなんか……大嫌いよ」

あの日、彼女はそんな言葉を姉さまにぶつけました――まるで刃物を突き立てるような、鋭い口調で。

「また会えればいいわね、鈴音《りんね》」

姉さまと同じくらい白い顔に微《かす》かな笑みを浮かべると、そのままこちらに背を向けて、彼女は歩き出しました。黒い上着、黒いスカート――まるでお葬式帰りのような黒尽《ず》くめのスタイルでしたので、その後ろ姿は、闇の中に溶け込んでいくようにも見えました。さもなければ、黒い吹雪にかき消されていくようでもあったのです。

やがて彼女の姿が完全に見えなくなると、姉さまは深い深い溜《た》め息をつきました。

「ワッコちゃん……私、あの人が怖いわ」

怯《おび》えた声で姉さまは言いましたが、それは私も同じことでした。

あんなにも憎しみに満ちた目ができる人を、私は他に知りません。まるでこの世のすべてを敵と思っているような、あらゆるものの不幸を願っているような、冷たい怒りに満ちた哀しい目なのです。

吹雪——本当にあの人には、それ以上にふさわしい名前はありませんでした。

1

その人と出会うきっかけになった出来事は、昭和三十五年の六月の末に起こりました。私が中学三年生の頃で、以前にお話ししたコッ通り裏の事件——例のクラさんの一件があった、二ヶ月ほど後のことです。

その頃は、いわゆる安保闘争が頂点を迎えていた頃で、小さな子供までが、意味もわからずに「アンポハンターイ」と叫びながら、路地裏を駆け回っていたような時代でした。思い返してみると、いろいろな騒動が起こって何とも落ち着かず、いつも心のどこかがそわそわしているような毎日だったと思います。もちろん騒動のまったく起こらない日など、珍しいのですけれど。

何となく落ち着かなかったのは、時代が大きくうねっていたということもありますが、きっと私が十四歳という年齢だったからではないかと思います。ちょうど子供から大人へと成長する時期で、今までたいして使ってもいなかった頭や心を、世の中に向け始めていた頃だったのです。

みなさんにも覚えがあると思いますが、その年頃というのは、大人の目から見れば笑ってしまうほどに繊細で、不安で、不確かなものです。すでに遠く離れてしまった今、すべては美しい思い出にもなっているのですが、当時は本当に毎日が一生懸命でした。安保問題について友だちと議論を戦わせた覚えもありますし、高校受験を控えて、毎日遅くまで勉強しました。かと思うと、気になる男の子のことを何時間も考えたり、時には何にもやる気が起きなくて、意味もなく荒川の土手をどこまでも歩いてみたりもしました。

まさしく思春期の入り口——いやはや本当に、あの季節は何と忙しいことでしょう。だからこそ、その輝きは太陽のように眩《まぶ》しいのですが。

その出来事は、私がそんな毎日を送っていた頃に起こりました。ある日の午後、家に帰ろうと中学校の門を出たところで、私はある男の人に声をかけられたのです。

「おい、妹！　妹ってば」

顔を上げてあたりを見回すと、門から少し外れたところに、一台の灰色の車が停まっているのが見えました。その運転席から見慣れた男の人が、煙草を口にくわえたまま、こちらに手を振っています。一度見たら忘れられない爬虫類《はちゅうるい》のような顔の男性——警視庁の神楽《かぐら》さんでした。

「どうしたんですか、珍しいですね」

私は車の傍に行くと、運転席に顔を近づけて尋ねました。

「実は、ちょっと姉さんに用があってな。家に直接行くのはまずいと言うから、ここで君を待っていたんだ」

「張り込みしてたってわけですね……で、何の用なんです？」

「いや、たいしたことじゃないんだが」

神楽さんは、短くなった煙草を揉《も》み消しながら言いました。

「奇妙なことを聞くと思うかもしれないが、一つだけ教えてくれ。先週の金曜日の昼……君の姉さんは、どこかに出かけたりしたかな」

「えっ、姉さまですか？」

思いがけない質問に、つい声を大きくして聞き返しました。

てっきり、姉さまのあの力——人や物の思い出を〝見る〟ことができる力で、何かの事件の捜査に協力しろ……と言うのだろうと私は思っていたのです。それなのに、そんなアリバイのようなことを聞かれるとは、まったく意外でした。

「どういうことなんですか、神楽さん」

「いや、ただの確認だよ。少しもたいしたことじゃない」

「何だか、感じ悪いですね」

そう言うと、神楽さんは軽く睨《にら》むような目で私を見ました。もしかすると、ごく普通に見ただけなのかもしれませんが、三白眼なので、どうしても感じの悪い目つきになってしまうのです。

「私だって、こんなことは聞きたくないんだ。四の五の言わず、質問だけに答えればいい。先週の金曜日、上条《かみじょう》鈴音はどこかに外出したか？」

「近所で買い物くらいはしたと思いますけど……たぶん家で仕事していたはずですよ」

その頃の私の家は、二台のミシン『サチコちゃん』と『ケイコちゃん』をフル稼働させて、毎日のように縫製の仕事をしていました。原則的には暦通りで、日曜や祭日以外に休むことは滅多にありません。

「間違いないか？　日比谷《ひびや》で東大の女子学生の葬儀が行なわれた日だぞ」

その女子学生というのは、安保闘争のデモ乱入事件の時に亡くなってしまった樺美智子《かんばみちこ》さんのことです。神楽さんの言葉に、テレビで見た葬儀の様子が思い出されました。

「間違いないですよ。私が学校から帰った時も、普通に家にいましたから。でも……どうして、そんなこと聞くんです？　姉さまが何か悪いことでもしたみたいに」

私はちょっとばかりムキになって尋ねました。それまで陰ながら、様々な事件の捜査に協力してきた姉さまです。感謝されこそすれ、まるで犯罪の容疑者のようにアリバイを尋ねられる筋合いはありません。

私の言葉に、神楽さんは少しの間、黙り込んでいました。事情を説明したものかどうか迷っていたのかもしれませんが、その間に何度も瞬《まばた》きする様子が、やっぱり爬虫類を連想させます。

「妹……手間を取らせるが、今日中に交番まで来てくれるように、姉さんに伝えてくれないか」

やがて神楽さんは、どこか困ったような口調で言いました。

「大丈夫だ。それで姉さんが、どうにかなるということはない。ただ一人、頭の悪いヤツがいてな。どうしても、姉さんに聞きたいことがあるらしいんだ」

「頭の悪いヤツ？」

「あぁ、本当に血の巡りが悪くって、単細胞なヤツなんだ」

神楽さんは新しい煙草に火をつけながら、吐き捨てるような口調で言いました。

「心配だったら、君も一緒に来ていいぞ」

「お断りしたら、どうなりますか？」

私の言葉に、神楽さんは鼻から二筋の煙を勢いよく噴き出しながら答えました。

「こっちから、君たちの家に出向くことになるな」

私が家に戻ると、姉さまたちは仕事の真っ最中でした。

母さまと茜《あかね》ちゃんが並んでミシンを踏み、出来上がったものを姉さまがきれいに畳んで、段ボール箱の中に入れていきます。その様子は、ちょっとした工場のようにも見えました。

ミシンの機械音で、ろくにラジオさえ聞こえない有様です。

「ただいま」

部屋に入ると、姉さまが顔を上げてニッコリ笑ってくれました。

その日の姉さまは長い髪をカチューシャで留めて、珍しく額を出していました。姉さまは自分のオデコが広いことを妙に気にしていて（私は特に、そうは思わなかったのですけど）、いつも前髪を垂らして隠していたのです。そんな風に髪を上げるのは、珍しいことでした。

「ワッコちゃん、お帰り。ドーナッツあるわよ」

「えっ、ほんと」

私は思わず目を輝かせてしまいました。今ではどんなお菓子も手軽に食べられますが、当時はそうも行きません。まぁ、ドーナッツそのものは珍しくもありませんでしたが、私の家には滅多にあるものでもなかったのです。

「今日は忙しかったからね、お昼は赤いパン屋さんでパンを買って食べたの。そしたら、今度からドーナッツ始めましたって、サービスしてくれたのよ」

「へぇ、そうなんだ」

私はちらりと、やっぱり美人は得だな……と思いました。

姉さまが買い物に行くと、商店街のどのお店も値段を負けてくれたり、ちょっとしたオマケを付けてくれることが、よくありました。私が行っても、そういうことは滅多になかったのに……なんて捻《ひね》くれてしまうのも、やっぱり思春期だったからでしょうか。

「でもドーナッツなんて、あのおじさんも、ずいぶんハイカラになったものよね」

私は赤いパン屋さんのおじさんの顔を思い出しながら、言いました。

そのパン屋さんは、普通にお店を出しているわけではありません。リヤカーに大きな四角い木箱がつけられていて、それを自転車で引っ張ってパンを売って歩いている、いわば移動パン屋さんです。木箱は後ろが観音開きに開くようになっていて、中には何種類ものパンが並べられていました。

けれど、どちらかというと主力商品は、その場で切り売りする食パンです。木箱の中には大きな缶に入ったマーガリンやジャム、当時としては珍しいチョコレートクリームやピーナッツバターもあって、頼むと何でも好きなものを竹べらで塗ってくれるのです。記憶は朧《おぼろ》ですが、確か一枚十円くらいだったのではないでしょうか。公園や神社の近く、あるいは家がぎっしりと集まったところに売りに来て、よく子供がおやつに買っていたものでした。そのリヤカーの木箱がペンキで真っ赤に塗られていましたので、通称『赤いパン屋さん』というわけです。

売っているのは五十歳くらいの痩《や》せたおじさんでした。鼈甲縁《べっこうぶち》のメガネをかけて、たいてい白い野球帽をかぶっていましたが、いつ見てもニコニコしているので、とても子供たちから慕われていたものです。

「で、そのドーナッツは、どこにあるの？」

「お台所の水屋《みずや》の引き出しの中。ちゃんと手を洗ってから食べるのよ」

まるで母さまのような口調で、姉さまは言いました。

「ちょっと、ワッコちゃん」

私が仕事部屋を出ようとすると、リズミカルにミシンを踏んでいた茜ちゃんがピタリと動きを止めて、不満げに口を尖《とが》らせました。

「いい加減に気づいてよ、これに」

そう言いながら示したのは、自分の左腕にしがみついている黒いビニール人形です。

「あっ、ダッコちゃん！」

「いつ気がつくかと思ってたのに、ドーナッツの話ばっかりして。じれったいったら、ありゃしない」

まるでハイキングにでも行く時のように頭にスカーフを巻いた茜ちゃんは、口を尖らせて言いました。

「よく手に入ったね、茜ちゃん」

「同じアパートにいるデパートガールの人に頼んだのよ」

ご存じの方も多いかと思いますが、この頃、この『ダッコちゃん』というビニール人形が、爆発的なブームになっていました。二十センチくらいの大きさで、手足が抱きつく形になっていて、腕や柱にくっ付けることができます。角度によって表情が変わるシールが目に貼ってあり、動かすたびに目をパチパチさせました。本当の商品名は『木のぼりウィンキー』というそうですが、ダッコちゃんという呼び名の方が一般的です。

「私も欲しい！」

「そう言うだろうと思って、ちゃんと頼んどいたから。もうちょっと待っててね」

茜ちゃんは、そう言いながらダッコちゃんのようにウインクしました。

「やっほう！」

思わず跳び上がると、仕事中だけ掛けているメガネを下にずらしながら、母さまが私を睨みました。

「これっ、和歌子《わかこ》！　何ですか、はしたない」

「あ……ごめんなさい」

その母さまの顔を見て、私は神楽さんのことを思い出しました。ついさっきまで覚えていたのに、ドーナッツとダッコちゃんで、すっかり頭から飛んでしまっていたのです。

「姉さま、ちょっと」

私は台所に姉さまを呼び、神楽さんの話をしました。

「金曜日も何も、ここのところ梅田《うめだ》から出ていないけど、いったい何なのかしらね」

話を聞いた姉さまも、不思議そうに首を傾げました。もちろん警察にアリバイを尋ねられているということにも、驚いているようです。

「でも、家に来られても困っちゃうから……後で、お使いのついでに行ってみるわ」

もちろん、その時は私も一緒に行くつもりでした。

2

私と姉さまが交番に行ったのは、夕方の五時過ぎのことです。忙しい母さまに代わって夕飯の買い出しに行くことにして、二人で家を出ました。

人を待たせているということは十分承知していましたが、姉さまは先に買い物を済ませました。神楽さんの話がどれだけ長くなるかわからないので、するべきことは、ちゃんとやっておこうというわけです。

「なんだい、ワッコちゃん。人を待たせているっていうのに、カゴから大根なんか覗《のぞ》かせて」

交番に着いた時、その前に立っていた秦野《はたの》さんが目を丸くして言いました。

秦野さんは、姉さまの不思議な力のことを神楽さんにばらしてしまい、以後、事件の捜査に協力するようになるきっかけを作った人です。若くて元気なのはいいのですが、ちょっとばかり間の抜けたところがあるのが欠点でした。

「しょうがないでしょ、こっちにも都合ってものがあるんだから」

「さっきから、神楽さんたちがお待ちかねだよ」

そう言いながら秦野さんは、奥の部屋に繋《つな》がる扉を開けました。そう、確か神楽さんとは別に、誰かが一緒に来ているはずです。血の巡りが悪くて、単細胞で、頭の悪い人が。

「やっと来たか、上条姉妹」

部屋の中には神楽さんと、ずいぶんガッチリとした体つきの別の男の人がいました。ヤクザのように強面《こわもて》で、何となく見た覚えもあります。

「うわっ、ちょっと窓開けてください。こんなんじゃ、姉さまが倒れちゃう」

部屋に足を踏み入れると、部屋の中は煙草の煙に満ちていました。私も多少はガマンできるというものの、あれだけきついと、さすがに頭がくらくらします。

「来るなり文句言いやがる」

神楽さんと一緒にいた男の人が、苦笑いを浮かべながら小さな窓を開けました。その顔に似合わない声を聞いて、私はその人が誰であったかを思い出しました——苦界《くがい》にいた頃の管理者に連れ去られた茜ちゃんを取り戻す時に会った、愚連隊の係をしている刑事さんです。確か名前は……。

「こいつのことを覚えてるかね」

「立花《たちばな》さんですよね。お久しぶりです」

私なんかよりもずっと頭のいい姉さまは、ちゃんとその人の名前まで覚えていました。

「こんな可愛いお姉ちゃんに覚えていてもらえるなんて、光栄なこったね」

「一般人にそういうことを言うと、訴えられるぞ」

立花さんの軽口を神楽さんが制しました。何だか、前にも見たことがある光景です。

「わざわざ来てもらってすまなかった。まぁ、掛けてくれ」

神楽さんは姉さまに椅子を勧めましたが、どう考えても私が坐《すわ》る場所はありませんでした。どうやら最初から、おミソ扱いのようです。

「早速だが……先週の金曜日、お姉ちゃん、どこかに出かけなかったかい」

立花さんは、ずいぶん馴《な》れ馴れしい口調で尋ねました。いつも愚連隊を相手にしているせいでしょうか、顔は笑っていても、妙に威圧的な感じがします。

「いいえ、ずっと家にいました」

それでも、姉さまは怖《お》じることなく答えました。昔は神楽さんと話すことさえうまくできなかったのに、ずいぶん強くなったと思います。

「最近、銀座には行ったかね」

「この間、映画を観に行きましたけど……『太陽がいっぱい』というやつです」

「あぁ、あれは面白いらしいな」

思いがけず神楽さんが呟《つぶや》いたので、私は少し驚きました。神楽さんが映画に関心を持っているとは思わなかったからです。

「じゃあ、この人に会ったことはあるかい？」

そう言いながら立花さんは、上着の内ポケットから警察手帳らしいものを取り出し、挟んであった写真を姉さまの顔の前に突き出しました。

その時の立花さんの目つきが、今まで以上に鋭くなっているのを私は見逃しませんでした。おそらく、写真を目にした時の姉さまの表情の変化を、どんな些細《ささい》なものでも見逃すまいとしていたのでしょう。

「いえ、たぶんないと思いますけど……とても素敵な方ですね」

姉さまは写真を見ながら答えました。写っていたのは、着物姿の上品そうな三十歳くらいの女性──髪をきれいに結い上げて、涼やかな目元をした人です。

「納得したか、立花」

「あぁ、大いに納得した。この子は関係ないな」

神楽さんたちは、そう言いながら顔を見合わせ、笑いました。私たちには何のことやら、さっぱりわかりません。

「すまなかった、上条鈴音。こいつは人のウソを見破ることにかけては、絶大な自信を持っているんだ。だから、どうしても自分の目で君の反応を見たいと言ってな……手間をかけさせた。もう帰っていいぞ」

今度は私たちが顔を見合わせる番です。

「ちょっと神楽さん、それってひどくないですか」

どうせ姉さまは抗議しないだろうと思ったので、かわりに私が噛《か》み付きました。

「わざわざ呼んどいて、自分たちが納得したから、もういいぞ……なんて。バカにしてますよ」

「おう、威勢がいいなぁ」

立花さんは顔をくしゃくしゃにして笑いました。

「そうなんだよ……妹の方は、うるさいくらいに元気がよくてな。昔、この子に噛まれた傷が、まだ手に残ってるくらいだよ。姉さんとは、いいコンビだ」

「そんな話をしてるんじゃありません！」

私は拳《こぶし》で机の上を思いっきり叩《たた》きました。じぃんとした痺《しび》れが、指の方から伝わってきます。

「わっ、びっくりした」

けれど私のパフォーマンスに一番驚いた顔をしたのは、姉さまでした。

「あ、ごめんなさい……とにかく、少しぐらい説明してくださいよ。もしかして姉さまが、何か悪いことに加担しているとでも思ったんですか」

「お嬢ちゃん、そうカッカしなさんな。おしっこが漏れちゃうぞ」

「おい、一般人にそういうこと言うと訴えられるぞ」

さっきと同じような掛け合いをした後、神楽さんは言いました。

「実はこっちの立花は、ユスリ、タカリの係もやっていてな。今、扱っている事件で、ちょっと困ったことになってるんだ。あまり詳しくは話せないんだが」

「いや、神楽、いいこと思いついたぞ」

神楽さんの話の途中で、立花さんが割り込んできました。

「どうせなら、いっそお姉ちゃんに協力してもらったらどうだ？　例の名刺を〝見て〟もらえば、何かわかるかもしれないぞ」

「気楽に言うなよ。力を使うと、体に負担がかかるんだ。ポンポン頼んでいいもんじゃない」

「お前がいつも頼んでるような、えぐい現場が見えるわけじゃないと思うんだがな」

そうです――神楽さんは基本的に殺人事件を担当しているので、頼まれて〝見る〟ものは、血なまぐさい惨劇の場面であることがほとんどです。あまりに酷《むご》い事件現場を見て、一時期、姉さまは体調を崩したことがあるほどでした。

「よろしかったら、やらせていただきますけど」

神楽さんと立花さんとの会話を聞いていた姉さまが、自分から口を開きました。

「そのかわり多少の事情を教えていただければ、かなり楽になります」

神楽さんはしばらく頭を掻《か》いていたかと思うと、やがて仕方ない……という顔をして、ゆっくりと話し始めました。

けれど、姉さまにとっては――むろん私にもですけれど――その話は、その後の人生に大きな影響をもたらす事件の始まりにもなったのです。

3

「まず、この人だが……どこの誰とは言えないが、ある会社の社長の奥さんなんだ。名前を聞けば、子供でも知っている会社さ。たぶん君たちにもわかる」

神楽さんは机の上に、さっき立花さんが姉さまに見せた写真を置いて言いました。

私も改めて写真の女性を見ましたが、本当に清楚《せいそ》な印象の方でした。どこか日本庭園のようなところを背景に、四角い飛び石の上に美しい姿勢で立っています。きっと着ている着物も上等なものなのでしょうが、中学生の私にはわかりませんでした。

「この人は三日前に、服毒自殺した」

「えっ」

私と姉さまは同時に声をあげました。

「大丈夫だ。幸い発見と処置が早かったので、命だけは取り留めた」

「そんなお金持ちの家の奥さんが自殺なんて……どうしてですか？」

今はいろいろ事情が変わっているようですが、当時は自殺の原因といえば、生活苦や多額の借金などが一番多かったような気がします。

「強請《ゆす》られてたんだよ」

私の横に立っていた立花さんが、口を挟みました。

「どうも何者かに重大な秘密を握られていて、それをネタにかなりの額の金を要求されたらしいんだ。しかし、いくら有名な会社の社長夫人と言ったって、亭主にバレないように動かせる金額なんて、たかが知れてるだろう。どうやら犯人は、それ以上の金額を要求したらしいんだな。それでにっちもさっちも行かなくなって、可哀想に、茶碗《ちゃわん》一杯の農薬を一気飲みだ」

立花さんの口調は粗野でしたが、不思議と温かみもありました。神楽さん同様、この人も、見かけほど悪い人ではないようです。

「さっきも言ったが、今はもう意識も取り戻しているし、会話もできる。そこで立花が事情を聞いてみたらしいんだが、強請ってきたのは——若い女らしいんだ」

「えっ、女の人なんですか？」

私が思わず声を大きくした時、部屋に秦野さんが入ってきました。同時に神楽さんたちは口を閉ざし、ピタッと話をやめてしまいました。けれど秦野さんは話に加わろうとしているらしく、部屋の隅に立つと、どこか緊張した面持ちで腕組みします。

「なんだ、秦野……何か用事か？」

「えっ？　そうおっしゃられても困りますが……私も話に交ぜてくださいよ」

「いや、ダメだ」

気さくな態度で秦野さんの肩を叩きながら、立花さんは言いました。

「お前にはお前の仕事がある。そっちをやっててくれ」

「そんな……どうして民間人のワッコちゃんたちが良くて、警官の僕がダメなんですか」

「どうしてって言われてもなぁ」

立花さんは秦野さんの両肩を持つと軽々と体を反転させ、扉を開けて押し出そうとしました。

「ちょ、ちょっと待ってください、立花さん。僕は納得できません。ワッコちゃんなんて、まだ中学生じゃないですか。いいんですか？」

「ギャアギャアうるせえなぁ」

「納得できませんよ、ぼかぁ」

「わかった、わかった」

秦野さんは強引に押し出され、立花さんは素早く扉の鍵《かぎ》をかけました。その後もしばらく秦野さんは扉を叩いていましたが、やがて静かになるのを確かめて、神楽さんは呟《つぶや》きました。

「話を知っている人間は少ない方がいいからな……妹は姉さんとワンセットみたいなものだから、仕方ないだろう」

特別扱いされていることに嬉《うれ》しくもありましたが、ちょっとだけ秦野さんがかわいそうにも思えました。まぁ、仕方ありませんが。

「強請ってきたのは、若い女だっていうところまで話したな」

神楽さんは何度か咳払《せきばら》いをすると、話を続けました。

「この奥さんは、金曜日に日比谷公会堂で行なわれた樺美智子の葬儀に参列して、そのまま銀座に買い物に向かったんだ」

銀座と聞いて、すぐに森永《もりなが》キャラメルの大きな広告が私の頭に浮かびました。ビルの上に載っている大きな球体で、古い映画で銀座のシーンがあれば必ず大映しになる、まさしく当時の銀座のシンボルです。確かこの頃、まだ三愛《さんあい》はなかったでしょう。

「詳しい場所は特定できないが、どこかの通りで突然、それまで見たこともない若い女が、この奥さんの前に現れたんだ。髪が長く、妙に白い顔をした美人らしいが、葬式帰りみたいな黒尽《ず》くめの恰好《かっこう》で、どことなく良家の子女風だったそうだが……腕にはダッコちゃんをつけていたらしい」

「ダッコちゃんって、あのお人形の？」

「そう、あのダッコちゃんだ」

神楽さんが真剣な表情でその言葉を発音すると、何だか笑いたくなるような気がしました。

「女は奥さんを呼び止めたかと思うと、名刺のようなものを差し出して……その後、どうしたと思う？」

水を向けられた姉さまは、静かに首を捻《ひね》りました。

「どういうわけか、その奥さんの頭の上の方を、じっと見ていたらしいんだ。目を大きく開いたり、細めたりしながらな」

「えっ」

その言葉に、私は思わず声をあげました。その方法は——姉さまが、あの力を使う時の方法とまったく同じではありませんか。

「奥さんは気味悪くなって、逃げようとしたらしいんだが……その時、その女が、誰も知らないはずの重大な秘密を、事も無げにしゃべったらしい」

「秘密って、いったい……」

「それは私たちにもわからないし、仮にわかっていても、教えられるはずがないだろう」

それは確かにそうでしょう。我ながらバカなことを聞いたものだと思いました。

けれど同時に、かなりのショックを感じていたのも本当です。

黒尽くめの恰好をした女の人は、おそらくは姉さまと同じ方法で、その奥さんの中を〝見た〟に違いありません。つまり、その人は姉さまと同じ力を持っている……ということになります。

姉さまの方を見ると、椅子に腰掛けたまま、まるで魂が抜けたような顔をしていました。きっと私以上に驚いていたのでしょう、悲惨な事件現場を見た時でさえ、あんな顔をしていたことはありません。

「この話を聞いて立花が、真っ先に君のことを思い出したのも無理ない話だと思うだろう？　そんな芸当ができる人間がゴロゴロいるとは、とても思えないからな」

まったく、その通りです——あんな不思議な力を持っている人間が姉さまの他にいるとは、妹の私でさえ思えませんでした。

「今まで口には出さなかったが、確かに君の力は危険なものだ。使い方しだいでは、どんな秘密も暴くことができるんだからな」

神楽さんは、どこか重たげな口調で言いました。

「けれど……いろいろ言ってみても、君とはそれなりに長い付き合いだ。初めの赤坂の事件から数えても、そろそろ三年になるだろう」

ソ連がスプートニクを打ち上げたのと同じ年ですから、赤坂の事件は昭和三十二年の出来事です。

「その間、君のことを見てきたわけだが、どう考えても君がそんなことをするとは思えなかった。第一」

そう言いながら神楽さんは、どこか笑いを含んだ目をチラリと私に向けました。

「騒々しい妹がくっ付いていないのが、何よりおかしいじゃないか」

自分も、変なところで役に立っているものだな――私は思いましたが、もちろん騒々しいは余計です。

「だから私は早々に、おそらく君と同じ力を持った人間が、もう一人いるのだと思ったんだが……コイツは、そういう風に考えられなかったらしくてな」

「いや、どんな可能性も、全部考えてみるのは当然だ。それに」

立花さんは狭い部屋の中を、所在なげに歩きながら言いました。

「さっきの奥さんの写真を見た時の反応で、このお姉ちゃんは無関係だろうと確信はしている。けれど疑いが、まったく消えたわけじゃない」

「えっ、なぜですか」

「当然だろう」

ほんの一瞬、鋭い表情になって、立花さんは私の言葉に答えました。

「他にできる人間がいなければ、ただ一人、それができる人間が疑われる。中学生でもわかる理屈だ」

確かに、その時の私でも十分に理解できました。

「それに……このお姉ちゃんの仲間ということも考えられるだろ」

「仲間？」

うつむきかけていた私は、思わず顔を上げました。

「そんな言い方、やめてください。姉さまの家族は、私と母さまと……」

「家族という意味じゃない。同じ千里眼の仲間だ。人間離れした、バケモノみたいな連中のことだよ」

「立花！」

神楽さんは椅子から立ち上がり、立花さんの上着の肩を掴《つか》みました。

「そんな言い方はよせ。彼女は普通の人間なんだ」

「神楽、本気で言ってるのか？　人の頭の中を覗《のぞ》ける人間の、どこが普通だって言うんだ」

うるさそうに神楽さんの手を振り払い、立花さんは姉さまの顔を覗き込んで言いました。

「なぁ、お姉ちゃん、知っていたら、教えてくんないか？　あんたみたいなことができる人間が、他にもいるんだろう？」

あぁ、きっと姉さまは泣いてしまう——私は思いました。あんなひどいことを恫喝《どうかつ》するような口調で言われて、姉さまが耐えられるわけがないのです。

けれど、姉さまはじっと立花さんの顔を見つめたまま、何も言い返しませんでした。

「まさか、俺の中を見てんじゃないだろうな」

やがてハッと気づいて、立花さんは慌てたように姉さまの前から離れました。

「私は今まで、自分と同じことができる人に会ったことはありません」

しばらく経って、静かな声で姉さまは言いました。

「ですからバケモノみたいな千里眼の仲間もいませんし、その黒い服を着た女の人が誰なのかも知りません。ですけど……もし私と同じような人がいるなら、会ってみたいとは思います」

あぁ、姉さまはとても強くなったんだなぁ――その姿を見て、私は思いました。

昔の姉さまなら、とうに涙を見せているはずです。神楽さんの言葉ではありませんが、この三年の間に多くの悲しい風景を見つめ、いろいろな人間の姿を見てきたことで、きっと姉さまは強くなったのでしょう。

「立花さん、さっき名刺がどうとか、おっしゃってませんでしたか？」

冷静な声で、姉さまは尋ねました。

「あぁ、これだ」

立花さんは再び警察手帳を取り出し、その中から一枚の名刺らしきものを取り出しました。けれど、それを名刺と呼ぶのは、ちょっと奇妙な気がしました。

白いカードに薄く薔薇《ばら》の絵が描いてあり、それを背景に、ただ三文字――『薔薇姫』とだけ書かれているのです。他には住所も電話番号も書かれていませんでした。

「その黒尽くめの女から、社長夫人が渡されたものだ。いったい、何のためかはわからないが……ちょっとした挨拶《あいさつ》のつもりなのかもしれないな」

「薔薇姫……」

姉さまはその名刺を見つめながら、呟《つぶや》きました。まるで童話に出てくるお姫さまのようです。

「これを見れば、奥さまに渡した人間の姿を見ることができます。そうすれば、よろしいんですね？」

「頼めるか、上条鈴音」

「やってみます」

神楽さんの言葉に、姉さまは答えました。

やがて名刺の端を右手で持つと、その手をいっぱいに伸ばし、深呼吸を始めました。目を細めたり見開いたりを、ゆっくりとしたタイミングで繰り返しています。

「……見えてきた」

やがて静まり返った部屋の中で、姉さまの声だけが静かに響きました。

「さっき、神楽さんがおっしゃったみたいに、黒い洋服を着ています。いえ、洋服と言うより、ドレスと言った方がふさわしいかもしれません。襟元にサテンのフリルがついていて……スカートも丈が長くて、脚が完全に隠れているくらいです。素敵なスカートだわ……パッと見ると黒一色のようですけど、黒に近い灰色で、細かい模様が入っているみたいです。まるで舞踏会の帰りか、黒いフランス人形みたい」

姉さまの言葉を聞きながら女性の姿を想像しましたが、私には今ひとつピンと来ませんでした。今でこそ自由で個性的なおしゃれを楽しむ人が増えましたけれど、さすがに昭和三十五年頃となると、黒いフランス人形のようなスタイルで街を歩いている人がいるとは、とても思えなかったからです。

「右手には、黒地に赤い線が入ったハンドバッグを提げています。このカードは、そこから取り出されたみたいですけど……持つところが金色の鎖になっていて、とてもおしゃれな感じがします。そんなに素敵なコーディネートをしているのに、二の腕にダッコちゃんをつけるのは、やっぱり、どうかと思いますね」

姉さまの言葉に、珍しく神楽さんが声を出して笑いました。

「服は着替えてしまったら終わりだからな。顔の特徴を言ってくれ」

いつのまにか手帳を取り出していた立花さんが、鉛筆の先を舐《な》めながら言いました。その十数分前に、姉さまのことをバケモノ扱いしたくせに、大人はズルいものです。

「えぇっと……髪は長くて、胸元くらいまであります。全体が艶《つや》やかで、きれいにウェーブしています。たぶんパーマネントをかけているんでしょう」

「パーマネントね。そもそも何歳くらいの女なんだ？」

「それが……すごく大人っぽくも見えるんですけど、笑った顔なんかは、高校生くらいにも見えます。笑窪《えくぼ》が出て、とても可愛らしい人ですよ。きれいな歯並びをしていますけど、左右の糸切り歯が妙に大きくて、ちょっと牙《きば》みたいにも見えます」

姉さまはカードを見ながら、その持ち主の女性の姿を次々に説明しました。

おそらく知らない人が見れば、どこまで的中しているかわかったものではない……と疑問に感じるところでしょう。けれど、もう長い間、姉さまのこの力に接してきた私には、それが百発百中であるのは疑いようもないことです。

「他に、何かわかることがあるかい」

女性の特徴を一通り聞いた後、一段落してから立花さんは尋ねました。

「このカードを作ったところですけど」

「わかるのか？」

立花さんと神楽さんが、同時に顔を上げます。

姉さまの力は、まさしく自由自在です。その気になれば、花粉くらいの大きさの宇宙塵《じん》から、それが目撃したはずの地球の姿を見ることとさえできるのです。ただし姉さまの体力が続けば……の話ですが。

「いえ、どことはっきり言えるわけではありませんけど、どこか小さな印刷屋さんで作ったようです。作ったのは高齢の男の人で、ずいぶん度の強そうなメガネをかけています。すごく痩《や》せていて、何だか気難しそうな感じの人ですけど……あと印刷屋さんの窓が開いていて、そこから奇妙な形の建物が、小さく見えています。何だか外国の建物みたいな……先が丸くなった、塔のような建物の先っぽです」

「外国の建物？　お姉ちゃん、この名刺を作ったのは日本じゃないってのか？」

「いえ、日本でしょう。印刷屋さんの壁にかかっているカレンダーが、ちゃんと今年のものので……暗くなっていてよく見えませんが、何とか信用金庫と書かれていますから」

「上条鈴音、もう少しがんばって、そのカレンダーがどこのものか見えないだろうか。もちろん、君に無理がかからない範囲で構わないんだが」

中学生の私でも矛盾しているとわかるようなことを、神楽さんは言いました。それは心臓の鼓動を速くすることなく走れ……と命じているようなものです。

「やってみます」

それでも姉さまは深く息を吸い込み、いったん止めると、逆にその息を惜しむように吐きながら目を細めました。部屋の中が静まり、誰もが姉さまに注目しました。

（本当に、なぜなんだろう）

その姉さまの横顔を覗き込みながら、私は考えました。

実は私には、不思議でならなかったのです。姉さまが力を使っているのを見るたびに、どうして、ここまでがんばるのだろう……ということが。

もちろんこんな力が、ごく普通の女性に過ぎない姉さまに与えられたことも、不思議と言えば不思議です。特に神秘的な修行をしたわけでもありませんし、遺伝的に受けついだわけでもありません。あくまでも、たまたま与えられてしまった力なのです。けれど、もし姉さまがイヤならば、使わなくてもいいのです。普通に生きている限りは、使う必要など、まったくないでしょう。

以前にもお話ししましたように、神楽さんに難事件の現場を見るように頼まれるようになった原因を作ったのは、確かに幼かった私です。けれど、姉さまがイヤだと首を振れば、神楽さんも無理にとは言わないでしょう。冷酷そうな顔に似合わず、神楽さんはそういう人です。

それなのに姉さまは、神楽さんに頼まれると必ず協力してしまいます。嫌なもの、惨《むご》たらしいものを見るのだとわかっていながら、姉さまは事件現場に出かけていくのです。ひき逃げ犯の幼い弟の手術代や茜ちゃんの救出など、こちらもお願いを聞いてもらっているので、まったくのタダ働きというわけではありません。持ちつ持たれつ、という面もあったでしょう。けれど姉さまは、時には頼まれた以上のものまでも見ようとします。

それはいったい、なぜなのでしょうか。

自分の心や体を傷つけてまで、どうして姉さまは真実を見ようとするのでしょう――まさか、好奇心ではないとは思うのですが。

「暗い……もう少し明るければ、信用金庫の名前が見えるのだけど」

見始めてから、十分ほどが過ぎていました。力を使う時間としては、かなり長い方です。

「やっぱりムリか……上条鈴音、もういい。体に負担がかかる」

「いえ、もう少し。もう少しで」

そう言った次の瞬間、姉さまはふっと目を閉じ、大きく息を吐きました。

「見えました」

神楽さんと立花さんが嬉《うれ》しそうに顔を見合わせましたが、私は気が気ではありませんでした。前に力を使い過ぎて、一週間近く寝込んだことがあるからです。

「信用金庫の名前は見えませんでしたけれど、その次の神田《かんだ》支店という言葉が見えました。このカードを作った印刷屋さんは、おそらく神田の近くにあると思います」

「奇妙な形の建物というのは、たぶん駿河台《するがだい》のニコライ堂だな」

満足げに神楽さんが言いました。

「神田近くの西洋建築と言えば、真っ先に思いつくのはそいつだ」

ニコライ堂は駿河台にあるキリスト教の教会です。正式には日本ハリストス正教会教団復活大聖堂といい、明治二十四年にロシア人主教のニコライが建てたものとして知られています。

「つまり名刺を作った印刷屋は、ニコライ堂が見える範囲にあるってことだな。あれは坂の途中にあるが、見える範囲は、そう広くないはずだ」

立花さんと神楽さんは満足げにうなずきました。

「お姉ちゃん、ニコライ堂は、印刷屋の窓のどっち側に見えたんだ？」

どこか浮き浮きとした口調で、立花さんはさらに姉さまに尋ねました。

4

「それでリンちゃんには、どんな人が見えたの」

それから数日後の昼下がり──私と肩を並べて細い路地を歩きながら、茜ちゃんは尋ねました。七月に入ったばかりの土曜日のことです。

「すごくきれいな人だったらしいけど……どう説明すればいいか、わかんないなぁ」

「芸能人の誰かに似ていたとか、いろいろ言い方があるでしょうが」

「だって、私が見たわけじゃないんだもん」

私はぷっと頰を膨らましました。

「もう、じれったいなぁ」

そう言いながら茜ちゃんは両掌《りょうて》で私の頰を挟み、左右からギュッと押し潰《つぶ》しました。つぐんだ私の口から息が漏れて、ぶぶっと間の抜けた音が漏れます。

「やだ、ワッコちゃん、オナラした」

茜ちゃんはそう言うと鼻をつまみ、顔の前でパタパタと手で煽《あお》ぐ真似をしました。けっこう大きい声でしたので、先を歩いていた子供が、わざわざ振り向いていています。

「ちょっと、茜ちゃん！　ひどいわね、もう」

花も恥じらう女子中学生に、その手の冗談は禁物です。私は茜ちゃんをぶつ真似をしました。

「あははは、ごめん、ごめん」

私の拳《こぶし》を掌《てのひら》で受け止めながら、茜ちゃんは陽気に笑いました。

「でも、リンちゃんがあんなに元気をなくしちゃうんだから、きっと何か感じるものがあったんでしょうね」

ひとしきり騒いだ後、どこかお姉さんぶった口調になって、茜ちゃんは眉《まゆ》を寄せました。

「やっぱり自分と同じ力がある人が別にいて、その力を悪いことに使っていると知れば……いくら関係ないとは言っても、姉さまがへこむのも無理ない気がするの」

「そうね……確かに、リンちゃんらしい話かな」

例の薔薇《ばら》姫《ひめ》の名刺を見た時から、姉さまはどことなく元気がなくなってしまいました。

初めは、いつかのように力を使い過ぎたのかと思ったのですが、どうやら、そうではないようでした。寝込んだりするわけではなかったのですが、ふと気がつくと、何か考え事をしているようにボンヤリとしているのです。どうしたの……と問いかけると、すぐに笑って「何でもない」と答えるのですが、その笑顔も何だか無理やりで、心の底からのものでないということが一目瞭然《いちもくりょうぜん》でした。

「でも、これぱっかりは……私たちには、どうにもできないわねぇ」

路地を歩きながら、茜ちゃんは力ない声で呟《つぶや》きました。

「そんなに簡単に言わないでよ。そこを何とかしたいから、茜ちゃんに相談してるんだから」

「そりゃ、そうだろうけど」

茜ちゃんは、スカーフ越しに頭を掻《か》きながら言いました。姉さまの元気を取り戻すために、どうすればいいか——その相談をするために私は、半ドンで仕事から帰る茜ちゃんについて来たのです。

「じゃあ明日あたり、みんなでパァッと、どこかに遊びに行こうか？　どう、上野あたりは」

「それもいいけど、私、お金ないわよ。茜ちゃん、奢《おご》ってくれる？」

「うむむ、それを言われると、拙者も辛《つら》いでござる。お給料日は先でござるからな」

もともとは縫い物と行儀を習うためにうちに通っていた茜ちゃんでしたが、その頃は、ごく普通にお給料をもらうようになっていました。もちろん高給待遇というわけではなかったのですが、一般的な目で見ても妥当な額だったと思います。

「あ、赤いパン屋さんだ」

ちょうどその時、路地の向こうに、小さな鐘を鳴らしながら走っていくパン屋さんが見えました。大きな赤い箱を、いつものようにリヤカーに載せて引っ張っています。

「あれくらいなら奢ってあげられるけど、いかがでござるか」

「いいでござるな」

私と茜ちゃんは顔を見合わせると、まるで誰かに背中を押されたみたいに、同時にパン屋さんに向かって駆け出しました。

赤いパン屋さんの目的地は、そこからすぐ近くの児童公園でした。その入り口近くにリヤカーを停め、おじさんは手にしたベルをガランガランと振りました。何人かの子供が立ち乗りしていたブランコから鮮やかに飛び降りて、わぁっと駆け寄ってきます。

「おじさん、今日、遅かったじゃねぇかよう。俺はもう腹が減って、ぶっ倒れそうだ」

「おう、悪い悪い。何せ今日は土曜だろう？　商売繁盛でなぁ」

パン屋のおじさんは、集まってきた子供たちの頭を一人ずつ撫《な》でながら笑いました。こんな風におじさん自身が子供好きなのですから、子供たちもおじさんが好きなのでしょう。

「俺だって、まだ昼食ってないんだからさぁ」

「わかった、わかった。サービスしてやっから、ブウブウ言うな」

そう言いながらおじさんは、かぶっていた野球帽のツバをクルリと後ろに回しました。

今は公立小学校も土曜日は完全にお休みだそうですけれど、昔は午前中だけはありました。給食がないので、たいていの子供は家で昼を食べてから遊びに出かけるのですが、中には、こんな風に買い食いで済ます子供もいたようです。

「よっこらしょ」

おじさんはリヤカーの方に回ると、観音開きの扉の取っ手に巻かれていたゴム紐《ひも》を解き始めました。

「おじさん、俺、チョコね」

「ほいほい、もうちょっと待ってって」

焦《じ》れて地団太踏むように跳ねている子供に笑いかけながら、おじさんは扉を開きました。途端に美味《おい》しそうな甘い匂いが、赤い箱の中から流れてきます。集まっていた子供たちは、まるで魔法の粉でも嗅《か》がされたみたいに、うっとりとした顔つきになりました。

赤い箱の中は、実に機能的に整頓《せいとん》されていました。

正面から見ると、全体の四分の一ほどの高さのところに棚が作ってあり、そこにはビニールで包装された何種類かの菓子パンが並べられています。あんパンやメロンパン、クリームパンなどですが、前にも言った通り、これは主力商品ではありません。おじさんもそう思っているせいか、並べられている数も、それぞれ二、三個程度でした。主力はあくまでも、その棚の下で切り売りする食パンなのです。

手前には食パンを切るためのまな板が置いてあり、その奥には、ピカピカ光るブリキ缶がいくつも並んでいました。それぞれの中にはマーガリンやジャムが、みっちりと入っているのです。珍しいチョコクリームやピーナッツバターは、ちょっと小さめのブリキ缶でした。

それぞれの隙間には、パン切り包丁（ちゃんと子供の手が届かないように、一番奥にしまってあるのです）や、マーガリンを塗るための竹べらが差し入れてありました。それはおそらくおじさんの手製だったに違いありませんが、十分に年季の入ったもので、すでに道具としての美しさを感じさせるほどでした。

他にはお金を入れた小さなザル、おじさんが一服つけるための煙草が、いつも同じ配置で置いてありました。私がまだ幼い頃から赤いパン屋さんは公園や神社の境内に来ていましたが、記憶している限り、その位置が変わったことはなかったように思います。

「よーし、みんな、一列に並んで」

支度を終えたおじさんは、大きく手を打って言いました。集まっていた十人ほどの子供は、椅子取りゲームをしているようにひと騒ぎした後、きれいに一列に並びました。

「よーし、何にする？」

「俺、マーガリン」

先頭に並んだ子が言うと、おじさんは手前に並んだブリキ缶のフタを少しずらして、竹べらの先端を突き刺しました。左手にはすでに、ほどよい厚みに切った食パンを持っています。

「よっ」

おじさんは小さな掛け声をかけながら、マーガリンをすくった竹べらで食パンを一撫で二撫でしました。その塗り方は、まさしく絶妙です。パンの端から端まで隙間なく、しかもほどよい厚みで――きっと、食べることに関してはうるさい子供たちを相手にしている間に、体得した技術なのでしょう。

おじさんは慣れた手つきで、並んでいる子供たちのリクエストを、どんどんこなしていました。やはり一番人気は、一枚十円のマーガリンパンです。チョコクリームやピーナッツバターは十五円なので、子供には手が出しにくかったのでしょう。またイチゴジャムパンも十円でしたが、あまり売れていないようでした。これは単純に人気の差でしょうか。

「うわぁ、美味しそうねぇ」

ご機嫌な表情で食パンにかぶりついている子供たちを見ながら、茜ちゃんは体を震わせました。私もつられて、尋ねます。

「茜ちゃん、何にする？　やっぱりマーガリン？」

「ふん、わかってないわね」

茜ちゃんは私の肩をポンと叩《たた》くと、腰に手を当てた気取ったポーズで、おじさんの方に歩き出しました。おじさんは並んだ子供をすべてこなし、ちょうど一息ついたところでした。

「おじさん、ピーチョコ・ダブルで二つね」

聞きなれない言葉に、まわりにいた子供たちが振り向きます。

「はいよっ、ピーチョコ・ダブルね」

おじさんはやたらと張り切った声を出し、ポンと手を打ちました。

「はい、おまちどうっ」

出てきたのは、何のことはありません、チョコレートクリームを塗ったパンとピーナッツバターを塗ったパンを二枚重ねたものでした。なるほど、確かにピーチョコ・ダブルです。

「ふふん、そんな単純なものじゃないのよ」

たいしたことないじゃないの――私がそう指摘すると、茜ちゃんは鼻で笑いました。

「食べてみればわかるわよ」

言われるままに齧《かじ》ってみると、ちょっと驚きました。ピーナッツバターの上に、さらに一層、マーガリンが塗ってあったのです。

「混ざらないようにマーガリンを塗るなんて、おじさんにしかできない名人芸だわ」

茜ちゃんは美味しそうにパンを頬張りながら言いました。

確かにその通りです。しかも味わいのまったく違うチョコレートクリームとピーナッツバターが、間にマーガリンが入ることで、妙にふんわり調和しているように感じられるのでした。

「こんなに美味しいものが食べられるなんて、大人っていいわねぇ」

ピーチョコ・ダブル一つ三十円、私の分まで払いながら、茜ちゃんはジロジロとこちらを見ている子供に向かって言いました。その口調があまりに自慢げでしたので、私は少し恥ずかしくなって、そっとその場を離れました。

その時、突然、私の前に一人の女の人が現れたのです。それまで近くに人がいることにはまったく気がつかなかったのに――まるで、どこからか飛んできたかのようです。

「それって、美味しいの？」

「あ……はい、美味しいですよ」

「ふうん」

その女の人は、だいたい二十一、二歳でしょうか。

当時の最新ファッションだった七分丈の細身のスラックス——いわゆるサブリナパンツをはき、上はお腹のところにリボンのような結び目がついた、ノースリーブのブラウスを着ていました。手には籐《とう》カゴのようなバッグを持ち、頭には白いツバ広の帽子をかぶっています。そして腕には例のダッコちゃんがしがみついていて、せわしなくウインクを繰り返していました。

それから二週間もしないうちに、銀座などの繁華街では同じようなスタイルをした女性で溢《あふ》れることになるのですが——その時の私は、少しばかり驚いていました。

別に私の住んでいた足立区の梅田が田舎だと言うつもりは、さらさらありませんが（銀座までだって、電車一本で三十分ほどで行けるのですよ）、その人のスタイルは、ちょっと場違いのような気がしたのです。賑《にぎ》やかな商店街ならともかく、何せ路地裏の小さな公園の脇なのですから。

「それ、何て言って頼めば、いいの？」

「えっと……ピーチョコ・ダブルです」

「ありがとう」

そう言うと女の人は、にっこりと笑いました。その時——彼女の口元から覗《のぞ》いた糸切り歯が、妙に大きく尖《とが》っていて、まるで牙《きば》のようだったことに早く気がつけばよかったのです。

「おじさん、私にもピーチョコ・ダブルちょうだい」

ちょうど煙草に火をつけたところだったおじさんは、少し驚いたように顔を上げました。

「なになに、あの人、ずいぶんかっこいいじゃない」

かっちり歯形に欠けた食パンを片手に、茜ちゃんが私の傍に擦り寄ってきます。

「チェックのサブリナパンツ、どこで買ったのかしら。私も欲しいな」

「このへんじゃ、見ない人だけど……確かにかっこいいね」

「ちょっと西田佐知子《にしださちこ》に似てんじゃない？」

私たちは児童公園の柵《さく》に腰を降ろして、その人がパンを買うのを見ていました。おじさんの動きがいつもよりぎこちなく思えたのは、きっと美しさに気圧《けお》されていたからに違いありません。

女の人はピーチョコ・ダブルを受け取ると、ニコニコと笑いながら、私たちの方に近づいてきました。

「一緒に食べていい？」

彼女の親しげな――いえ、むしろ馴《な》れ馴れしいくらいの態度に私は面喰《めんく》らいましたが、何ごとにも大らかな茜ちゃんは、自分の坐《すわ》っている横の柵を叩いて答えました。

「どうぞ、どうぞ」

初めて会った頃は、茜ちゃんも少しは人見知りしていたのですが、人間、変われば変わるものです。

「うん、美味しい」

女の人は小さな口で食パンを少しだけ齧り、うなずきました。

「でも、牛乳とかと一緒だったら、もっと美味しいわよね」

その口調は、まるでずっと以前から友だちだったかのようです。

私は何となく得体の知れないものを彼女に感じましたが、茜ちゃんには警戒している様子が、まったくありませんでした。ファッショナブルな人が好きなのです。

「すみません、あまり見かけない方ですけど、どちらにお住まいなんですか？

やがて茜ちゃんは、どこか嬉《うれ》しそうに話しかけました。

「今日はちょっと、人を訪ねてきたの……でも、どこに住んでいるかわからないものだから、ちょっと困っちゃってたのよ」

どこに住んでいるかわからない人を訪ねてくるなんて、奇妙な話だ……と私は思いましたが、茜ちゃんは特に何とも感じていないようです。

「その人、なんていう名前なんですか？ もしかしたら、お力になれるかも」

「ありがとう。でも、大丈夫よ。捜していたのは二人なんだけど、片方は見つけたから。一人が見つかれば、もう一人も簡単に見つかるの」

茜ちゃんの言葉に、その人は笑って答えました。せっかくの好意を拒絶されて、茜ちゃんは一瞬だけ鼻白んだような顔をしましたが、すぐに気を取り直して言葉を続けようとしました。けれど、その言葉は、その人が何気なく放った一言に遮られてしまったのです。

「あなた……前に、人に言えないような仕事していたでしょ」

「えっ」

ピーチョコ・ダブルが、危うく茜ちゃんの手から落ちそうになりました。

前にも話しましたように、茜ちゃんはかつて苦界に身を置いていました。私も詳細は知りませんが（聞けるはずもありません）、三年から四年は、その仕事に従事していた……と耳にした覚えがあります。

「大丈夫、何も気にすることなんかないわよ。人間、人に言えないことの一つや二つは、誰にだってあるものなんだからね。たとえば、あのおじさんだって」

そう言うと女の人は急に黙り込み、きれいにメイクされた目を大きく広げたり、細めたりし始めました。

私が驚いたのは、言うまでもないでしょう——それはまさしく、姉さまが力を使う時の様子と、まるで同じだったからです。

（もしかしたら、この人が薔薇姫？）

私はなぜか、背筋が寒くなるのを感じました。

「こりゃあ、驚いたわ。とても優しそうに見えるのに……これだから人間ってイヤになるわね」

おじさんの頭上を見ていた女の人は、やがていかにも汚らわしそうに、手にしていたピーチョコ・ダブルをおじさんの足元めがけて投げ付けました。

「何するんだい、お姉ちゃん」

リヤカーの取っ手に腰を降ろしていたおじさんが、驚いたように顔を上げます。

「人殺しの作った物なんか、食べられるはずがないでしょう」

鼈甲縁《べっこうぶち》のメガネの向こうで、おじさんの目が大きく見開かれるのが見えました。同時に顔がどんどん青ざめていき、十秒もしないうちに、真昼に幽霊を見たような表情になったのです。

「何人もの子供を殺しておいて、今さら善人みたいな顔をしないでよ。あぁ、恐ろしい」

女の人は立ち上がり、坐ったままのおじさんを指さして叫びました。近くで遊んでいた子供たちはピタリと動きを止めて、事の成り行きを見守っています。

横を見ると茜ちゃんも、魂が抜けたような顔になっていました。その肩を強く揺すり、私は言いました。

「きっと、この人が薔薇姫よ！」

その声が聞こえたのか——女の人は私の方に顔を向け、にっこりと笑いながら言ったのです。

「それは仕事の時の名前。本当の名前は、吹雪……御堂《みどう》吹雪よ。よろしくね、ワッコちゃん」

その名前を私は、まるで宝塚の女優さんのようにロマンチックだと思いました。けれど、その口から放たれる言葉は、心ない棘《とげ》に満ちています。ですから本当に『薔薇姫』という名前の方が、よほどふさわしいと思えました。

「どこのどなたかは知りませんけど……いったい何の権利があって、おじさんや茜ちゃんにひどいことを言うんですか」

「権利？」

私の抗議に、彼女は少しわざとらしい笑い声をあげました。

「近頃は、中学生もナマイキな言葉を使うのね。安保デモなんかにも行ったの？　あんなもの、何の役にも立ちはしないけど」

そう言いながら薔薇姫が白い帽子を取ると、中にしまってあった豊かな髪が重たげにこぼれ出て、まるで黒い花が開くように広がりました。

「残念ながら、権利ならあるのよ。すべてを見て、すべてを暴いてもいい権利が……私にはね」

薔薇姫は冷たい笑みを浮かべると柵から立ち上がり、からかうような口調で言いました。

「おじさん、子供を殺した時の気分はどうだった？」

パン屋のおじさんは、まるで釣り上げられた魚のように、ただ口を動かしているばかりです。そこから漏れてくるのは呻《うめ》き声にも似た音ばかりで、とても言葉にはなっていません。

「ワッコちゃん、このおじさんはね、こんなに優しそうな顔をしているけど、何人もの子供を殺したのよ。驚いちゃうわよね」

「やめてくれっ」

おじさんはようやく、苦しげな叫び声をあげました。

「お姉ちゃん、あんた、いったい……」

「私はね、全部を見ていい人間なの。あんたみたいに、ひどいことをしたくせに、すっかり忘れてるような顔をしている連中に、一泡吹かせる人間なのよ」

その言葉を聞くと、おじさんは慌てて赤い箱の扉を閉め、急いでゴム紐《ひも》を巻きつけ始めました。一刻も早く、この場を立ち去りたくなったのでしょう。

「そうそう、そうやって、お逃げなさいな。でも、犯した罪からは逃げられるかしら」

薔薇姫は揶揄《やゆ》するような口調でした。

「茜ちゃん……あの人、ひどい」

加勢を頼むような気持ちで、私は横にいる茜ちゃんを見ました。けれど茜ちゃんは片手で顔を隠し、ずっと足元に視線を落としています。まるで深く恥じ入っているようにも見えました。

「どうしたの、茜ちゃん」

私の問いかけに、茜ちゃんは何も答えませんでした。その間におじさんは自転車にまたがり、どこか必死な表情を浮かべて走り出してしまいました。

「おじさん！」

私は後を追いかけようとしましたが、自転車のスピードは速くて、とても追いつけそうにありません。

「追いかけることなんてないわよ、ワッコちゃん」

あきらめて立ち止まった私に、薔薇姫が言いました。私は怒鳴るように言い返します。

「あなたに、馴《な》れ馴れしく呼ばれる筋合いはありません！」

「おぉ、怖い怖い……ゴメンね、ワッコちゃんって名前しか知らないものだから」

「だいたい、どうして私の名前を知ってるんですか。初めて会ったのに」

「どうしてって……私のことは、もう知ってるんじゃないの？」

そう言いながら彼女は、アスファルトの上に落ちていたピーチョコ・ダブルの欠片《かけら》を、サンダルのつま先で踏み潰《つぶ》しました。さっき、自分が投げ付けたものです。

「あなた、お姉さんがいるわね？　鈴音という名前の」

どこかいたずらっ子のような目で、薔薇姫は私を見ました。その大きな二重の目には不思議な圧力があって、私は問いかけにうなずかざるを得ませんでした。

「その子には、ちょっと変わった力があるでしょう？　過ぎた時間を何でも見通してしまうような……もうわかったでしょうけど、私にも同じ力があるのよ」

やっぱり、そうなのか――私は思わず、拳《こぶし》をぐっと握り締めました。

「この間、私の知り合いの家に刑事さんが来てね。それこそヤクザみたいな、大きな体をした人よ。その割には女みたいな声をした……会ったこと、あるでしょ？」

言うまでもなく、それは立花さんに違いありません。姉さまが見た光景から『薔薇姫』の名刺を作ったニコライ堂近くの印刷屋さんを探し出し、聞き込みにでも行ったのでしょう。

その様子を、彼女はどこかから見たのではないかと思います。あるいは彼女の家は、その印刷屋さんのごく近くなのかもしれません。

「どうして、その知り合いの家が刑事さんにわかったのか、不思議でしょうがなかったわ。だから、その人の中を、ちょっと見させてもらったの。それで、あなたたちのことを知ったってわけ……ちょっと、びっくりしちゃったわよ」

ゆっくりとした足取りで私の方に歩いてきながら、薔薇姫は言いました。自分と同じ力を持った人間の存在を知って姉さまは驚いていましたが、それは彼女の方も同じだったということでしょうか。

けれど私の予想に反して、彼女は意外なことを口走ったのです。

「まさか、あの子が……まだ生きていたとはね」

その言葉を聞いた時、私は心にザラリとしたものを感じました。

「あの子って……もしかして姉さまのことですか」

私の問いかけに、薔薇姫は無言のまま笑いました。口元からのぞく牙《きば》のような糸切り歯のせいで、どことなく山猫を思わせる顔つきです。

「今は幸せにやっているみたいだから、私があれこれ言うのはやめておくわ。でも、一つだけ教えてあげる……私、赤ちゃんの頃のあの子を抱っこしたこともあるのよ」

私は頭の中がカッと熱くなったような気がしました――なぜだかはわかりませんが、薔薇姫と姉さまに、何らかの繋《つな》がりがあるということがショックだったからです。姉さまは、私だけの姉さままでです。幼い頃から、毎日をずっと一緒に過ごしてきました。私の知らないような秘密が姉さまにあるだなんて、考えたくもありませんでした。

「デタラメ言わないでください」

私が強い口調で抗議すると、薔薇姫は少しも気にかけていない様子で、手に提げていた籐《とう》カゴのようなバッグに手を差し入れました。

「あなたが信じようと信じまいと、何の興味もないわ。私はただ、本当のことを言っているだけなんだから……そんなことより、ちょっと頼まれてくれない？」

そう言って彼女がバッグから取り出したのは、真っ黒な布地で作った、小さな巾着《きんちゃく》袋でした。中には十センチほどの丸みのあるものが入っているらしく、なだらかに膨らんでいます。

「これを、お姉さんに渡してくれないかしら」

薔薇姫の白い腕が突き出すその袋を、私はしばらく眺めていました。

「別に危ないものなんか入っていないわ。ほら、可愛いお人形が入っているだけ」

私の緊張をほぐすように、薔薇姫は袋の口を少し緩めて、中に入っていた小さな人形の頭を見せました。よく露店で売っているような、ビニール製のインディアンの女の子の人形です。

「お願いよ」

私はそれを受け取らざるを得ませんでしたが——何だか、とても嫌な予感がしました。そのまま、どこかに捨ててしまった方がいいような気さえしたのです。

「これで用事は済んだわ。そうとなったら、こういうゴミゴミした町とはおさらばよ。えっと、ここから駅までは、どう行けばいいのかしら？」

巾着袋を私に渡すと、薔薇姫は急に屈託のない笑いを浮かべて尋ねました。私は反射的に、ぷいっと顔を背けました。

この人がどこの誰かはわかりませんが——卑劣な恐喝者であることは間違いないことです。この人のせいで、お茶碗《ちゃわん》一杯の農薬を飲んで死のうとした人がいるのです。とても愛想よく、道を教えてあげる気にはなりませんでした。

「あらあら、嫌われちゃったのね。いいわ、そっちの人に聞くから……ねぇ、駅までの道を教えてよ」

薔薇姫は気安い口調で、公園の柵《さく》に腰掛けたままの茜ちゃんに話しかけました。茜ちゃんはビクリと肩を震わせて、恐る恐る顔を上げました。

(茜ちゃん……どうしちゃったのかしら)

あんな弱気な目をした茜ちゃんを見るのは、初めてです。いつもの活発で勝気な雰囲気は微塵《みじん》もなくなって、まるで激しい嵐の夜、森の木の虚《うろ》の中で身を震わせているリスのようです。

「私を見ないで」

やがて絞り出すような声で、茜ちゃんは言いました。

「私を見ないでよう！」

そう叫ぶと茜ちゃんは両手で顔を隠し、いきなり走り出しました。

「ちょっと待って！」

私はその背中を必死で追いかけたので、その後、薔薇姫がちゃんと駅まで帰れたのかどうかは、知りません。

5

それから一時間ほど後――家の近くの路地の電柱にもたれて、私は姉さまに自分が見てきたことをすべて話しました。家には母さまがいたので、とてもそんな話はできなかったからです。

「それで、茜ちゃんはどうしたの？」

姉さまは、何よりも茜ちゃんのことを心配しました。

「そのまま、家に帰ったわ」

「ちゃんと追いついて、話をした？」

「うん。大丈夫だって言ってた。ただ、いきなり知らない人に昔の話をされたんで、ちょっとビックリしちゃったんだって……もう元気になってるわ」

「それならいいんだけど」

私の言葉に姉さまは安堵《あんど》の溜《た》め息をつきましたが――残念ながら、それは嘘でした。

あの後、私は懸命に茜ちゃんを追いかけました。追いついて腕を摑《つか》まえたのは、ちょうど茜ちゃんが住んでいたアパートの前です。

私に腕を摑まれても、茜ちゃんはなかなか止まろうとはしませんでした。ようやく立ち止まったかと思うと、急にその場にしゃがみ込んで、声を殺して泣き出したのです。

「茜ちゃん、どうしたの、急に」

そんな茜ちゃんを見たのは初めてでしたので、私もどうしていいか、わかりませんでした。しばらく呆然《ぼうぜん》とした後、隣にしゃがんで尋ねたのです。

「ワッコちゃん……私、あの人が怖いわ」

茜ちゃんは泣きながら答えました。

「大丈夫よ、あの人は……もう、どこかに行ってしまったから」

私は茜ちゃんの背中をさすりながら言いました。すると茜ちゃんは、思いがけないことを言ったのです。

「あの人も怖いけど……リンちゃんも怖い」

「えっ」

突然、何を言い出すのでしょう。私は思わず、声をあげてしまいました。

「今まで考えないようにしていたんだけど……あの人、リンちゃんと同じ力を持っているんでしょう？　だとしたらリンちゃんも、あの人と同じように、私のやってきたことが全部見えちゃうんでしょ？　私がしてきた恥ずかしいことが、全部全部見えてしまうんでしょ？」

私は返事に窮しました。

確かに、その言葉の通りです。その気になれば、姉さまはすべての秘密を暴いてしまえる力を持っています。どんなに知られたくないと思っても、姉さまの鳶色《とびいろ》の瞳《ひとみ》の前では隠すことはできません。

けれど――はっきり言えることは、姉さまは特別な事情がある時以外は、勝手に人の中を覗《のぞ》いたりはしないということです。それは妹の私が、保証できるのです。

「私も、そう思う。リンちゃんは、勝手に私の中を見たりしない……あんなにいい子なんだもの、そんなことをするはずがない」

顔中を涙と鼻水でグシャグシャにしながら、茜ちゃんは言いました。

「でもね……もしかしたら、見られるかもしれないと思うと……あの人みたいに、簡単に見てしまえるのかと思うと、何だかリンちゃんも怖いの」

「やだわ、茜ちゃん……そんな言葉、姉さまが聞いたら悲しむわよ」

私は何だか、胸が潰《つぶ》れそうな心地がしました。

茜ちゃんが家に来るようになって、もう二年近くになろうとしていましたが——もしかすると茜ちゃんは、いつも心のどこかで、そんな不安を感じていたのでしょうか。

「私、リンちゃんを信じたいの。でも、私の昔は恥ずかしいことばかりだから……リンちゃんが怖くなる時があるのよ」

きっといつもは、そんなことを考えないようにしていたのでしょう。けれど、不意に現れた薔薇姫が、あまりに簡単に過去を暴いてしまったために、その不安が突然に大きくなってしまったに違いありません。自分が苦界で仕事をしていた時の光景を見られた……と思ったのでしょう。

その不安をずっと隠し続けていた茜ちゃんが、私はかわいそうで仕方ありませんでした。同時に、こんな風に思われてしまう姉さまもかわいそうでした。

「茜ちゃんがそんなことを言ったら、姉さまが悲しむよ」

いつのまにか、私も何だか泣けてきてしまいました。茜ちゃんの心、姉さまの心を考えると、切なくて仕方なかったのです。

いつか立花さんが姉さまをバケモノ呼ばわりしたことを、私は思い出しました。妹の私は無条件に姉さまを信頼していますが——世間の人の感覚では、立花さんのような考え方が自然なのかもしれません。

「茜ちゃん、姉さまを信じて。私には、そうとしか言えない」

「わかってる……私、リンちゃんを信じる」

そう言いながら茜ちゃんは立ち上がりました。

「でも明日の日曜日は、お邪魔するのはやめておくわ。ちょっと用があるの」

それはすぐに嘘だとわかりましたが、私には何も言えませんでした。ただアパートの玄関に入っていく茜ちゃんの背中を見ながら、その心に負った傷の深さを思いました。

男性だから、女性だから……という物の言い方を、私はあまり好きではありません。人間は結局、誰もが同じようなものだと思います。けれど、あの時の茜ちゃんの少し猫背の後ろ姿を思い起こすと——傷を背負って生きていかなくてはならないのは、やはり男性より女性の方が、ずっとずっと多いような気がします。これはけして、身贔屓《みびいき》などではありません。

「心配だから、ちょっと行ってみようかしら」

私の話を一通り聞いた後で、姉さまは眉《まゆ》を寄せて言いました。

「あぁ、何だか、この後、村田《むらた》のおばさんとどこかに出かけるって言ってたわ。行ってもいいけど、すれ違っちゃうんじゃないかしら」

あくまでも何気ない口調で私は言いました。姉さまがそう言い出すことは予想済みです。

「あら、そうなの」

ほんの一瞬だけ怪訝《けげん》そうな顔をしましたが、姉さまはすぐに納得したように言いました。

今から思えば、きっと姉さまは、私に騙《だま》されてくれたのでしょう。

「それはそうと」

頃合いを見計らって、私は話題を変えました。

「あの薔薇姫が言っていたことは本当なのかしら……赤いパン屋のおじさんが、何人も子供を殺しているって」

私は茜ちゃんのことも気になっていましたが、実は同じくらいに、その言葉も気になっていたのです。あんな優しそうなおじさんが、人を——ましてや子供を殺しているなんて。

「もしかしたら、神楽さんに知らせた方がいいのかしら……姉さま、どう思う？」

「そうねぇ」

姉さまは白い頬に指先を当てて、しばらく何ごとか考えているようでした。やがて思い立ったように、意外なことを切り出しました。

「ワッコちゃん、この後、何のご用もないんでしょ？　お大師《だいし》さままで散歩しない？」

私は思わず目を丸くしました。パン屋のおじさんの話は、どうなってしまうのでしょう。

「いいけど……どうして急にお大師さまに？」

「ちょっと話したいことがあるのよ」

そう言って姉さまは、にっこりと笑いました。

お大師さまというのは、梅田の家から歩いて三十分ほどの距離にあった、西新井《にしあらい》大師のことです。正しい名前は総持寺《そうじじ》と言いますが、地元の人はみんな『お大師さま』と呼んでいました。初詣《はつもうで》はもちろん、だるま市などの賑《にぎ》わいはたいしたものですが、何より境内のあちこちに植えられた牡丹《ぼたん》が美しく、『ぼたん大師』の異名があるほどでした。

私たちは一度家に戻って母さまのお許しをいただいてから、二人で連れ立って歩き始めました。日はまだ十分に高く、散歩には打ってつけの午後です。

「ちょっと昔の話をしましょうか」

私と手を繋《つな》いで歩きながら、姉さまは言いました。

その頃の私は中学三年生でしたが、それでも一緒に出かける時は、そんな風に姉さまと手を繋いでいたものです。今の若い人の感覚では奇妙に感じられるかもしれませんが、その頃は姉妹でも友だちでも、女の子同士で歩く時は当たり前に手を繋いでいたのでした。

「私が、いろんなものが見えるようになった頃のことだけど……そうね、今のワッコちゃんより、少し小さいくらいの時かしら」

突然、何の話かと思えば、どうやら例の力に目覚めた頃の思い出のようです。

その頃の話は、前にも聞いたことがありました――小さい時から同じようなことはできたそうですが、景色全体がぼやけていたそうです。今のように自分の意思ではっきりと見えるようになったのは、確か初潮を迎えた頃だった……という話でした。

「初めのうちはね、自分ではどうすることもできなくって……なんでこんなものが見えるのか、不思議でしょうがなかったの。頭がどうかなってしまったのかと思ったくらいよ」

それはきっと、ごく当たり前の反応だったろうと思います。現実にはないものが、目の前にありありと見えるのですから、不安にならないはずがありません。

「うまくは言えないんだけど、その頃の私は、チャンネルのないテレビみたいなものだったのかもしれないわね。自分は見ようなんて思っていないのに、不意に頭の中に変な光景が割り込んで来るの。今はどうにかチャンネルを合わせる方法がわかったからいいけど、初めのうちは本当に怖かったわ」

「それは、勝手に誰かの中が見えちゃうってこと？」

「そう……たぶん、その人の心に、すごく深く残っている景色だけに限られていたと思うんだけど、すれ違ったり、そばにいるだけで、私の頭の中に勝手に割り込んでくるのよ。まるで混乱した無線通信みたいにね。あの頃は本当に辛《つら》かったわ」

姉さまは形のよい眉《ひそ》を顰めて言いました。

「すっかり怖くなって、母さまに相談したら……」

「えっ、姉さま、力のことを母さまに話したことがあるの？」

姉さまの力のことを知っているのは私と茜ちゃん、そして神楽さんを始め、一部の警察の人だけです。特に母さまには無用な心配をかけないよう、絶対に秘密にしていたのですが——。

「だって、その頃の私は、今よりずっと子供だったのよ。おかしなことや怖いことがあったら、何でも母さまに相談するのは当たり前でしょ」

「それは、そうだけど……母さま、何て言ってた？」

「もし今度そういうものが見えたら、しっかり目をつぶって、ゆっくり百まで数えなさいって言われたわ。きっと心を、別の方に逸《そ》らしなさいっていうことだったんだと思うけど」

私はその母さまの反応に、ちょっとした違和感を覚えました。

たとえば、もし私が同じことを身内から言い出されたら、かなり深刻な出来事だと感じるに違いないと思うのです。少なくとも、精神の疾患を考えずにはいられないでしょう。確かに母さまは、ずいぶん豪傑な一面もありますけれど、目をつぶって百まで数えなさい……で済ますなんて、大らか過ぎるのではないかと思いました。

「でもね、それが本当に効いたのよ。急に変なものが見えた時は、母さまの言った通りにしたら、たいてい、すぐに見えなくなったの」

私が不平をこぼすと、姉さまは笑いながら言いました。その笑顔を見ながら、もしかしたら母さまは、姉さまの力のことを知っているのではないか——そんなことを、ちらりと考えたりもしました。

「実はその頃にね……その薔薇姫という人が見たものと、たぶん同じものを私も見たのよ」

「えっ、つまり、赤いパン屋のおじさんの……」

「絶対に、人に言ってはだめよ」

姉さまはあたりを見回し、私の手を握っていた指に力を込めて言いました。

「おじさんは、確かに何人かの子供の命を奪ってるわ……戦争中に」

その言葉を聞いた時、私は心臓がきゅっと締め付けられるような苦しさを感じました。

やはり心のどこかで、何かの間違いであって欲しいと思っていたからです。

「おじさんがまだ若くて、兵隊に行っていた頃よ。たぶん大陸じゃないかと思うのだけど……はっきりしたことは、もう覚えていないわ。もう何年も前に、ちらりと見ただけだから」

ただでさえ小さな声を、姉さまはさらに潜めて言いました。

「改めておじさんの中を見れば、いくらでも確かめられるけど、私にはそんなことをしていい権利も、しなくちゃならない必要もないわ。だから詳しいことは、もうすっかりわからないの。ただ、おじさんが鉄砲で何人かの子供を撃ち殺したのは本当なのよ。もちろん自分でやろうとしたんじゃなくて、上の人に命令されたからなんだけど」

私はどんな顔をしていいのか、わかりませんでした。あの優しいおじさんが、そんなひどいことをしたというのがショックでもありましたし（姉さまが見たのなら、それは間違いなく本当に起こったことなのです）、反面、戦争中の事件ならば、すべての責任がおじさんにあるわけでもない……とも思えたからです。

私がそう言うと、姉さまは困ったように首を傾げました。

「確かにそうかもしれないけど、命を落とした人たちは、それで納得してくれるかしら」

私はたちまち、返事に窮してしまいました。確かに殺される方の人たちの身になれば、どんな状況であろうと納得などはできないでしょう。

「小学校の六年生くらいの頃だったかしら。七丁目の公園で遊んでいた時、いつものようにおじさんがパンを売りに来て……ほら、私たちは買わなかったけど、よく屋台の近くに寄っていたでしょ」

姉さまの言う通り、私たちは母さまに買い食いを禁じられていました。けれど、パンにマーガリンやジャムを塗る鮮やかな手つきが見たくて、おじさんが赤い箱を引っ張って姿を現すたびに、必ず近くに行って眺めていたものです。

「あの時、確かワッコちゃんも一緒だったわね……子供たちと楽しそうに話しているおじさんの頭の上に、あの虹《にじ》のようなものが見えて、突然、別の子供を撃ち殺している光景が見えたのよ」

私もその場面を想像してみましたけれど、そんな陰惨な光景と、あの優しそうなおじさんの笑顔は、どうしても同じ枠の中に入ってはくれませんでした。

「いきなり、それが見えた時は、本当に息が止まりそうになったわ。初めは撃っている人がおじさんだとは思わなかったから、幽霊でも見えたのかと思ったの……怖かったわよう」

姉さまは言葉の終わりの方では少し明るい声になっていましたが、それは子供だった私を思いやってくれたからでしょう。

「どうして、撃っている人がおじさんだってわかったの」

ある人の記憶を見れば、その人が見た情景が見えます。けれど鏡でも見ていない限り、自分で自分の姿を見ることはありません。ですから、その情景の中に本人の姿はないのです。

「そのすぐ後で、兵隊の恰好《かっこう》をした人が『石川、よくやった』って言うのが見えたの。もしかしたらと思って、おじさんに名前を聞いてみたら……やっぱり、石川さんだったわ」

私はその時、初めておじさんの名前を知りました。

「姉さま……小学生の時にそんなのを見て、よく平気だったわね」

「平気なわけないでしょ」

姉さまは、長い睫毛《まつげ》を伏せました。

「しばらくは、おじさんが怖くって仕方なかったわ。手に持った鐘の音が聞こえてきただけで、背筋が寒くなったもの。あんなに優しそうなのに子供を撃ち殺しているなんて……いくら戦争中だったと言っても」

今さら言うまでもないことですが、本当に戦争というものは愚かしく、罪深いことです。何の憎しみもない者同士が、なぜ他人の号令一つで、命を奪ったり奪われたりしなければならないのでしょう。まして幼い子供の命を奪え……と命令される状況なんて、とても私には想像できません。

けれど平和な時代しか知らない自分が、その命令に従った人を、いったいどこまで責められるのでしょうか。自分は安全な場所にいて、状況に逆らえず意に反した行ないをしてしまった人を悪し様に語るのは、あまりに情けないことだと思います。

「でも今は、別におじさんを怖がっている様子もないみたいだけど……こないだなんて、ドーナッツまでもらってたじゃない」

　私が言うと、姉さまはにっこりと微笑みました。

「今はちっとも怖くないわ。逆に、好きなくらい」

「どうして？」

「おじさんが大切なことを教えてくれたの……ううん、別に言葉で話してくれたわけじゃないんだけれど」

　やがて私たちは細い参道にたどり着きました。名物の草だんごやお煎餅《せんべい》を売るお店の前を通って門をくぐると、真正面に立派な本堂が建っています。関東の三大師の一つ、西新井大師です。

　お寺の縁起によりますと、平安の昔（資料によると、八二六年のこととあります）、この地で疫病が流行《はや》り、たくさんの人が苦しめられていました。そこに旅の途中だった弘法《こうぼう》大師さまがお出《い》でになり、自ら十一面観音さまの像を作られて厄難消滅を祈願すると、寺の西側の土地に清らかな水が湧き出し、たちまちに疫病が治まったといいます。

　以来、このお寺は人々に敬われ続けているのですが、長い時間が経過するうちに、幾多の戦乱に巻き込まれて、本堂は何度となく焼け落ちてしまいました。けれど、そのたびにご本尊の十一面観音像だけは無事だったので『厄除《やくよ》け火伏せの大師さま』とも呼ばれるようになりました。

　後の昭和四十一年、この時姉さまと眺めた本堂は、やはり大火災によって消失してしまいました。けれど、その時もご本尊は無事で、その奇跡のような出来事は新聞でも大きく報じられたものです。

「あぁ、やっぱり、ここはいいわね。何だか空気が澄んでる気がする」

姉さまは広い境内に入ると、大きな鯉のいる池の前で大きく伸び上がりました。私も一緒になって、両手を天に向けて伸びをしました。

「ワッコちゃん、杏《あんず》アメ買ってあげようか」

「ほんと？　買って買って！」

さっきは茜ちゃんにピーチョコ・ダブルを奢《おご》ってもらいましたし、その日の私はずいぶんついていたようです。姉さまは塩地蔵の前に出ていたお店で、杏アメを買ってくれました。

「それで、パン屋のおじさんが何を教えてくれたの」

私たちは池の前のベンチに腰を降ろし、アメを舐《な》めながら話しました。

「この池の水はきれいだけど……たとえば、もっと濁っている澱《よど》みのような水溜《みずた》まりを想像してみて」

言われるままに、私は緑がかった灰色の水を想像しました。

「その澱みをじっと見ていると、中に何かキラキラ光るものがあるわ。それは何だと思う？」

「うーん、汚れた水の中でしょ？　そうね……泳いでいる魚のお腹かな」

水の中を悠然と泳ぐ鯉の姿が思い浮かびます。

「さすがはワッコちゃん、面白いことを言うわね。じゃあ、どうして、それはキラキラ光るんだと思う？」

「それは……やっぱり外からの光が当たって、反射しているからじゃないの？」

「その通りよ」

姉さまは短い棒についた杏アメを手にしたまま、満足げにうなずきました。

「澱みの中で光るものを探すためには、こちらから光を当てなければいけないの。わかる？」

その言葉の内容は十分に理解していましたが、察しの悪い私は、本当に姉さまが言いたかったことに、なかなか気づくことはできませんでした。

「つまりね……光るものを見つけたかったら、光を当てるのをやめてはいけないのよ……ほら、あれをごらんなさいな」

そう言って姉さまが小さく指さしたのは、参道の門をくぐって中に入ってきた、あの赤いパン屋のおじさんの姿でした。

「あっ、おじさん」

おじさんはいつもの野球帽を脱ぎ、畳んで左手に持っていました。例の赤い木箱のついたリヤカーは門の手前にでも停めてきたらしく、引っ張ってはいませんでした。手には売り上げが入っていると思《おぼ》しき小さな鞄《かばん》だけを提げています。

「おじさんがどこで何をしてくるか、見てきてごらんなさい。見つからないようにね」

私はそっと腰を上げると、杏アメの棒を手にしたまま、まるで探偵になったような気分でおじさんの後をついていきました。おじさんはなぜか本堂の方には向かわず、左手奥に繋《つな》がる石畳を、ゆっくりとした歩調で歩いています。

やがておじさんは十畳ほどの広さがある、四角い囲いの前に立ちました。

正面には三体の大きめな仏像（中央の一番大きなものは、おそらくお地蔵さまでしょう）があり、そのまわりには小さなお地蔵さまが、所狭しと並べられていました。たいていのお地蔵さまは赤い涎《よだれ》かけをかけていましたが、中には手編みらしい毛糸の帽子とお揃いのものや、本当に使った形跡のあるものをかけているお地蔵さまもいました。

「ここは……生まれて来られなかったり、小さいうちに亡くなってしまった子供の霊をご供養するところよ」

いつのまにか後ろについて来ていた姉さまが、耳元に顔を近づけて教えてくれました。

おじさんはその囲いの正面に立つと、深々と頭を下げた後、静かに手を合わせました。ずっと見ていると、その背中は細かく震え、実はおじさんが泣いているのだとわかります。

「おじさん、どうしたのかしら」

「あの中にはね……おじさんが納めたお地蔵さまもあるの。戦争中に、心ならずも自分の手で命を奪ってしまった子供たちのご供養を、ずっとずっと続けているのよ」

何もかも知っているような口調で、姉さまは言いました。

「……そうなんだ」

私はおじさんの後ろ姿に、ふと清らかなものを感じました。

言葉で上手に語ることは今もできませんが、少なくともおじさんが自分の過去を悔い、嘆いていることだけはわかったのです。

「あれがいったい何になるんだ……と言う人も、きっといるでしょうね。いくらお地蔵さまにお願いしたところで、命を奪われた子供たちは帰って来ないって」

姉さまは私の腕を引き、そっとその場を離れて言いました。

「けれど、おじさんが、自分がやってしまったことを後悔し続けているんだってことだけは、認めてあげていいんじゃないかと思うのよ」

私たちは再び、池の前のベンチに戻りました。

「私がおじさんが怖くなくなったのは、今の光景を見たからなの……子供たちと話しているおじさんの頭の上に、あの三体の仏さまが見えたのよ。やっぱり、初めは驚いちゃったけど」

池の薄暗い水の底で動いている鯉を見ながら、姉さまは言いました。

「ワッコちゃん……私、ときどき考えるの」

「何を?」

「私のこの力って、何のためにあるのかしら」

そんな質問にすぐに答えられるほど、私は今も昔も賢くはありません。思わず黙り込んで、首を傾げてしまいました。

「薔薇姫という人は、悪いことをしても平気な顔をしている人たちの罪を暴き出す権利が、自分にはあるって言ってたんですってね……そういう気持ちもわからないでもないけど、少なくとも私には、そんな権利はないわ」

おじさんめがけてピーチョコ・ダブルを投げた時の薔薇姫の顔を、私は思い出しました。

「私はただ、澱みに光を当て続けるだけ……その光に、キラキラ光って応《こた》えてくれるものは何かしら。ワッコちゃんが言ったみたいに、お魚のお腹？」

そう言いながら姉さまは、自分の桃色の唇に人差し指を当てました。考え事をする時、姉さまが何となくやってしまうクセのようなものです。

「もしかしたら、美しい宝石かもしれないわね。それとも、ただのガラスの欠片《かけら》かもしれない……でも、それが何なのかは、光を当て続けなければ、わからないいんじゃないかしら」

その言葉で、私は姉さまの言いたかったことが、やっとわかったような気がしました。

「もしかしたら私のこの力は、そんな風に光を当てるために、誰かがくれたものなのかもしれないって……おじさんに教わったような気がするの」

ちょうどその時、お地蔵さまへの参拝を済ませたおじさんが、肩を落として参道を歩いていくのが見えました。指先で忙《せわ》しく目元を拭《ぬぐ》っているのが、遠目にもわかります。

「私、知っておいてあげたい。世界の誰も知らなくっても、こんな妙な力をもらった私だけは……あのおじさんが、いつも心の中で苦しんでいることを」

門から出て行くおじさんの後ろ姿を、姉さまは何か眩《まぶ》しいものを見るような目で見送りました。やがてその背中が消えてしまうと、明るい顔で私の方に向き直り、にっこり笑ったのです。

「やっぱり私、千里眼のバケモノかもしれないわね」

私は勢いよく、首を振りました。

「そんなことないっ！　今度そんなひどいことを言う人がいたら、たとえ立花さんでも私がやっつける！」

「あらあら、勇ましいのね」

姉さまは、切れ長の目を愛《いと》しげに細めて私を見ました。その姉さまの顔に、さっき見た茜ちゃんの泣き顔が被《かぶ》さります。

かわいそうな茜ちゃん――薔薇姫のたった一言のために、あんなに怯《おび》えてしまって。

「姉さま、そう言えば、さっきね」

私は薔薇姫から預かって来た黒い巾着《きんちゃく》袋のことを思い出しました。家に帰った時、渡すか渡さないか決めかねていたので、とりあえず机の上に置いてきたのです。

何となく隠したり、自分勝手に捨ててしまってはいけないように思えました。姉さまが自分の力に、正面から向き合おうとしているのを知ったからです。

けれど――今から思えば、やはり私は、あれを姉さまに渡すべきではありませんでした。

もちろん、そうすることで何かが変えられたか否かは怪しいのですが、少なくとも姉さまの優しい笑顔を、のちに曇らせるようなこともなかったのではないかと思うのです。

6

あくる日の日曜の夜、姉さまは薔薇姫その人と対面しました。

銀座四丁目交差点を少し外れた、裏通りでのことです。時刻は六時半——表通りには、賑《にぎ》やかな人の波が溢《あふ》れかえっている頃合いでした。

前日、西新井大師から戻ってすぐに、私は姉さまに預かってきた巾着袋を渡しました。姉さまは何か嚙《か》みつくものでも扱うように恐々と口を開き、中から一体の人形を取り出しました。

薔薇姫自身が見せたように、十センチほどのビニール製のインディアン人形です。髪が植毛してあるところを見ると安物ではないかもしれませんが、決して高いものでもなさそうでした。

「どこかに何か書いてない?」

私はてっきり、それに薔薇姫からのメッセージが込められているのではないかと思っていましたので、横からいろいろ口を挟みました。

「別に……ただのお人形みたいよ。どこにも何も書いてないわ」

「貸して。きっと中に、手紙でも入ってるんだわ」

人形を姉さまの手から横取りすると、私は何度か振ってみました。けれど何の音もしません。

「首を外してみようよ」

私が胴体と顎《あご》の部分を持って引っ張ろうとすると、姉さまは慌てた顔で言いました。

「やめてやめて、そんなこと」

姉さまは、たとえオモチャの人形にでも、そんなひどいことをするのが嫌いなのです。

仕方なく私は、首を外すのをあきらめました。

「それとも、この袋の方に何か仕掛けが」

今度は黒い巾着袋の方を取り、私は裏返してみたり、電灯の明かりで透かしてみたりしました。けれど布地が厚いという以外には、特に気がつく点もありません。

「ワッコちゃん、わかったわよ」

懸命に袋を調べている私を見ていた姉さまが、不意に口を開きました。

「なるほど、そういうことだったんだ」

「何が？　やっぱり、この袋に仕掛けがあるの？」

「いえ、きっと何もないと思うわ。それはたぶん、フィルムに光が当たらないようにするためのものよ」

「フィルム？」

一瞬、姉さまは何を言い出すのだろう……と思いましたが、その言葉を与えられたことで、鈍い私もさすがに気がつきました。

「そうか……やっぱり、この人形にメッセージが入ってるんだ」

「たぶんね」

その時、母さまは家の前で、お隣のおばさんと立ち話をしているところでした。私は窓辺で首を伸ばし、二人の話が終わりそうにないのを確かめて、そっと窓を閉めました。

「つまり、そのお人形を〝見ろ〟ってことね？」

「きっとそうだと思うわ。ちょっと、やってみるわね」

姉さまはインディアン人形を机の上に立たせると、少し離れたところから、その人形を見ました。いつものように目を開いたり細めたりを繰り返し、深く長い深呼吸をしばらく続けます。

「見えてきた……この人が薔薇姫？　まっすぐにこっちを見ているわ。前にカードを見た時と、ずいぶん感じが違うわね」

「何か言ってる？」

「どうして私の名前を知ってるのかしら……すごく親しげな口調よ。ずっと前からの知り合いみたい」

まったく不思議な通信方法もあったものです。

つまり薔薇姫は、その人形をビデオカメラ代わりにしたのでした。人形の前でメッセージを語り、それを渡された姉さまは、力を使ってその時の映像を見るのです。まさしく、過ぎた時間を見る力のある人間同士だけができる通信でした。人形を黒い袋に入れていたのは、いたずらに他の風景に触れさせて、無駄な情報を増やさないためでしょう。

「どんなことを言ってるの？」

残念ながら何の力もない私には、ただ姉さまが、じっと人形を見つめているようにしか見えません。

「ちょっと静かにしてて」

姉さまは、珍しく鋭い口調で言いました。私は思わず両手で口を押さえ、姉さまが溜《た》め息をついて人形から視線を外すまで、ずっとそのままの姿勢で固まっていました。

「……急にそんなことを言われても、困るわね」

やがて姉さまは、唇を人差し指で撫《な》でながら呟《つぶや》きました。

「何を言われたの？」

「どうしても直接会いたいから、明日の夜、銀座に来てくれって」

「銀座？」

私の頭の中に反射的に浮かんだのは、やっぱり森永キャラメルの大きな球体の広告です。

「今日はわざわざ家の近所まで来たのに、どうして銀座まで呼び出すの？」

「たぶん……私の力を使わせないためじゃないかしら」

「どうして？　姉さまの力は、いつだって、どこでだって使えるでしょ」

「そうとばかりは言えないのよ……すごく広い場所や人がとっても多い場所だと、ピント
が全然合わないの。目標が多すぎて」

「そうなんだ……知らなかった」

言われてみれば、何の不思議もありませんでした。

私の知る限り、今まで姉さまが見てきたものは、ごく限られた場所だったり、一人の人間の中だけです。不特定多数の人間がいる広い場所では、どの記憶に焦点を合わせるのか、脳が判断できなくなってしまうでしょう。やはり同じ力を持つ薔薇姫だからこそ、その弱点を知っていたに違いありません。

「だとしたら、絶対に行かない方がいいわよ、姉さま。力を使わせなくしているってことは、自分の中を見られないようにしているか、後を追いかけて来させないためでしょ。何かたくらんでるに違いないわ」

「でも、それは向こうも同じなのよ。私が力を使えないなら、あの人だって使えない」

「それは、ちょっと違うと思うな」

私は昼間に見た薔薇姫の様子を話しました。

薔薇姫がパン屋のおじさんの過去を見るのに費やした時間は、おそらくは三十秒程度でした。茜ちゃんの過去などは、それこそほんの一瞬です。年齢が上であることが関係しているのかもしれませんし、あるいは元からの力の大きさに差があるのかもしれませんが、とにかく力を使うことに関しては、姉さまよりも薔薇姫の方が上のような気がしました。

「だから、姉さまは力を使えないかもしれないけど、薔薇姫が使える可能性は十分にあると思うの。絶対に行かない方がいいよ」

私はインディアン人形を手に取りながら言いました。

「第一、そんな時間の銀座なんて、母さまが許してくれるはずないし」

私たち姉妹だけで銀座に行くことを、母さまが許してくれるとは思えませんでした。ましてや夜ともなれば、たとえ成人した茜ちゃんが一緒でも無理でしょう。

「そうだ！　神楽さんたちに、その話を教えてあげれば？　待ち合わせ場所に張り込んでもらって、薔薇姫が現れたら捕まえてもらうの」

「向こうは、ちゃんとそれを予想してたわよ。もし警察に話したら、タダじゃすまなくなるって言ってたわ」

「なに、それ？　すっごくイヤな感じ」

私は何とも不愉快な気分になりました。両方の糸切り歯が牙《きば》のように突き出た顔を思い出し、一人で腹を立てていたのです。

「そんなの、無視しちゃえば？」

私はわざと何ともない口調で言いました。

けれど本当は、とても落ち着いていられたものではなかったのです——真偽のほどはわかりませんが、昼間に薔薇姫が言っていた言葉が、どうしても気になっていたからです。

——まさか、あの子が……まだ生きていたとはね。

——私、赤ちゃんの頃のあの子を抱っこしたこともあるのよ。

彼女は間違いなく、そう言っていました。『あの子』というのは、姉さまのことです。つまり薔薇姫は、姉さまと過去に関わりがあったということでしょう。

「ワッコちゃん、私……あの人に、直接会ってみたい」

しばらく黙り込んでいた姉さまが、不意に口を開きました。その言葉を聞いた途端、私は思わず、姉さまの薄い肩を摑《つか》んでいました。

「やめておいた方がいいって、絶対に」

こんな時、自分に何の力もないことが切なく感じられました。たとえどんなに近くにいても、インディアン人形を介した通信でどんな話が出たのかすら、私にはわからないのです。

「お願い、やめて……姉さま」

私はいつのまにか姉さまに抱きついて、涙を流していました。たとえ何があっても、二人を直接会わせてはいけないような気がしたのです。

「ごめんね、ワッコちゃん。私、どうしても、あの人に会ってみたいのよ」

それまで姉さまは、妹である私のお願いを、たいていは聞いてくれたものです。けれど、そのお願いだけは、どれだけ頼んでも無駄なようでした。

そうです——姉さまは病弱で泣き虫なくせに、自分で一度決めたら、絶対に後には引かない強さもある人なのですから。

結局、私たちは二人で銀座に出向きました。

姉さまは茜ちゃんに来てもらうことも考えていたようですが、体調が悪いからと断られてしまいました。もちろん私だけは茜ちゃんが来てくれない本当の理由を知っていましたので、やむを得ないとも思いました。姉さまに対する感情の整理もつかないというのに、再び薔薇姫に会うなんて無理な話です。

私たちは昼過ぎに家を出て、そのまま約束の時間まで銀座で過ごしました。母さまには何も言わずに来たので、帰ったら雷を落とされることも覚悟しなければなりません。

六時半に三越裏が待ち合わせの場所でした。滅多に行ったことはないので普段の様子は知る由もありませんが、表通りの賑《にぎ》やかさに反して、人気の少ない通りでした。それはきっと、三越百貨店の裏口部分が通りの大半を占めていたからでしょう。

彼女は時間通りにやってきました。

前日に見たサブリナパンツではなく、黒い上着に黒いスカートというお葬式帰りのようなスタイルでした。おそらく姉さまが最初に〝見た〟雰囲気に、こちらの方が近いはずです。けれど不似合いなダッコちゃんは、その日はつけていませんでした。

「鈴音、久しぶりね」

薄暗い路地に現れた彼女は、親しげな笑みを浮かべながら近づいてきて、五メートルほど距離を置いたところで立ち止まりました。

私は思わず姉さまの顔を見ましたが、姉さまは、特にその言葉に何の反応も示していないように見えました。笑みを浮かべるようなこともなければ、驚きも示さなかったのです。

「昨日はお世話になったわね、ワッコちゃん」

薔薇姫は、愛想のいい態度で私に手を振りました。どう応《こた》えていいかわからず、私は軽い会釈だけを返しました。

「今日はわざわざ、来てくれてありがとう。本当ならお茶の一杯もご一緒して、再会を祝したいところだけど……今日はちょっと遠慮しておくわね」

「すみませんが私……あなたにお会いしたことがあったでしょうか」

どこか余裕ぶった口調の薔薇姫に、姉さまが尋ねました。その声は思っていたよりもずっと落ち着いていて、いつもの姉さまと変わりありません。

「忘れちゃったの？」

感情を乱したのは、彼女の方が先でした。姉さまの言葉に不機嫌そうに眉《まゆ》を寄せ、吐き捨てるように言ったのです。

「あなたって、前もそうだったわ。何も知らずに私を踏みつける……いえ、私を踏みつけたことさえ知らないでいる。どうしてかしらね」

その口調には苛立《いらだ》ちが込められていて、前日の自信に満ちた態度とは、どこか違っていました。

「でも今度ばかりは、私も黙っていないわ。あなたはまた、私の大切なものを壊した……

何があろうと、今度は絶対に許さない」

いったい何のことを言っているのか、私にはまったくわかりませんでした。姉さまは、彼女の言葉を理解しているのでしょうか。

「あんたなんか……大嫌いよ」

やがて激してきた感情を抑え込むような口調で、薔薇姫は言いました。その目はとても冷たく、見るだけで物を凍らせてしまうかのようにも見えました。

「今日来てもらったのは、どうしても直接、言ってやりたかったからよ……私、あんたなんか大嫌いなんだから」

その口調の激しさに、私は思わず前に出て姉さまを庇《かば》おうとしましたが――それを制したのは姉さま自身です。顔を見ると、姉さまは小さく首を横に振りました。

「また会えればいいわね、鈴音。でも忘れないで……この世界に、あなたを憎んでいる私がいることを」

薔薇姫はそれだけ言うと、突然、くるりと背中を向けて歩き出しました。おそらく顔を突き合わせていたのは、ものの五分もなかったに違いありません。

やがて彼女の姿が完全に見えなくなると、姉さまは深い深い溜《た》め息をつきました。

「ワッコちゃん……私、あの人が怖いわ」

怯《おび》えた声で姉さまは言いましたが、それは私も同じことでした。

あんなにも憎しみに満ちた目ができる人を、私は他に知りません。まるでこの世のすべてを敵と思っているような、あらゆるものの不幸を願っているような、冷たい怒りに満ちた哀しい目なのです。

いったい、姉さまは昔、彼女に何をしたのだろう――私は尋ねてみたいと思いましたが、とても口には出せませんでした。けれど、きっと尋ねたところで、何の意味もなかったでしょう。なぜなら姉さまには、五歳までの記憶が、まったくないのですから。

おそらく姉さまにすれば、薔薇姫と直接会うことは、自分の中の澱《よど》みに光を当てようとした……ということなのかもしれません。けれど、その光にキラキラと光って応えたのは、触れれば切れそうなナイフなのでした。

ですから私は、今でも後悔しています――やはり薔薇姫と姉さまを、会わせるべきではなかったと。

黄昏の少年

いつの時代にもスターと呼ばれる人たちがいます。

みんなの憧《あこが》れを集める歌手、俳優、スポーツ選手、コメディアン——近頃では、テレビをつければ簡単にステキな人たちを見ることができますが、私たちの頃はスターとの出会いの場と言えば、もっぱら映画でした。もちろんテレビでも見られましたけれど、昔は今のように誰もが手軽にテレビを楽しんでいたというわけではなく（当時の皇太子殿下のご成婚の際に爆発的に広まり、二百万台を突破したといわれています）、映像も白黒が主でしたので、やはり映画の方が人気の的だったのです。

当時のスターと言えば、それこそ今でも五人や十人の名前は諳《そら》んじることができますけれど、私の一番のお気に入りはトニーこと赤木《あかぎ》圭一郎《けいいちろう》でした。

初めて彼の姿を銀幕で見たのは、確か茜ちゃんと姉さまと一緒に見に行った『清水の暴れん坊』という映画ではなかったかと思います。石原裕次郎《いしはらゆうじろう》の七変化目当てに見に行ったのに、そこに出ていたチンピラやくざを演じていた彼のかっこよさに直撃されてしまい、『拳銃無頼帖《けんじゅうぶらいちょう》 抜き射ちの竜』で、すっかり大ファンになったのです。

トニーの魅力を言葉で語るのはなかなか難しいですけれど、あの人には他の人にはない華のようなものがありました。スターと呼ばれる人は誰もがそういうものかもしれませんが、ちょっとした仕草、ふっと浮かべる表情が抜群にかっこいいのです。その面差しはどこか憂いを含んでいて、開放的な裕次郎を太陽とすれば、トニーはまさしく月のようなスターだったと言えます。ふふ、このあたりのことを話し始めると、私もついつい熱っぽくなってしまうのですけれど。

トニーの愛称は、『お熱いのがお好き』でマリリン・モンローと共演したトニー・カーティスに似ていたところからつけられたと言われていますが、彼を和製ジェームス・ディーンと呼ぶ人も多いようです。ジェームス・ディーンと同じように、年若くして自動車事故（トニーの場合は、撮影所内でのゴーカート事故でした）で亡くなってしまったからでしょう。俳優として活動した期間は三年にも満たず、二十一歳の早過ぎる死でした。けれど哀愁を帯びた彼の姿は、私のみならず多くの人の瞼《まぶた》に焼きついていることでしょう。

そしてトニーと言えば、もう一人、私の目の奥に浮かんでくる人がいます。算盤《そろばん》をカシャカシャ鳴らして『さいざんす・マンボ』を歌っていたトニー谷……ではなくて（こちらのトニーも大好きですが）近所のお米屋さんに住み込みで働いていた『梅田のトニー』こと飯田《いいだ》幸男《ゆきお》くんです。

残念ながら赤木圭一郎に似ていたわけではないのですけど、本人がいつも枕詞《まくらことば》のように言っていたものですから、すっかり私たちの頭の中にも染み込んでしまいました。それに彼の夢も日活の俳優になることでしたから、何となく付き合ってあげなければいけないような気がして、母さまはトニーちゃん、姉さまはトニーさんと呼んでいたものです。ちなみに茜ちゃんと私は本家トニーを愛するあまり、ただの一度も呼んだことはありませんけど。

幸男くんの話になると彼の朗らかな性格につられて、こちらも何となく笑いたくなってしまうのですが、一度だけ見た彼の背中を思い出すと、ふと怖いような、悲しいような気持ちにもなってきます。

そう、彼の背中には、大きな蜘蛛《くも》の姿が刻み込まれていました……。

1

昭和三十五年の出来事です。

以前にもお話ししたように、その頃、私はまだ中学三年生でした。高校受験の準備にきりきり舞いの毎日で、私の人生であんなに勉強漬けになったのは、後にも先にもあの時くらいのものでしょう。

と言うのも、第一志望の都立高校に入るには、私は少しばかり点数が足りなかったからです。レベルを下げれば入れる学校は他にもあったのですが、家の台所事情を考えると、贅沢《ぜいたく》はできませんでした。やはり学費の安い公立で、できれば家から歩いて行ける距離にある高校——その条件で探すと、五反野にあるA高校以外には考えられませんでした。けれど私の成績では、相当に無理な選択だったのです。

先生からも「かなりがんばる必要がある」と言われ、私はそれこそシャカリキになりました。本当なら学習塾にでも行ってガリ勉したかったところですが、それもやはり台所事情が許さず、学校と家での勉強がすべてでした。今思い出してみても、我ながらよくがんばったと思います。

それまでの私はあまり勉強らしいこともせず、クラブ活動に熱を注いでいたのですが、いざ勉強するようになると、いろいろ困ったことがありました。同じ世代の人なら一度は同じ悩みを持ったかもしれませんが、当時の下町の家はたいてい小さく、ゆっくり身を入れて勉強する場所がなかったのです。

放課後の教室を開放してくれたので、平日は学校で遅くまで勉強できましたが、問題は土曜の午後と日曜日です。今と違って冷暖房の効いた快適な部屋があるわけでもなく、おまけに母さまは受験を理由に家の手伝いをサボらせてくれるような人ではなかったので、我が家は勉強するにははなはだ不向きな環境でした。今なら図書館にでも行って……ということになるのでしょうけれど、当時はまだ全国的に図書館は少なく、ましてや勉強のできるスペースのあるところなど、ないに等しかったのです。

ですから思い余って、荒川の土手で勉強していたことがありました。

草に覆われた斜面に風呂敷《ふろしき》を敷いて、そこで数学の問題を解いたり英単語の書き取りをしたりしたのです。もちろん集中できるかどうかはお天気しだいでしたけれど、それ以外に方法がありませんでした。

そんな私に手を差し伸べてくれたのは、幸男くんです。

七月の土曜日の午後、やはり荒川の土手で教科書を開いていると、突然、背後で人の気配がしました。驚いて振り向くと、『小島《こじま》精米店』という文字の入った紺色のはっぴを着て、ドンゴロス地で作った前掛けをつけた幸男くんが、どこか呆然《ぼうぜん》とした顔で立っていました。

「やっぱりワッコちゃんかぁ……よく似ているなぁって思ったんだけど、自信が持てなくって声がかけられなかったよぉ」

育った土地の訛《なま》りだったのでしょうか、幸男くんには「〜だぁ」とか「〜よぉ」とか、語尾を長く伸ばす癖がありました。

「変なことを言うのね、幸男くんも」

幸男くんは私より年上なので、本当ならば、そんな馴《な》れ馴れしい口の利き方をするべきではありません。けれど親しみやすい性格のなせる業でしょうか、彼はまったく年上だということを感じさせませんでした。だからつい私も、学校で友だちと話すような口調になっていたのです。

「あ、そうか。いくら美少女でも、顔を見なけりゃわからないもんね」

私が冗談めかして言うと、顔の前で不必要なほどに手を振りながら、幸男くんは答えました。

「いや、ワッコちゃんが美少女かどうかは、おいといてさぁ」

おいておかれても困る……と思いましたけれど。

「何か勉強してるみたいだしさぁ。絶対、人違いだと思ってぇ」

「失礼ね。私が勉強しちゃおかしいの」

「お姉さんなら、わかるんだけどねぇ」

私もそうでしたからオアイコですけど、幸男くんも私には遠慮がなかったと思います。

「もう……用事がないなら、早く配達に行ったら？　私、勉強しなくっちゃなんないんだから」

「いやいや、今は配達の帰りなんだけどぉ……なんで、こんなところで勉強してんのぉ？　勉強は普通、机でするもんでしょ」

私の答えに彼は聞き返してきました。正直、煩わしいとも思いましたけれど、私はありのまま説明しました。その方が早かったからです。

「そりゃ、大変だなぁ」

まるで太い毛虫が張り付いているような眉《まゆ》を顰《ひそ》めて、幸男くんは言いました。

説明が遅れましたけれど、幸男くんは『梅田のトニー』を自称していましたが、お世辞にもハンサムとは言えませんでした。パッチリとした二重瞼《ふたえまぶた》の目元は可愛らしくもあったのですけれど、大きな鼻や、ぽっちゃりとし過ぎた頬が、どことなく当時の米副大統領だったニクソン氏（のちには大統領にもなられましたけれど）に似ていて、けして変な顔ではないのですが……やはり日活ニューフェイスの試験に合格するのは、ちょっと無理なのではないかと思えました。ついでながら背もそれほど高くなく、ずんぐりむっくりとした体型が、どことなく小熊っぽかったことも付け加えておきましょう。

「でも、こんな土手じゃ、勉強にならないでしょ」

幸男くんはそう言うと、少しの間、腕組みして何事かを考えていました。

「どうだい、うちの倉庫の隅っこに小さい机があるんだけど……そこを使えるように、旦《だん》那《な》に掛け合ってみようか」

「ほんとう？」

私は思わず立ち上がりました。

「まぁ、窓を開けても、あんまり涼しくないんだけど……ここよりはマシだと思うけどぉ《お》」

確かに、このまま土手で勉強していたら、そのうち日射病になってしまうのではないかと思っていたところです。

「頼んでみてよ、幸男くん」

「じゃあ、先に帰ってるから、後で店に来てぇ」

本当ならば土手の上に停めてあった幸男くんの配達用自転車の後ろに乗せてもらいたいところでしたが、荷台に大きなカゴがくくりつけられていましたので、それは無理でした。

私は喜び勇んで、学校の近くにある小島精米店に向かいました。秦野さんの勤務する交番から、ほんの数分の距離です。

「ワッコちゃん、お許しが出たよぉ。店を開けている間は、好きに使っていいってさぁ」

お店に着くと幸男くんが満足げに言いました。

「えっ、本当？」

てっきり、その日だけ貸してもらえると思っていたのに、どうやら幸男くんは、受験が終わるまで……と、ご主人に掛け合ってくれたようです。その頃の私にとっては、それ以上にうれしいことはありません。

「でも、やっぱり倉庫だからね。居心地よくはないよぉ」

案内されたのは、お店とお家が一緒になった建物の裏にある木造の小屋でした。入り口はブリキ張りの引き違い戸で、中は十二畳ほどの広さです。床は板張りで、当然中には、お米の袋がたくさん積まれています。もちろん精米に使う、大きな機械もありました。

「ここなんだけど、どう？　勉強できるかなぁ」

倉庫の片隅に小さな窓があり、そのすぐ前に古ぼけた木の机が置いてありました。卓上には古めかしい電気スタンドまであります。

「幸男くん、バッチリよ！　それに、とても立派な机だわ」

「息子さんが使ってた机らしいんだけど、息子さん、兵隊に行って亡くなっちゃったから」

机の表面を撫《な》でている私に幸男くんは言いました。

「えっ、そんな大切な机を借りるなんて……申し訳ないわ」

「いやいや、そんなことはないよ」

私の言葉に、思いがけない方向から答えが返って来ました。顔を上げると母屋の方から、髪がきれいに白くなったおじいさんが、ニコニコ笑いながらやってこられました。ご主人である小島さんです。

「上条さんの娘さんには、お世話になったからね。こんなことでお役に立てるんなら、お安いもんだよ」

娘さんというのは、どうやら姉さまのようです。私が尋ねると、小島さんは目を細めて教えてくださいました。

「四年くらい前かな。うちのばあさんが出先で、息子の形見の腕時計が入った巾着《きんちゃく》をなくしたことがあってなぁ……それを、あんたの姉さんが見つけて届けてくれたんだ。どこでなくしたか、当の本人にもわからなくなってたのに」

この四年ほど前といえば、すでに姉さまは例の力——人の記憶ばかりか、物、場所の記憶さえ見ることができる不思議な力が、使えるようになっていたはずです。きっと、それを使ったに違いありません。

「時計をなくした時は、ばあさん、このまま死んじまうんじゃないか……と思えるくらいにガックリしたもんだが、あんたの姉さんのおかげで助かったよ。今は、ちょっとした病気で西新井の病院に入院しとるが」

「そうなんですか」

姉さまなら、失《う》せ物捜しは得意中の得意です。その人の記憶を見て、巾着袋を置いた場面を確かめればいいのですから。

もっとも人の頭の中を覗《のぞ》くなんて勝手にやっていいことではありませんが、その頃は姉さまも中学生――悪意あってのことではないのですから、少しくらいは目をつぶってもらいましょう。

「本当なら母屋の部屋を貸してやりたいところだが、あいにくどこもいっぱいでな。第一、それだと妹さんも気楽にやれまい。ここなら朝に鍵《かぎ》を開けてから、夜までそのままだから……好きな時に来て、好きなだけ勉強すればいい。ただし、店に一声かけてな」

「ありがとうございます！」

本当に願ったり叶《かな》ったりでした。おかげで私は休日ごとに、そこで勉強できるようになったのです。

その時の私は「どこに幸運が落ちているか、わからないものだなぁ」と思ったものですが、実際はそうではありませんでした。ハッキリ言ってしまえば、すべて姉さまのおかげ――いえ、おばあさんの巾着を捜してあげたからばかりではありません。何度かその場所を借りて気づいたのですが、どうも幸男くんの目当ては、姉さまだったようなのです。

「これ、お姉さんにぃ……」

私が勉強を終えて帰る時、二回に一回は、幸男くんからいろいろなものを託《ことづ》かりました。あくまでもさりげない口調でしたが、その顔はお酒でも飲んだみたいに真っ赤になってい て、不思議な力など微塵《みじん》もない私にでも、幸男くんの本心は丸わかりでした。

もっとも預かるのは、そんな大層なものではありません。たいていは渡辺《わたなべ》のジュースの素の大袋や、日暮里《にっぽり》の問屋さんで買ってきたらしい駄菓子などで、いわゆるロマンチックなものは皆無でした。おそらく思い切った贈り物をする勇気が幸男くんにはなかったのでしょうし、姉さまへの恋心を私に知られてしまう（すでにわかっていましたけれど）のも憚《はばか》られたのだと思います。

「お姉さんって、どんな映画が好きなのぉ？」

「お姉さんは、休みの日には何をして過ごしてるんだい？」

そんなことを尋ねられるのもしばしばです。そのたびに私はサービスのつもりで答えてあげましたが、幸男くんの回りくどさをじれったく感じることもありました。

たとえば姉さまの好きな食べ物を聞き出したいがために、十分も二十分も、食べ物の話を取り留めもなくするのですから——初めから知りたいことだけ聞いてくれれば、勉強の手を止める時間も少なくて済むのに……なんて、私はよく恩を忘れて思ったものです。

けれど、それも仕方がないでしょう。その頃、幸男くんは十七歳で、すでに社会人だった分、大人びたところもあったのですが、中身はまだ子供のようなものだったのですから。

それに、こんな言い方をしては幸男くんに悪いのですけど——彼のそんな行動が、私たち姉妹に明るい話題を提供してくれていたのはありがたいことでした。

2

実はその頃、姉さまは少しばかり元気がありませんでした。

いつもと変わらない態度でいようと姉さま自身は心がけていたようですけれど、妹の私の目はごまかせません。ちょっとした隙間の時間に物思いに沈んでいたり、誰にも気づかれないような小さな溜《た》め息をついていたり——明らかに何かに悩んでいるようだったのです。

問われるまでもなく、心当たりなら二つもあります。

一つは、例の薔薇姫《ばらひめ》こと御堂吹雪の存在です。以前にお話しした通り、彼女は姉さまと同じ力を持っていて、人や物の記憶を見ることができます。けれど、それを姉さまのように人のために使うのではなく、彼女は思うままに他人の秘密を暴き、恐喝の種にしていました。そのために湯飲み一杯の農薬を飲んで、生死の境をさまよった人までいるのです。

その事実だけでも姉さまは心を痛めたに違いありませんが、驚いたことに御堂吹雪は姉さまの存在を知っていました。それどころか、赤ちゃんの頃の姉さまを抱っこしたことさえあるというのです。

つまり姉さまと彼女は、ずっと昔に出会ったことがあるというのですが——その事実を、姉さまはまったく記憶していませんでした。人や物の記憶を見ることはできても、自分に関しては普通の人と同じなので、あまり小さい頃のことを覚えていないのは仕方ないでしょう。

「あなたって、前もそうだったわ。何も知らずに私を踏みつける……いえ、私を踏みつけたことさえ知らないでいる。どうしてかしらね」

同じ年の七月に銀座の裏通りで会った時、彼女は姉さまにそう言い放ちました。お葬式帰りのような黒尽《ず》くめの服に身を包み、この世のすべてを凍らせてしまうような冷たい目をしていたのを、私は今でも忘れることができません。

「でも今度ばかりは、私も黙っていないわ。あなたはまた、私の大切なものを壊した……何があろうと、今度は絶対に許さない」

彼女はそうも言いましたが、いったい何を指しての言葉なのか、その時の私たちにはわかりませんでした。あえて心当たりを探れば、姉さまが薔薇姫の名刺を見て、それを作った小さな印刷屋さんを突き止めた以外にありません。その行為が、彼女から何を奪ったというのでしょうか。

気になった姉さまは、後日、警視庁の立花さんに電話を掛けて尋ねました。

本来なら旧知の神楽さんに尋ねるべきなのですが、立花さんは暴力団や恐喝などの犯罪を取り締まる係の刑事さんで、神楽さんよりもわかりやすい——ハッキリ言ってしまえば単純な人でしたので、話が聞き出しやすいと思ったのでしょう。

「あぁ、あの御茶ノ水の印刷屋か」

　ぞんざいな口調ながら、立花さんは教えてくれたそうです。

「せっかくお姉ちゃんがいい情報を摑《つか》んでくれたのに、薔薇姫の身柄を押さえることはできなかったよ。どうしてかって言うとな……あの印刷屋、死んじまったんだ」

　詳しく聞いたところによると、薔薇姫の名刺を作った印刷屋さんは高齢で、おまけに重度のヒロポン中毒だったそうです。立花さんが乗り込んだ時に彼は逃亡を図ったのですが、おそらく急激な運動に心臓が耐えられなかったのでしょう、聖橋《ひじりばし》を渡って湯島《ゆしま》聖堂の手前まで走ったところで倒れ、そのまま心不全で亡くなってしまった……とのことでした。

「でも、薔薇姫らしい女の存在は確認できた。何でも二十歳過ぎくらいの吹雪とかいう女が、印刷屋によく出入りしていたらしいんだ。まぁ、これも偽名かもしれんが」

　本来なら警察の方がそこまで教えてくれることはないはずですが、おそらく姉さまの力を高く評価してくれたのでしょう。立花さんは私たちを、身内と考えてくださっているようでした。

（その印刷屋さんが、薔薇姫の大切な人だったのかしら）

　姉さまから話を聞いて、私は思いました。話の流れを考えると、そうとしか思えません。

「でも姉さま、その人が亡くなってしまったのは、何も警察や私たちのせいではないでしょ。変に気にしなくてもいいんじゃない？」

　私はなるべく冷静に言いました。

印刷屋さんが亡くなってしまったのは、ヒロポン中毒で体がボロボロになっていたことが原因なのです。そんな状態だったのなら、警察に追われなくても、遠からず倒れていたでしょう。

けれど、それはやはり無理な相談でした。

例の力を使って暴いた真実のために、結果的に人が命を落とした——経緯はどうあれ、それを姉さまが気にしないはずがないのです。

その事実だけでも、姉さまがふさぎ込んでしまうには十分でしたが、それに輪をかけたのが茜ちゃんとの不仲でした。

いえ、不仲というほど大仰なものではないのかもしれませんが、それまで屈託のなかった茜ちゃんが、ある時期を境に急によそよそしくなってしまったのです。

その原因は、突如現れた薔薇姫に苦界で働いていた過去を、簡単に指摘されてしまったことでした。すでに茜ちゃんの中で整理がついていた問題なのに、無造作に見破られたことが、よほどのショックだったのでしょう（思えば姉さまや御堂吹雪の持っている力は、断ち切りたい過去を持っている人にとっては、何よりも恐ろしい能力です）。

それ以来、茜ちゃんは姉さまを避けているようでした。表面的には以前の通りなのですが、できれば姉さまと一緒にいたくないと考えている——もっと言えば、姉さまを恐れているように見えるのです。

「そういうのって茜ちゃんらしくないよ。今まで通り、楽しく過ごそうよ」

姉さまがいないところで、そう言ってみたことがあります。けれど茜ちゃんは、ちょっと暗い目をして答えました。

「ワッコちゃんみたいな、いいお母さんとすてきなお姉さんに囲まれて育ってきた人には、きっと私の気持ちはわからないよ。リンちゃんの年の頃に、私がどんなことをしていたか……想像できるでしょ」

そう言われてしまっては、私は黙らざるを得ませんでした。

「わかってるのよ……リンちゃんは、神さまみたいにいい子。絶対に私の中を勝手に覗《のぞ》いたりしないし、私の汚い昔を知っていたって笑ったりしないわ。それはよくわかってる。でも、あの力が怖いって思う気持ちも、察してほしいのよ」

言われるまでもなく、その気持ちはわかります。確かにあの力を持っているのが姉さまでなかったら、私も茜ちゃんと同じように、その人を恐れていたかもしれません。

「だから悪いけど、もう少し時間をちょうだい。これからどうするか、私が自分で決めるまで」

茜ちゃん自身もどこか苦しそうに言いました。

思えば人間の心というものは不思議です。茜ちゃんは姉さまの力を知ってから、それをむしろステキなものだと考えていたはずなのです。

たとえば、茜ちゃんの宝物の指輪——幼い時に家を出る日に、もう顔も覚えていないお母さんがお守りとして持たせてくれたものですが、茜ちゃんは、それを〝見て〟もらったことが何度かあったのでした。

「ねぇ、リンちゃん……私のお母さんが見える？」

「えぇ、見えるわ」

指輪を掌《てのひら》に載せて、姉さまは言っていました。

「どんな人？」

「きれいな目をした、優しそうな人よ。でも、ご病気らしくて、お布団に寝てらっしゃるわ」

「病気、ひどいの？」

「たぶん……すごく痩《や》せてらっしゃるし」

「私もいる？」

「もちろん、小さい頃の茜ちゃんもいるわ。お母さま、茜ちゃんの体を抱きしめて、何べんも『ごめんね、ごめんね』って言ってらっしゃるわ」

茜ちゃんはずっと幼い頃、東北のある県から人身売買で関東に連れてこられたのでした。

姉さまは、その時の様子を語って聞かせたのです。

「そう……ごめんねって言ってくれてたんだ」

目を潤ませながら、茜ちゃんもうなずいていたものです。もちろん、それだけで茜ちゃんの気が済んでいたかどうかはわかりませんが、救われた気持ちになっていたのは確かではないかと思うのです。

もっとも正直に言えば、その光景を姉さまが実際に見たのかどうかはわかりません。姉さまがこの世を去った今となっては確かめようもありませんが、その時、きっと指輪はどこかに隠されていたはずで、その光景に接した可能性はかなり低いのではないか……と性格の悪い私は考えてしまうのです。

けれど、この場合、真実を見る必要などまったくないことを、姉さまは知っていたのでしょう。たとえ嘘であっても、茜ちゃんの寂しさや悲しい心を優しく包んであげる方が大切だと思ったに違いありません。

「リンちゃんってすごいんだね。私、尊敬しちゃう」

指輪を見てもらった後、茜ちゃんは嬉《うれ》しそうに言っていたものでした。

それなのに、ちょっと見方が変わっただけで、その力を忌々しく怖いものと感じてしまう――やむを得ないこととはいえ、人の心は本当に不思議です。

そういった経緯で、その頃の私たちと茜ちゃんの間には、微妙な溝のようなものがありました。悲しいことですが、これぱかりはどうしようもありません。茜ちゃんが再び姉さまを受け入れられるようになるまで、辛抱強く待つ他はないのです。

姉さまの方も、私に茜ちゃんのことを尋ねたり、あるいは直接茜ちゃんに何か問いただしたりするようなことはしませんでした。自分の力が疎まれていることを、おそらくは知っていたのでしょう。

思い返せば、姉さまは生涯そういう人でした。

縁あって知り合った人を本当に大切にしていたのですが、その人が離れていこうとするのは引き留めようとしないのです。自分の持っている力は諸刃《もろは》の剣――その剣のきらめきに恐れをなして去ろうとする人の背中を、剣を持ったまま追いかけることなど無意味だと知っていたのでしょう。姉さまはそういった諦念《ていねん》に近いものを、一生持ち続けていたのです。

そんな状態でしたから、幸男くんのことは明るく楽しい話題になりました。

「姉さま、今日はこれを預かってきたわ。どうぞお姉さんに……ですって」

彼に託《ことづ》かった品を私が持っていくと、姉さまはいつも目を丸くして驚くものの、ほとんどの場合はありがたく頂戴《ちょうだい》しました。何度ももらっては悪い……とは思いつつも、幸男くんの選択は私や姉さまの好みのツボを押さえていて、断るには惜しい気になるのです。

たとえば、麩菓子《ふがし》――正しい名前は何と言うのかは知りませんが、二十センチくらいのふわふわの麩の棒を甘い黒糖のペーストでコーティングしたお菓子……実は私も姉さまも、昔からあれには目がないのです。それが十本も入った袋を持ってこられては、いくら遠慮屋さんの姉さまでも断れません。

「いつも悪いわね。今度、何かお返ししないと」

「いいのよ、姉さま……受け取ってあげることが、幸男くんのためなのよ」

いつも私はそんな風に笑っていましたが、今から思えば、生意気でイヤな子です。もちろん姉さまはそんな言葉で納得する人ではなく、ガーゼのハンカチセットなどを私に持たせることがありました。それを渡した時の幸男くんは、そのまま燃えてしまうのではないかと思えるほど、顔を赤らめていたものです。

その幸男くんの身に大変なことが起こったのは、その年の十月――彼は突然、住み込みで働いていたお米屋さんから姿をくらませてしまったのです。

3

事件のはじまりは九月の金曜日――ちょうどローマでオリンピックが開かれていた頃です。

学校からの帰り道、一緒に歩いていた友だちのチカちゃんと途中で別れ、一人で大きなY字路に差し掛かりました。そこには秦野さんが勤務している交番がありますので、私は何気なく目をやりました。通りかかって挨拶《あいさつ》なし……なんてしようものなら、必ず文句を言われるからです。

けれど交番の軒先に秦野さんの姿はありませんでした。いつもなら、どこか偉そうに後ろで手を組んで、通りを見つめているはずなのですが。

(あぁ、お取り込み中なのね)

交番の中を見ると、秦野さんが机に向かっているのが見えました。そのすぐ横には椅子が出してあり、紺色の服を着た人がこちらに背を向けて坐《すわ》っています。

秦野さんの顔に険しい表情が浮かんでいたので、その人は何か悪いことでもしたのかもしれません。本当なら、そういう場面は見て見ぬふりをしてあげるのが一種のマナーですが、猫をも殺す何とやら、私はついつい秦野さんの横にいる人を見てしまいました。

ところが、その後ろ姿は――。

(幸男くん?)

そう、秦野さんの横に腰掛けているのは、どう見ても幸男くんでした。紺色の服は、いつもの小島精米店のはっぴです。

私は思わず足を止め、見間違いではないかと目を凝らしました。幸男くんに限って、警察のご厄介になるようなことをするはずはありません。

その時、私の気配に気づいて、秦野さんがひょいと顔を上げました。

「ワッコちゃん!」

道路越しに私の姿を見つけると、秦野さんは椅子から腰を半分上げ、どこか嬉しそうな顔で声をかけてきました。その雰囲気から言って、幸男くんが何か悪いことをして絞られているわけではなさそうです。

「ちょうどよかった、ちょっとこっちに来てくれないか」

お巡《まわ》りさんに呼ばれたなら、無視するわけにもいきません。私は横断歩道を渡って交番に行きました。

「何ですか？」

いちおう幸男くんの手前、いつもよりは丁寧な言葉遣いで話しました。

「ちょっと相談したいことがあるんだよ」

あっけらかんと言う秦野さんに、私は何だか困った気分になりました。警官の制服を着た自分が、ただの女子中学生に過ぎない私に相談を持ちかけることが、周囲の人間にどれだけ奇妙な印象を与えるか、秦野さん自身はまったくわかっていないのでしょう。

「秦野さん、いくら何でも、そりゃないでしょぉ」

案の定、椅子に腰を降ろしたまま幸男くんは笑いました。

「ワッコちゃんに聞いても、わかんないですよぉ」

「いやいや、幸男くん……こういうことは、逆に中学生の方がわかるかもしれないよ」

秦野さんの口調がすっかり砕けているところから察して、どうやら二人はかなり親しいようです。ちょっと意外な取り合わせに思えましたけれど。

「へぇ、秦野さん、幸男くんと知り合いなんですか」

「この町の住民は、みんな僕の知り合いさ」

どこか自慢げな口調で、秦野さんは答えました。

確かにこの交番に勤務しているお巡りさんの中では、秦野さんは有名だったと思います。それなりに整った顔立ちをしていますし、物腰も柔らかなので、女の人に人気があるのです。私自身も小学校の頃にちょっぴりだけ憧《あこが》れたことがある……というのは前にお話しした通りですが、いろいろガッカリする部分もあって、その憧れはシャボン玉のように儚《はかな》く消えていきましたけれど。

「幸男くん、これをワッコちゃんに見せていいかなぁ」

そう言いながら秦野さんは、机の上に置いてあった古びた封筒を手に取りました。幸男くんは不承不承な感じでうなずきましたが、すでにその時には秦野さんは封筒を逆さにして、一本の黒い万年筆を取り出していました。古い品らしく、プラスチックの表面には、ところどころ曇りが出ています。

「ワッコちゃん、この校章に見覚えがないかい」

秦野さんが私の目の前に突き出した万年筆のキャップのクリップ（胸ポケットに引っ掛ける時に使う部分です）のすぐ下に、うっすらと茶色いマークのようなものが入っていました。本来は金色だったのかもしれませんが、時が過ぎて古びてしまったのでしょう。その点を見るだけでも、万年筆が古いものだということがわかります。

「そんなこと言われても……ほとんど消えかけてるじゃありませんか」

どうやら何かの花びらを三つ放射形に並べたようなマークでしたが、あちこち欠けていて全体の姿はわかりません。

「じゃあ、こっちの名前の方はどうかな」

秦野さんは万年筆をひっくり返し、キャップの裏側に印刷された文字を私に示しました。表側の校章と同じような金色で小さな文字が印刷されていましたが、やはり、ところどころ消えてしまっていて、すべての文字を読むことはできません。

「車……学……高校一……最優」

判読できる文字だけを、私は声に出して読んでみました。

「ワッコちゃんは今度、高校受験するんだろ。そんな学校の名前に覚えがないかい？」

「ちょっと、わかんないですねぇ」

私は首を捻《ひね》りました。本当にわからないというのもありましたが、受験生だから日本中の高校を知っているだろう……と考える秦野さんの発想の単純さが不思議でもあったからです。

「つれないなぁ。もっと真剣に考えてくれよ。幸男くんの大恩人の唯一の手がかりなんだから」

「大恩人？」

「うん。幸男くんとお兄さんの大恩人……そうだよね？」

秦野さんは幸男くんに同意を求めました。その時、幸男くんにはお兄さんがいるんだと、私は初めて知りました。

「やだなぁ、秦野さん……口が軽いよぉ」

「こりゃ、すまん」

秦野さんは頭をかきながら言いましたが、ちゃんと反省しているようにも見えません。

秦野さんというのは、こういう人です。

「幸男くんとお兄さんの大恩人って？」

「いや、まぁ、ちょっとねぇ」

私の問いかけに、幸男くんは恥ずかしそうにうつむきました。あまり話したくなさそうな感じです。

「もう十年くらい前になるんだけど、その頃、僕と兄さんは長野の山ン中に住んでてねぇ。そこでとても親切にしてくれた人がいたんだ。たぶん高校生で、東京の人ってことしかわかんないんだけどぉ……これは、その人が持ってたものなんだよ。お巡りさんなら、これだけで何かわからないかと思って相談に来てみたんだけどぉ」

「名前もわからないの？」

「一回、会っただけだからねぇ。でも、もう一度会えば、絶対にわかると思うんだけどぉ」

幼い日の幸男くん兄弟と、その人の間にどんな出来事があったのか知りたいところでしたけれど、無理に聞き出すというわけにも行きません。けれど十年過ぎても捜しているくらいなのですから、よほどの恩があるのでしょう。

（姉さまなら……）

秦野さんの手の中にある万年筆を見ながら、私はチラリと思いました——姉さまの例の力を使えば、もう少しいろいろなことがわかるはずです。場合によっては、名前や住んでいる場所の手がかりがつかめるかもしれません。

ふと気がつくと、秦野さんも何か言いたげな顔で私を見ていました。きっと秦野さんも、まるで同じことを考えていたのでしょう。だから、わざわざ私を呼びつけたに違いありません。

「どうだろうね、幸男くん。この万年筆を二、三日預からせてもらうわけにはいかないかな。もっと、じっくり調べてみたいんだ」

しばらくして秦野さんが言いました。おそらく預かっている間に、万年筆を姉さまに見せようと考えたのでしょう。

「いやいや、何もそこまでしなくってもぉ」

幸男くんは秦野さんの手から万年筆を引き抜くと、笑いながら古びた封筒に戻しました。

「何かわかれば、めっけもんだと思っただけだから……」

「そこを何とか」

「いやぁ、とっても大事なもんだから、預けるっていうのはカンベンしてください」

幸男くんは笑いながら立ち上がると、封筒を手に持っていた集金カバンの中に入れました。

「そろそろ仕事に戻らないと……お手間かけさせましたぁ」

それだけ言うと、幸男くんはどこかそそくさとした感じで交番を出て行きました。その後ろ姿を見送ってから、秦野さんは残念そうにつぶやきます。

「惜しかったなぁ。鈴音ちゃんの力なら、絶対手がかりが摑《つか》めるのに」

「そうとも限らないわよ……ずいぶん古い話みたいだし」

確かに、姉さまの力なら何がしかの光景を見ることができるでしょう。けれど、それがすぐに手がかりになるとは限りません。一口に十年と言っても、その間に世間は変化しているはずですから。

「それに秦野さんも、姉さまの力にそんなに簡単に頼らないでよね。かなりの負担がかかるっていうのは知ってるでしょ」

自分も同じことを考えたのを棚に上げて、私は秦野さんを詰《なじ》りました。

「それはわかるけど……何も怖いものを見ろと頼んでいるわけじゃないだろ」

もういい大人のはずなのに、秦野さんは子供のように頬《ほ》っぺたを膨らませました。

4

その夜、私と姉さまは部屋で一枚の紙を眺めながら、一緒になって頭を捻っていました。

「やっぱり大切なのは、文字の間隔だと思うの。途中の何文字分が消えているのかが正しくわからないと、推測できないわ」

頬に手を当てながら、姉さまは小さく溜《た》め息をつきました。まるで苦手科目の勉強でもしているような、難しい顔をしています。

「本当にこれで正しいのね、ワッコちゃん？」

「そう何べんも聞かれると、自信なくなっちゃうなぁ」

眺めていたのは、新聞の折込チラシの裏に書いたいくつかの文字でした。車、学、高校一、最優――幸男くんの万年筆に印刷されていた金色の文字を、私が思い出して書いたのです。

「これを見る限り、その万年筆って優秀な成績を取った生徒に学校が贈ったものじゃないかと思うんだけど……このままだと学校の名前がわからないわ。車という文字は一番初めなのかしら。それとも二番目、三番目なのかしら」

「たぶん初めじゃないかと思うんだけど……どうだったかな」

自分の記憶のあいまいさを誤魔化すように、私は笑いました。万年筆を見た時、おそらく『車』という文字が最初だと直感しましたが、その前に別の文字が消えた跡が、あったような、なかったような……。

「姉さま、実は学校の図書室に、関東の高校の名前が全部入った厚い本があるの。明日、それで調べてみるわ。要は『車』っていう漢字が入っている高校を探せばいいんでしょ」

「そういう本は、幸男くんもとっくに調べたんじゃないかしら」

「そうかなぁ」

私たちは、いつになく真剣でした。私も姉さまも、できれば幸男くんとお兄さんの大恩人という人の手がかりを、どうにかして摑んでやりたいと思っていたのです。

なぜかと言うと――もちろん、いつももらい物ばかりしている恩義のようなものもありましたが、幸男くんについて思いがけない話を、母さまから聞いてしまったからです。

「幸男くんって、トニーちゃんでしょ。鈴音とあまり年も違わないのに、あの子も大変だわね……まぁ、何も、あの子ばかりの話じゃないけど」

その日の夜、晩ご飯のちゃぶ台をみんなで囲みながら、私は交番であったことを母さまと姉さまに話しました。その時、母さまがいつになくしんみりした口調で言ったのです。

私と姉さまは、お茶碗《ちゃわん》を持ったまま顔を見合わせました。

隣近所の話題になると、幸男くんの名前は必ずと言っていいほど出てきます。たいていの場合は、どこかトンチンカンで笑ってしまう話の主人公としてでした。

たとえば町会の盆踊りに、なぜか安来節《やすぎぶし》（早い話が、どじょうすくい踊りです）の扮装《ふんそう》でやって来て、それが盆踊りの男の正装だと信じていたこと。

梅田の踏み切りの真ん中で自転車ごと米袋をひっくり返し、列車が来たのにお米粒を拾い集めようとして、とうとう列車を止めてしまったこと。

近所の子供の『七色仮面』ごっこに付き合い、悪玉のコブラ仮面を熱演するあまりに神社の石段から落ちて頭を打ち、本当に気絶してしまったこと。

他にもいろいろありますが、どんな場合も幸男くんは真剣そのもので、別に誰かを笑わせようとしているわけではありません。それにもかかわらず思いが空振りして、ちょっと気の毒な結果になってしまうのが、何とも言えずにおかしいのです。

言ってみれば、幸男くんこそ町のアイドルでした。ある意味、交番の秦野さんよりも有名で、おそらく界隈《かいわい》で知らない人はいなかったでしょう。駅近くの電器屋のおじさんなどは、お昼の短い番組で人気者だったクレージーキャッツに弟子入りすることを真剣に勧めていたくらいです。もっとも、どうすれば弟子入りできるのか、その方法はわかっていなかったようですけど。

「幸男くんが大変って……どうして？」

私が尋ねると母さまはお箸《はし》を止めて、つぶやくように言いました。

「知っている人は当たり前に知っていることだから、話してもいいかしらね」

「なになに、勿体《もったい》つけずに教えてよ」

「別に勿体つけてるわけじゃありませんよ。ただトニーちゃんは、あんまり話したがらないみたいだから」

「そこまで言ってやめるのはナシよ、ねぇ、姉さま」

私が言うと姉さまは、ちょっと困った顔をしました。

「母さま、私たちが知らない方がいいことなら……」

「いいえ、教えておきましょう。鈴音はともかく和歌子は、トニーちゃんに対する尊敬の念が、少し足りないみたいだから」

「尊敬の念って」

いったい幸男くんのどこを尊敬すればいいのか、私の方が聞きたいくらいでした。けれど、そんな戯言《ざれごと》を口にしようとした時、母さまはきっぱりとした口調で言ったのです。

「トニーちゃんは、天涯孤独なんです。二十年の東京大空襲で、家族をみんな亡くしてしまったんですよ」

「えっ……」

私は危うく、お茶碗を取り落としてしまうところでした。

「和歌子は生まれていなかったし、私や鈴音は外地にいたから難を逃れたけれど、あの空襲は、それはそれは、ひどいものだったのよ。一晩のうちに十万人が死んでしまう地獄を、戦争のない時代に生きているあなたたちに想像できる？」

東京大空襲のことは、それまでも学校で習ったことがありました。

言うまでもなく昭和二十年三月十日、米軍によって行なわれた大規模な空襲で、日付が改まってまもなくに始まり、約二時間半もの間、東京の下町一帯を爆撃したものです。B29爆撃機三百二十五機もの大編隊で、初めに焼夷弾《しょういだん》で火の壁を作って人々の退路を断ち、その中を絨毯《じゅうたん》爆撃するという念の入れ方だったと言います。もちろん被害にあった人々のほとんどは民間人で、さらに逃げ惑うところを低空飛行で射殺したというのですから、いくら戦争とはいえ残虐極まりない所業と言わねばなりません。

それを伝聞や記録でしか知らない身で言うのも口幅ったいかもしれませんが、母さまの言葉通り、たった一晩で十万人もの人が亡くなり、東京の三分の一が燃えてしまうような恐ろしい事態を、私はとても想像することができませんでした。

「トニーちゃんは空襲の次の日、一人で泣いているところを親切な人に拾われたらしいわ。

まだ二、三歳くらいだったっていうのに、よく助かったものね」

母さまの話を聞きながら、口の中に入っていた煮物の味が、どんどんなくなっていくのを私は感じました。姉さまも石になったように身じろぎもせず、じっと聞き入っています。

「でもトニーちゃん、小さ過ぎたから自分の年も名前も言えなくってね……泣いていた場所が飯田橋の近くだったから、苗字《みょうじ》を飯田にして……」

「えっ、飯田幸男くんって、本当の名前じゃないの？」

「名前のわかるものが何もなかったんだから、仕方ないでしょう、和歌子。それで、これからは幸せなことがいっぱいあるように……っていう願いをこめて、幸男くんにしたらしいわ」

当時は昭和三十五年で、戦後十五年が過ぎていました。私が生まれたのは終戦の年の十一月ですから、幸い空から爆弾が落ちて来るようなことは体験せずに大きくなりました。けれど戦争の傷跡は、あちこちで見ることができました。建物こそ建て替わっているのですが――戦災で怪我をした人たちが、自然に目に入ってくるのです。小学校の頃にも足を引きずっている先生がいらっしゃいましたし、繁華街に行けば、傷痍《しょうい》軍人さんがアコーディオンを弾いてお金を募っていました。

思えば十五年というのは長いのか短いのか、よくわからない期間です。

子供の頃に過ごす十五年はとても長く、それこそ永遠に続くような気がするものですが、大人になってから思い起こす十五年は一瞬です。ですから愚かな戦争で傷を負ったり身内を失ったりした人たちにすれば、忌まわしい記憶を拭《ぬぐ》い去るには、十五年などまったく足りない時間だったことでしょう。

「でも母さま、幸男くんは確か自分とお兄さんの大恩人だって言っていたわよ。ということは、天涯孤独というのは違うんじゃないの？」

「それは私にもわからないけどね……幸男くんは中学を卒業するまで、いくつかの施設を転々としていたの。だから、その施設でのお兄さんってことじゃないかしら」

なるほど、そういうことか──私は納得しました。

子供たちが一つ屋根の下で長く暮らしていれば、兄弟同然になるのは、まったく自然なことです。まして他に身寄りがない同士だとすれば、きっと深い情愛で結びついていたことでしょう。

「姉さま……これは何が何でも、あの万年筆の文字を解読しないとね」

そうしてご飯の後に部屋に戻って、私と姉さまは一緒に首を捻《ひね》り続けていたというわけです。せめて恩人捜しの役に立つのが、幸男くんにしてあげられる唯一のことだったのです。

けれど、私が正確に文字を思い出せないばかりに、それも暗礁に乗り上げていました。

とにかく『車』という文字の入る高校を探し出せばいい……という単純なものではないようです。

「実は私にひとつ、考えていることがあるのよ。でも、それが正しいかどうか確かめるためには、どうしてもワッコちゃんに、万年筆に書かれていた文字を正確に思い出してもらわないといけないわ」

しばらくして、姉さまは眉《まゆ》を顰《ひそ》めて言いました。

「ごめんね、姉さま。でも本当に、これ以上は思い出せないの。頭の中がぐにゃぐにゃになっちゃって」

「別にワッコちゃんは、無理に思い出さなくっていいのよ。たった一言、〝いいよ〟と言ってさえくれれば」

そう言って姉さまは、いたずらっ子のような笑みを浮かべましたが――初めはその言葉の意味がわかりませんでした。いったい、何を〝いいよ〟と言えばいいのでしょう。

「えっ、まさか」

ようやく気づいた私は、とっさにオデコに手を当てて尋ねました。

「まさか、私を〝見る〟の？」

「それが一番早いでしょう」

言われるまでもなく、それはそうに決まっています。あの力を使えば幸男くんの万年筆を、姉さま自身で確かめることができるのですから。

「でも、イヤならいいのよ……無理にとは言わないわ」

「うーん」

その時、私は茜ちゃんの気持ちが少しだけわかったような気がしました。

特段にやましいことがあるわけではありませんが、いったい何の記憶をどこまで見られてしまうのか、見られる本人にはまったくわからないからです。たとえば姉さまにさえ知られたくないこと（女の子なら……いえ人間なら、そんなものの一つや二つ、必ずあるものでしょう）を見られてしまったとしたら、私は二度と姉さまの顔をまともに見ることができなくなります。

けれど幸男くんの望みを叶《かな》えてあげたいと思うなら、姉さまを信じて任せる以外にはありませんでした。彼のおかげで勉強場所が確保できたのですし、その恩義には応《こた》えなければなりません。

「わかったわ、姉さま……私の中を〝見て〟いいわ。でも絶対に、他のことは見ないでよ」

「がってんしょうちのすけ」

姉さまはそう言って、にっこり笑いました。茜ちゃんが普段から使っている戯れ言葉です。それを聞いた時、やっぱり姉さまも早く茜ちゃんと仲良しに戻りたいんだな……と思いました。

「大丈夫、そんなに緊張しないで」

私たちはお見合いするように、それぞれ正座して向かい合いました。そんなことをしても何の意味もないのに、私はなぜか亀のように首をすくめていました。やがて姉さまは、いつものように息を長く吸ったり吐いたりしながら、目を細めます。

「ついさっき見たばかりだからかしら、もう見えてきたわよ」

前に聞いた通りだとすると、その時の姉さまは私の頭の上に、ぼんやりとした虹《にじ》を見ているはずです。その真ん中あたりをなおも見つめると、虹がスクリーンのようになって、私の記憶が見えてくるのです。

「やっぱり、私の思った通りだわ」

やがて姉さまは、弾んだ声で言いました。

5

次の日、私は学校の帰りに二叉路《きろ》の交番に寄りました。姉さまの託《ことづけ》を、秦野さんに届けるためです。

「まったく鈴音ちゃんはすごいもんだな。千里眼の上に、こんなに頭がいいなんて」

制帽のつばを押し上げながら秦野さんは、姉さまが書いたメモをしげしげと眺めました。

「幸男くんもね、全国の高校が出ている本で調べたりしたらしいんだけど、どうしてもわからなかったらしいんだ。それを、こんなに簡単に突き止めてしまうなんて」

やはり私がやろうとしていたことは、すでに幸男くんも試みていたようです。

「そうか……まさか塾だとはね。まったく気づかなかったよ」

「秦野さん、塾じゃなくて予備校よ」

「似たようなものだろ」

秦野さんは笑って、姉さまのメモを自分の手帳に書き取りました。その姉さまのメモには、美しい字で、こう書いてありました。

『車（胤）学（○）高校一斉模試最優（秀）（賞）』

私の記憶によると（本人の口から出すと、何とも奇妙に響くものですが）、万年筆に書かれた金色文字の数は七つでした。その文字の大きさと比べると、それぞれの文字の間にいくつの欠落文字があるかわかります。姉さまの考えによると、それぞれ一つ、一つ、三つ、最後は二つか三つ……ということになるそうでした。それを書き出してみると、こんな具合になります。

『車○学○高校一○○○最優○○』

高校という文字が真っ先に目に入ってくるので、私はもちろん幸男くんも秦野さんも、これは高校の名前だと考えてしまいました。けれど姉さまは、その次の『一』に着目したのです。

「この万年筆が、成績が優秀だった人へのご褒美だとしたら、ここで『一』を使うのは変だと思うの。一等賞なんて、きっと高校では言わないでしょう？　仮に使うものだとしても、それなら次の『最優』という言葉と意味が重なってしまうし」

姉さまはチラシの裏に文字を書きながら説明してくれましたが、もしかすると、そうやって自分の考えをまとめていたのかもしれません。

「それで考えてみたんだけど……前に高校に行った友だちが、大学受験の模擬試験をやるって言っていたのを思い出したの。模擬試験は、縮めて『模試』って言うこともあるらしいわ。それで、あちこちの予備校で同じ問題をいっぺんにやって、それで平均点を出したりするのを『一斉模試』って言うんですって」

「じゃあ、ここに入るのは『一斉模試』って言葉？」

「そう思ったから、文字の間隔が正確に知りたかったのよ。空いている部分は三文字分だから、当たってる確率はかなり高いわね」

たいしたものだ……と私は思いました。

もともと姉さまは頭のいい人なのです。体が丈夫だったなら、きっと高校に進んで優秀な成績で卒業していたでしょうに、姉さまは中学も半分ほどしか行けませんでした。おまけに欠席が多かったので、通知表の成績は2ばかりなのです。

「そうだとしたら、後ろの部分は想像がつくわね。『高校一斉模試最優秀賞』じゃないかしら」

「じゃあ、問題は前半分の『車○学○』ね」

言うまでもなく、そこがもっとも大切なところです。

「そこも、実は想像がついているの。たぶん『車胤《しゃいん》学園』か『車孫学園』、そうでなければ『車胤学院』か『車孫学院』だわ、きっと」

「どうして？　知ってるの？」

「予備校の名前なんてチンプンカンプンよ」

姉さまは肩をすくめて言いました。

「でも、予備校だとしたら、想像がつくのよ。ワッコちゃん、〝蛍雪の功〟っていう言葉、知ってる？」

「えーっと……もしかして蛍の光、窓の雪？」

言うまでもなく唱歌の〝蛍の光〟の歌詞ですが、これは昔の中国のある偉人が、明かりのための油を買うことができないほど貧しく、夏は蛍の光、冬は雪明かりを頼りにして本を読んだという故事から取ったもので、苦労して勉強するという意味です。

「その通りよ。それで、その中国の偉人っていうのは実は二人でね、車胤っていう人と孫《そん》康《こう》っていう人なの。車胤さんが蛍の光で勉強した人で、孫康さんが窓の近くに雪を積んで勉強した人」

「うわぁ、すごい！　姉さまって物知りねぇ」

私が思わず手を叩《たた》くと、姉さまは照れくさそうにうつむいて、つまらなそうに言いました。

「病気で寝ている時って退屈だから……家にある本を読むしかないでしょ？　小説とかだったらいいんだけど、あんまり退屈し過ぎると、そこにある『故事類語辞典』みたいなものでも読んじゃうのよ」

「えっ、あの本、読んだの？」

私と姉さまの部屋には小さな本棚がありましたが、四段あるうちの一番下には、主に父さまが残していった本が並んでいました。広辞苑《こうじえん》などの辞典が多いのですが、分厚い上に字が小さいので、私が手に取ることはほとんどありませんでした。本棚に入れてあるのは、邪険に扱うと母さまがうるさいことと、本棚を安定させる重しにちょうどいいからです。その結果、けれど病気がちの姉さまは退屈しのぎに、それらの本も眺めていたようです。その結果、知らず知らずのうちに、深い教養が身についていたのでしょう。

「つまり、その人たちの名前を、予備校の名前にしてるんじゃないかってことね」

「そう……大学受験の予備校なら、本当は『蛍雪』という言葉を名前に使いたいだろうと思うんだけど、それは旺文社《おうぶんしゃ》の『螢雪時代《けいせつ》』に取られちゃってるから……だから、その人たちの名前を使って、同じような意味を出そうと思ったんじゃないかしら。だとしたら『車』と来れば車胤さんか、あるいは孫康さんの頭の字と組み合わせて『車孫』。絶対に、どっちかだと思うわ」

「その後ろに『学園』か『学院』がくっつくってわけね」

私は心中、舌を巻いていました。神さまというのは、本当に不公平です――どうして姉さまにばかり、こんなにいろいろな才能を授けるのでしょう。もっとも私は病気知らずの丈夫な体をいただいたので、文句を言ったら罰が当たりますけれど。

「今、ワッコちゃんに説明したことを書いておくから、秦野さんに渡してちょうだい」

そう言って姉さまは、手近な紙に清書したメモを作ってくれたのです。それを言われた通りに、私は秦野さんに渡したのでした。

「なるほど、車胤学園、車胤学院、車孫学園、車孫学院のどれかか……これはグッと間口が狭まったな」

嬉《うれ》しそうにメモを眺める秦野さんに、私は一言付け足しました。

「あ、そう言えば一斉模試をやるくらいの予備校だから、それなりに大きいところじゃないかって姉さまは言ってたよ。一箇所でやっても、一斉にならないでしょ」

「なるほど……成績優秀者に万年筆の賞品を出すくらいだからな。支店くらいありそうだ」

予備校に支店というのも変な気がしましたけれど、私はあえて訂正を求めたりはしませんでした。秦野さんと話す時に、そんな些細《ささい》なことを気に留めていては話が進みません。

「それで、わかるものですか？」

「簡単だよ。電話帳で調べてみればいい」

秦野さんは奥に入って職業別広告つきの電話帳を持ってくると、それを机の上に載せ、指先にたっぷりと唾《つば》を付けてページをめくり始めました。私は思わず二歩ほど後ずさりしましたが、秦野さんはきっと気づかなかったでしょう。

「あった！」

やがて秦野さんは、あるページで手を止めて叫びました。

「すごいよ、ワッコちゃん。鈴音ちゃんの推理は的中だ。見てごらん」

秦野さんの指が示す先を見ると、そこには『車胤学院』の大きな広告が出ていました。新宿、中野、阿佐谷《あさがや》、吉祥寺《きちじようじ》に、それぞれ校舎があるようです。

「まったくたいしたもんだなぁ、キミの姉さんは」

そう言いながら秦野さんが、たっぷりと唾を付けた方の掌で私の肩を叩いたので、私は思わず叫んでしまいました。

もちろん万年筆の出所がわかっても、そこから先にも大変なことがたくさんあります。細かいことはわかりませんが、幸男くんが万年筆を手に入れたのは、十年前の出来事なのです。単純に計算すれば、昭和二十四年か二十五年――戦後の混乱期がようやく終わる頃合いですから、万年筆の持ち主にたどり着くのは容易ではないでしょう。けれど、そのあたりの調査はすべて秦野さんに任せて、私はまったく関わりませんでした。残念ながら受験生の身の上では、そこまで手伝うわけにはいかなかったからです。

その間、やはり土曜日と日曜日には、小島精米店の倉庫を借りて勉強に励んでいました。当然のように幸男くんと顔を合わせましたが、私はあくまでも何も知らないふりをしていました。自分が戦災孤児であり、施設で育ったことを他人に知られたくない……と幸男くん自身が思っているようなので、あえてそうしたのです。本当のことを知ったら幸男くんは怒ったかもしれませんが、それればかりは仕方ありません。

ところが――です。

昭和三十五年の十月の初め、いつものように小島精米店に勉強しに行った時、店の前でご主人が慌てふためいていました。きれいな白髪を振り乱し、無意味に左右に歩き回っています。

「あぁ、和歌子ちゃん、大変だ」

「どうしたんですか、旦那《だんな》さん」

ご主人があんなに慌てているのを、私は初めて見ました。何せ顔色が、まるきり土気色になっていたのですから。

「幸男のヤツが、どっかに雲隠れしちまったんだよ」

「雲隠れ……ですか？」

「そうだ。これを見てごらん」

手渡されたのは大学ノートのページを丁寧に切りとった紙片で、そこには下手ですが丁寧な文字で、次のように書かれていたのです。

『だんなさまへ　すみませんが今日で店をやめます。わがままをいって申し訳ありません。ようしのケンも、おことわりさせていただきます。どうしても、やらなくてはならないことができました。いつかお話しした男が見つかったのです。あいつは、意外なところにいました。俺の手でカタキをとらなければ、兄さんは浮かばれません。今までありがとうございました。ご恩は、一生忘れません。おげんきでいてください』

一度目を走らせただけでは意味が取れず、私は三回、続けて読みました。

「これって……どういうことなんですか？」

「書いてある通りだよ」

真っ白い髪をかきむしりながら、ご主人は答えました。

「あいつには、何でもカタキがいたらしいんだよ。昔、自分の兄さん同様の人を殺されちまったとかで……柄でもないくせに、いつか復讐《ふくしゅう》してやるなんて息まいてやがった。まぁ、そいつがどこの誰とも知れないって言うから、講談みたいに偶然会うこともなかろうってタカをくってたんだが……何の加減だか、そいつの居場所がわかっちまったらしいんだ」

（殺された？　復讐？）

ご主人が何を言っているのか、まったく理解できませんでした。ただ心のどこかで、またやってしまったかもしれない……という思いが、ムクムクと頭をもたげてきました。余計なことをして失敗してしまうことが、昔から私にはよくあるのです。

「あいつ、台所の庖丁《ほうちょう》を持って行ったらしい……どうにかしないと、大変なことになっちまう」

庖丁を持って行った――それだけでも、事態は十分に深刻でした。

（大恩人というのは、ウソだったのね）

ようやく私は、事情を呑《の》み込むことができました。

以前、交番で大恩人と言っていたのは、本当はお兄さんを何かの事情で殺した犯人なのです。秦野さん共々、すっかり幸男くんに騙《だま》されてしまいました。

(きっと秦野さんが、万年筆の持ち主を突き止めちゃったんだわ)

どうしてこんな場合に限って、有能ぶりを発揮してしまうのでしょう。つくづく間の悪い人です。もっとも、その道を開いたのは姉さまなのですが。

「旦那さん、私、交番に行ってくる!」

そう言うが早いか、私は全速力で二叉路《さろ》の交番に向かいました。

6

息を切らせて交番の前にたどり着くと、秦野さんは同僚の人と何やら楽しそうに話しているところでした。その人に事情を知らせるわけにもいかないので、私は何度も白々しく交番の前を横切って、秦野さんが気がつくのを待ちました。

「やぁ、ワッコちゃん。どうかしたの」

ようやく気づいて顔を出した秦野さんの腕を引いて、私は交番の陰に入り、今しがた小島精米店のご主人さんから聞いたことを話しました。

「おいおい、そんなのってないだろう」

本当の事情を知った秦野さんは、飛び出そうなくらいに目を見開きました。

「うまく捜し出せたと思ったのに、何でいきなり、そんな物騒な話になるんだい」

「しょうがないじゃないの。私たち、いっぱい食わされちゃったんだから」

「幸男くんも人が悪いな。あんまりだよ」

秦野さんは交番の中にチラリと目をやり、同僚の人が背中を向けているのを確かめた上で、声を落として尋ねました。

「で、本当なのかい？　庖丁を持って出たっていうのは」

「お米屋の旦那さんは、そう言ってるけど」

あの幸男くんが、他人さまにそんなものを振りかざしている場面など、とても想像できませんでした。正直なところ、ご主人の思い違いであって欲しい……と、私も思っていたのです。

「そもそも、秦野さんが捜し出した万年筆の持ち主って、誰だったの？」

「実はね……聞いて驚いちゃいけないよ、ワッコちゃん」

周囲をそっと見回した後、秦野さんは言いました。

「なんと、例の村崎亮二《むらさきりょうじ》なんだよ」

「えぇっ」

驚くなと言われても、無理な相談です。思いがけず有名人の名前が飛び出してきたのですから、私でなくても声をあげてしまうでしょう。

「村崎亮二って、あの『パー坊』の村崎亮二？」

「そう、歌手で映画俳優の、あの村崎亮二さ。万年筆の持ち主は、どうも彼だったらしいんだ」

私は、とてもすぐには信じられませんでした。

村崎亮二と言えば、当時は誰でも知っている映画俳優だったからです。主演作こそありませんでしたが、よくユニークな三枚目役を演じていて、姓の村崎を色の紫（パープル）に引っ掛け、『パー坊』のニックネームで呼ぶ人もありました。当時、二十六、七歳だったのではないかと思います。

「そんなの……信じられないなぁ」

「本当なんだって。たまには僕の言うことも、素直に信じてみたらどうなんだい」

どうも当時の女子中学生というのは、テレビや映画に出ているスターを頭から別世界の人と思い込んでいるようなところがあって、私もその例に漏れませんでした。雑誌のグラビアなんかで、よく知っている場所――たとえば上野の繁華街をスターが歩いている写真などを見ても、そこは自分の知っている上野ではなく、まったく別の上野のような気がしていたものです。奇妙な話ですが、スターのいる世界と自分の住んでいる場所が、当たり前に繋《つな》がっているという実感に乏しかったのでしょう。

「ほら、鈴音ちゃんが推理して見つけ出してくれた、例の塾……車胤学院っていうところの本店が、中野にあってね。この前の非番の日、新宿に映画を観に行ったついでに、足を伸ばしてみたんだよ。それで事務室みたいなところで、過去に万年筆を授与された人間がわかるかどうか尋ねてみたんだ。初めは面倒がって探してくれなかったけど、警察だって明かしたら、至ってマジメに過去の記録を見てくれたね」

「気に入らないなぁ、そういう権力をカサに着たのって」

「えっ、何か言ったかい、ワッコちゃん」

「いえ別に」

　思わず飛び出してしまった本音を噛《か》み潰《つぶ》し、白々しい咳払《せきばら》いを一つして、私は話の続きを促しました。

「それで、わかったの？」

「うん。僕はまったく知らなかったけど、車胤学院は大学受験の塾の中では、かなり有名らしいんだよね。戦前からあって、通っていた生徒は、かなりの数に昇るそうだよ」

「パー坊も、そこに通ってたってわけ？」

「うん、ちょうど十年と少し前に通ってたみたいだね。とても優秀な高校生で、塾の方でも出身者としてパンフレットに載せてるくらいらしいんだ。まぁ、ちゃんと許可をとっているかどうかはわからないけど」

　そう言えば前に茜ちゃんのアパートで見た芸能雑誌に、パー坊はとても頭のいい大学（それがどこであったかは失念してしまいましたが）を出ていると読んだことがあります。そこに通っているうちに演劇に目覚め、役者の道を進んだ……とも書いてありました。

たの？」

「でも万年筆には、贈られた年は書いてなかったでしょ？　なぜパー坊の物だってわかっ
「それは簡単……車胤学院は最初の経営者が空襲で亡くなってしまって、戦後すぐには教室を開けられなかったんだ。まぁ、生きていくだけで大変だった頃だから、塾に行こうっていう高校生も少なかったと思うけどね……で、今の経営者が車胤学院を再開したのが、昭和二十三年の春。さらに一斉模試っていうのがやれるようになったのは、昭和二十四年からなんだ。その試験で一番成績の良かった生徒に万年筆のご褒美をあげるのは、今でも名物みたいに続いているらしいんだけど……実は今と最初の年では、万年筆の種類が違うんだよ」

一斉模擬試験で最優秀の成績を取った人は、何人もいたはずです。

「へぇ、そうなんですか」

「今は国産の万年筆が賞品らしいんだけど、初めの年だけは大奮発して、舶来品を使ったらしいんだ。それこそ高校生に持たせるには、ちょっと贅沢《ぜいたく》と言えるくらいのシロモノさ。ワッコちゃん、ペリカンって知ってるかい？」

「あの口の大きい、不恰好《ぶかっこう》な鳥でしょ」

「言うと思った……実はドイツには、その不恰好な鳥の名前の万年筆メーカーがあるのさ。ペリカンの万年筆と言えば、大人だったら誰でも知ってるよ」

あいにく私は知りませんでしたけれど、まだ大人ではなかったので、へいっちゃらでし

た。

「つまり幸男くんが持っていた万年筆は、ペリカンのものなのね？」

「そう……幸男くんは、そんな高級品だとは知らなかったと思うけどね。胸ポケットに差す時に使うクリップ――あれがペリカンの嘴《くちばし》の形をしているのが特徴さ」

「でも、その万年筆をもらったのは、何も一人ってワケじゃないんでしょ？」

秦野さんの口調が何だか偉そうだったのが癇《かん》に障って、私は万年筆についての解説を、わざと無視しました。

「学院の事務所の人が、その頃に出された『車胤ニュウス』という刷り物を引っ張り出してくれたんだけど、それで見る限り、最初の年に行なわれた一斉模試は四回。つまりペリカン万年筆を授与されたのは四人ということだ。一人は女の子だから省くとして、残りは三人だ」

「その中に、パー坊がいたってわけね」

私は『若い海のバラッド』という映画で見た村崎亮二の顔を思い出しました。

確か陽気でおしゃべりな田舎の若者を演じていたと思いますが、どことなく知的な雰囲気が漂っていて、無理して演じているような感じがしました。やはり頭の良さを隠すのは難しいものなのでしょうか。

「それで、その三人の中から、どうやってパー坊にたどり着いたの」

「別にたどり着いたわけじゃないよ。調べた結果を、幸男くんに話しただけさ。残りの二人の名前はわかったけど、住所まで調べようと思ったら時間がかかるからね……でも幸男くんは、顔を見たら絶対にわかるって言っていただろう？　だから途中経過を報告するようなつもりで、教えてみたんだよ」

「うーん」

私はガックリと肩を落としました。

この早計を、考えが足りないと責めることは簡単でしょう。けれど秦野さんも、悪気があってやったわけではないのです。大恩人を捜しているという幸男くんの言葉を信じて、少しでも早く手がかりを見つけてあげたかっただけに違いありません。

きっと幸男くんは秦野さんに言われて、改めて村崎亮二の写真を眺めでもしたのでしょう。そして彼こそが、自分の捜し求めていた人物だと悟ったに違いありません。

けれど、彼はその人物の顔を、幼い頃にたった一度見たきりなのです。十年も経てば、人の顔はずいぶん変わります。その彼の判断が絶対に正しいと、どうして言い切れるでしょうか。

「じゃあ、もしも……幸男くんが人違いでパー坊に手を出したりしたら」

「うわぁっ」

私の言葉を聞きたくないとでも言うように、秦野さんは両方の掌で耳を塞《ふさ》ぎました。

「そんなことになったら……ぼ、僕はクビだっ」

自分の渡した情報で犯罪が行なわれたとなれば、そうなることは確実でしょうが——できればお巡《まわ》りさんなのですから、先に村崎亮二の身を案じて欲しかったところです。

「でも、まだ幸男くんが何かやったわけじゃないし、今なら手が打てるわよ」

「手を打つって、どんな？」

「一番いいのは警察でパー坊を護衛して、同時に幸男くんの行方を捜すことじゃない？」

そう言うと秦野さんは、目を見開いて口を尖《とが》らせた、奇妙な表情を浮かべました。私の意見に賛成なのか反対なのか、ちっともわかりません。

「それは……それはまずいよ、ワッコちゃん」

やがて呻《うめ》くような声で言いました。

「どうして？」

「正式な捜査でもないのに、僕は例の車胤学院で身分を明かして、調べ物をしてもらった。それがバレるのも、まずいんだ」

人の命が危ないかもしれないのに、何とも往生際が悪い……と私は思いました。

「そう言えば、幸男くんの置き手紙があったって言ってたね。それを鈴音ちゃんに見てもらって、彼の行った先を突き止めることはできないかな」

「できないでしょ、たぶん」

姉さまの力で見えるのはその時以前の風景です。彼の置き手紙を見たところで、その後にどこに行ったかなんて、わかるはずがありません。それこそ彼が独り言で行き先をつぶやきながら、書いていてでもいない限り。

「秦野さん、もう秘密にしておけることじゃないわよ。せめて神楽さんに相談したら？」

「神楽さんか……」

もともと神楽さんは殺人事件を担当する刑事さんなので、相談するのは筋違いです。けれど私には、それが一番いいように思えました。いろいろ言ってみても、とても頼りになる人なのですから。

「秦野さんができないなら、私が電話しようか？」

「いや、自分でするよ。電話くらい……ワッコちゃんは少し、僕のことをバカにしてないかい？」

鼻息荒く言いながらも、秦野さんは今にも泣き出しそうな顔になっていました。


「秦野らしい話だな」

太陽が荒川の方に傾きかけた頃、電話に呼び出されてやって来た神楽さんは、交番から少し離れた路肩に停めた車にもたれて、呆《あき》れたように言いました。

「職権乱用までして捜してやったのが、実は仇《かたき》だったというわけか……マヌケすぎて笑う気にもなれん」

神楽さんは相変わらずの冷たい目線でしたが、前に会った時とは少しばかり印象が違っていました。いつも整髪料で七三に撫《な》で付けている髪が、全体的にフンワリとしているのです。着ているものも背広ではなく、薄いブルーのストライプの入ったワイシャツに明るい茶色のカーディガンでした。当時の男性のスタイルとしては、かなり垢抜《あかぬ》けた雰囲気です。

「なんだか今日の神楽さん、ずいぶんオシャレね」

「本当は休みだったんだって」

少し離れたところから神楽さんと秦野さんが話しているのを見ながら、私と姉さまは小声で言い合いました。いつもと違うカジュアルな神楽さんが見られたのは、なかなか得した気分です。

どうしてそこに姉さまがいたかと言うと、私がその日の勉強を中止し、家に戻って事の仔細《しさい》を話したからでした。姉さまも例の予備校の名前を突き止めたことに奇妙な責任を感じて、私と一緒に秦野さんを訪ねたのです。

「せっかくの非番に来てやったんだ。力になったら孫の代まで感謝するっていうのは、本当だろうな？」

神楽さんは、何とも意地の悪そうな顔で言いました。

「ええ、そりゃ、もう」

「今後、お前を馬車馬のように扱っていいんだよな？」

「どんなことでも、何なりと申し付けてください」

その二時間ほど前、秦野さんは私を外に置いたまま、交番の中に電話を掛けに行ったのですが、二人のやり取りを聞いていると、その時にどういう会話が為《な》されたのか、何となく想像がつきました。

「それで……できましたら、ご内密にしていただければ……と思うんですが」

「それはわからん。人の命がかかっているから、状況しだいだ」

神楽さんは煙草に火をつけながら、突き放すような口調で答えました。冷たく聞こえますが、お巡りさんとしては正しい態度でしょう。

「上条姉妹に尋ねるが」

秦野さんとの話が一段落ついて、神楽さんが私たちの方に向いて口を開きました。

「その米屋の店員というのは、どういうヤツなんだ？　頭に血が上ったら、とんでもないことをしてしまうような人間なのか」

「幸男くんは、絶対にそんな人じゃありません」

私たちは神楽さんの方に近づいて行き、小さな声で答えました。地元の、しかも道端での会話でしたので、なるべく他人に聞かれないように気を遣ったつもりです。本当なら、そんな大事な話を路上などでするのはどうか……と思えましたが、勤務中の秦野さんが交番を離れるわけにいかなかったので、やむを得ません。

「秦野、お前はそのムラサキ何とかっていう役者の事務所に電話して、そいつの略歴とスケジュール、あと周囲で何か不審なことが起こってないか聞いてみろ」

「わかりました」

神楽さんが来て心の落ち着きを取り戻したのか、小走りで交番に戻っていく秦野さんの足取りは、しっかりしたものでした。

「やれやれ、たまの休みだというのに、呼び出されちゃたまらんな」

神楽さんは深々と煙を吐き出しながら、つまらなそうな口調で言いました。

「お休みの時の方がカッコいいですね、神楽さん」

私が言うと、神楽さんは薄い笑みを浮かべて言いました――「妹、大人をからかうんじゃない」。

思えば神楽さんはいつも私のことを〝妹〟と言い、ほとんど名前で呼んでくれたことはありませんでした。神楽さんから見れば、私は姉さまのオマケですから仕方ないですが、考えてみれば失礼な話です。

「そう言えば、神楽さんのお住まいってどちらなんですか？　それなりにお付き合いも長いのに、今までお聞きしたことがありませんでしたっけ」

珍しく姉さまの方から、神楽さんに尋ねました。

「私は四谷《よつや》だよ。上智《じょうち》大学の近くだ」

「へぇ、知らなかった。けっこういいところに住んでるんですね」

私が口を挟むと、神楽さんは苦いものでも食べたみたいに顔をしかめました。

「場所はいいかもしれないが、家はボロだよ。何せ関東大震災の前から建っているからな」

「そうなんですか。今もご家族とご一緒に？」

「もう両親は他界している。今は兄貴の一家と同居だ」

「お嫁さんは、まだもらわないんですか？」

「残念ながら、当てがなくてな……いや、そういうことは放っておけよ、妹」

神楽さんは、きゅっと目を細めました。秦野さんが交番から戻ってきたのは、ちょうど、そんな話をしていた時です。

「何だか……かなり怪しい雲行きですよ」

戻ってきた秦野さんは、八時二十分の形に眉尻《まゆじり》の下がった顔で言いました。

「どうも幸男くんらしい男から、すでに二回も事務所に電話が入っていますね」

「確かか？」

「まず三時過ぎに一回、村崎亮二を名指しして、少年っぽい声の男から電話が入りました。事務を執っている女の子が出たそうですが、どこか怒ったような声で、村崎を電話に出すように言ったそうです」

「何か話したのか」

「いえ……今日、村崎は朝から葉山の方で映画の撮影をしてるらしいんですよ。もちろん電話に出た女の子は、そんなことを教えたりしなかったそうです。ああいう芸能人の事務所には、ときどき要領を得ない電話が掛かってくるみたいで……慣れたものだったんでしょう」

「二回目は？」

「それから一時間もしないうちに、いかにも別人のふりをして、今度のリサイタルは、いつ、どこでやるんですか……と聞いてきたそうですよ。ちょっとくらい鼻をつまんだって、あの独特の訛《なま》りをどうにかしなきゃ、すぐバレるのに」

幸男くんには「～だぁ」とか「～よぉ」とか、語尾を長く伸ばす独特の訛りがあります。私はベージュ色の電話ボックスの中で、鼻をつまんで電話をしている幸男くんの姿が見えたような気がしました。

「それでリサイタルは、いつあると答えたんだ？」

「それが明日、浅草であるそうなんですよ」

私たちと神楽さんは、思わず顔を見合わせました。

「それだな……人目が多くて逃亡しにくくなるが、目標を捜し回る手間が省ける。何が何でも相手に手を出そうとするなら、絶対にそこだ」

すべてを知っているような口ぶりで、神楽さんは言いました。

「ところで、私は疎いんだが……そのムラサキ何とかっていうのは、人気があるのか？」

どういうわけか、その場にいた人たちの目線が一斉に私に集まりました。ミーちゃんハーちゃん的なことは私の担当ということでしょう。

「そうですね……俳優としてはいいと思いますけど、歌手としては今ひとつでしょうか」

「意外に厳しいんだね、ワッコちゃん」

私の意見に秦野さんが口を挟みました。

「僕は好きだけどな、あの『さよなら桟橋』って曲」

「パー坊のヒット曲って、あれぐらいでしょ。それも大ヒットとは言えないしね」

「いや、私が聞きたいのは、そういう評論家みたいな意見じゃなくって、日劇でロカビリーやっていた連中みたいに、通用口のまわりにファンがたくさん待っていたりしているか……ってことなんだ」

「あぁ、そういうことですか。そりゃあ、少しくらいはいるんじゃないですか？　私だって、できれば本物のパー坊を見たいですからね」

「だとしたら、そこがもっとも危険だな。ファンに気を取られて、本人に隙ができるはずだし」

しばらく神楽さんは腕を組んで考え込み、すまなそうに秦野さんに言いました。

「悪いが秦野――やはり秘密裏にコトを運ぶのは無理だな。歌手本人や関係者、まして客にケガ人でも出したら大変なことになる。どうしても、ある程度は公にしなければ」

その言葉を聞いた秦野さんは、土砂降りの雨の中を歩いているノラ犬のように、わかりやすくしょげ返りました。

「確かに、おっしゃる通りです。これで負傷者……まして死者なんか出してしまったら、私一人がクビになって済むことではなくなるでしょう。こうなったら応援を頼んで、どうにかして幸男くんを止めませんと」

言っている言葉は立派でしたが、その目には力がなく、見ていて痛々しい感じがしました。秦野さんにとっては、あまりと言えば、あまりな成り行きです。

「大丈夫だ。お前の件は、なるべく表に出ないように努力してみる。俺を信じろ」

そう言いながら神楽さんは、秦野さんの肩を右掌で力強く叩《たた》きました。よくはわかりませんが、神楽さんは本庁ではかなり偉い人らしいので、その言葉には説得力があります。

「神楽さん……できれば、よろしくお願いします」

しおらしく頭を垂れた秦野さんが顔を上げるのを待ち、神楽さんは言葉を付け足しました。

「ダメだったら、すまん」

「ひぃーっ」

お腹を押せばピューッと音を立てるビニール人形のように、秦野さんは甲高い悲鳴をあげました。それを尻目《しりめ》に、神楽さんはテキパキと言います。

「とりあえず私の方から彼の事務所に、今日と明日は十分に警戒するように連絡を入れておくことにしよう。特に明日の会場への出入りは要注意だ。そこで上条姉妹……悪いが君たちも、明日は浅草に来てくれないか？　その幸男という少年を知っている人間が、一人でも多い方がいいからな。もちろん私がずっと近くにいるから、何も心配はいらないぞ」

頼まれるまでもなく、私たちは初めから行くつもりでした。もし幸男くんが姉さまの顔を見たら、黒い心が萎《な》えて、何も起こさずに済むかもしれません。

（幸男くん……早まった真似はしないでよ。第一、人を殺したり傷つけたりすることなん

て、幸男くんに似合わないんだから)

何よりは、その一事でした。どんな事情があろうと、幸男くんにそんなことをしてもらいたくはありません。もし、そんなことをしたら、幸男くんは再び明るい光の満ちた世界に帰ってこられない気がします。もっとも、すでに心は憎しみに燃えて、黄昏《たそがれ》のような薄暗い闇の中にあるのかもしれませんが。

「では、これから米屋に行こう。済まないが、もう少し付き合ってくれ」

やがて神楽さんは車をそこに停めたまま、私たちを引き連れて歩き始めました。

とは言っても、私と姉さまが小島精米店のご主人と顔を合わせるわけではありませんでした。店の入り口が見える場所まで来たところで、神楽さんはこう言ったのです。

「上条鈴音、その少年がどんな恰好《かっこう》で出て行ったのか、最後にそれだけ確かめてくれないか……むろん体に無理がかからない程度で」

なるほど、幸男くんを知らない警官にも警備を頼むのですから、彼がどんな服装をしているかを調べるのは大切なことです。

「わかりました……やってみましょう」

前にも言ったかもしれませんが、体に負担をかけることなく、あの力を使うのは不可能です。つまり神楽さんは矛盾したことを承知で言っているのですが、いわゆる〝気は心〟というヤツで、大人はときどき、そんな妙なことを口走るものです。

姉さまはできるだけお店に近づき、ご主人の目に触れないところからお店と、そのすぐ隣にある家の玄関に目を向けました。

一度軽く瞼《まぶた》を閉じ、気持ちを落ち着けてから、ゆっくりと開きます。それから息を長く吸ったり、短く切って吐いたりしながら、目を広げたり細めたりを繰り返しました。

「あぁ、トニーさん」

やがて彼が家を出て行くところが見えたのか、寂しそうに姉さまは呟《つぶや》きました。

「家から出てきたトニーさんは、レンガ色のジャンパーを羽織って、黒いタートルネックの薄いセーターを着ています。ズボンはネズミ色で、靴は古びた運動靴……足の甲に当たる部分に三本の赤いラインが入っているものです。手には巾着袋《きんちゃくぶくろ》を大きくしたような茶色い布バッグを提げていますが、中身があんまり入っていないみたいで、形が潰《つぶ》れています。あぁ、トニーさん、家の玄関を出てから、何度も何度も振り返ってる……本当は、出て行きたくなんかないのね」

その姿が、私にも見えるような気がしました。

あんなに楽しそうに働いていた幸男くんなのですから、何も好きでお店を出て行ったわけではないでしょう。どうしても、やむにやまれない気持ちだったに違いありません。

どういう事情があったのかはわかりませんが、殺されたお兄さんのような人のことが、幼い日の幸男くんは大好きだったのでしょう。そうでなければ十年も、犯人を捜し続けたりしないはずです。

（えっ……十年？）

その時、間抜けな私は、改めて大切なことに気づきました。

約十年前と言えば、年齢のサバ読みをしていなければ、村崎亮二は十六、七の高校生――つまり未成年だったはずです。その年で、彼は殺人を犯したということでしょうか。

しかも施設には十八歳までしかいられないそうですから、そこで幸男くんと親しかった少年と言えば、当時の村崎亮二と同じような年か、あるいは、もっと小さい少年だった可能性があります。

(いったい何が……あったのかしら)

気づくのが遅すぎますが、私は改めて幸男くんの背負っているものの大きさと怖さに、背筋が冷たくなるような気がしました。

「神楽さん、幸男くんのことで頭がいっぱいで気づかなかったんだけど……もし本当に村崎亮二が誰かを殺していたんだとしたら、今でも捕まえられるの?」

「事情を聞いてみなければ何とも言えないが、殺人の時効は十五年だな」

映画俳優が殺人で捕まることになったら、前代未聞だと私は思いました。それこそ映画と現実が、引っくり返ったような出来事ではありませんか。

7

あくる日の日曜の昼過ぎ、私たちは浅草の雑踏の中にいました。花屋敷の近くにあった

『浅草世界文化ホール』というところに行くためです。

「ワッコちゃん、キョロキョロしていてはダメよ。ちゃんと、ついて来るのよ」

「姉さまこそ人に流されて、どこかに行ってしまわないでね」

残念ながら現在の浅草は少しばかり静かになってしまいましたが、昭和三十五年頃と言えば、本当に賑《にぎ》やかなものでした。日曜ともなれば凄《すさ》まじいほどの混み具合で、とても横並びに歩くことはできないほどです。私と姉さまも初めのうちこそ手を繋《つな》いでいましたが、行きかう人にぶつかって何度もほどかれてしまい、とうとう縦一列になって歩きました。

「姉さま、そこで曲がって。アーケードのついた商店街の奥なのよ」

「そんなこと言ったって……」

姉さまのような押しの弱い性格の人には、目的の角で曲がることもできません。あの頃の浅草の人の流れは、それほどまでに活気のあるものだったのです。仕方なく途中から私が先に立って、人の波をかき分けかき分け、進むことにしました。

昔から浅草は、私たち庶民にとっては馴染《なじ》み深い繁華街でした。

映画館や劇場がたくさん集まっている上に、遊園地の花屋敷、広大な敷地を持つ浅草寺《せんそうじ》、いろいろな買い物が楽しめる仲見世《なかみせ》通りなどがあり、老若男女が楽しめる街だったのです。

私も大人になってから友だちとよく遊びに行ったものですが（この時に撮った写真の背景には、『浅草十二階』と呼ばれた凌雲閣《りょううんかく》を模した仁丹塔が写っていて、たまらなく懐かしい気持ちになります）、特に昭和三十五年頃と言えば、やはり東京大空襲で燃えてしまった五重塔を再建するために瓢簞池《ひょうたんいけ》を埋め立て、その跡地に『新世界』という巨大な娯楽ビルが建てられた直後でしたから、それまで以上の賑わい方でした。

この『新世界』というのも、私と同じ世代の人には懐かしい言葉ではないかと思います。地下二階、地上七階（その上に、ビアガーデンなどの入った四階分くらいの小さな建物も建っていたと思いますが）建てで、中には温泉、ゲームセンター、キャバレー、たくさんの飲食店街、ローラースケート場、お土産屋さん、プラネタリウムなどが、ぎっしりと詰まっているのです。てっぺんには小ぶりな五重塔までありましたけれど、残念ながら十二、三年足らずで閉鎖になってしまい、その跡地は今、場外馬券売り場になっています。

私たちが行こうとしていた『浅草世界文化ホール』も、その『新世界』の近くでした。ちょうど四方から来た人の流れがぶつかり合うような場所で、私と姉さまは何度となく、あわや生き別れの憂き目に遭うところでした。

「あぁ、何でこんなに混んでいるのかしら」

私と姉さまは近くのお店の脇に逃げ、一息つきました。

「この人混みの中から幸男くんを見つけることなんて、ちょっと無理ねぇ」

「幸男くんどころか、レンガ色のジャンパーさえ区別できないんだもん……どうにもならないわよ、姉さま」

人混みというのは、ただ歩くだけで疲れます。東武線の浅草駅から花屋敷近くまで歩いただけで、私たちはクタクタになってしまいました。

「とにかく、ホールに行きましょう。入り口の近くにいれば、幸男くんを見つけられるかも」

私より体の弱い姉さまが、ほんの数分休んだだけで、再び歩き始めました。私はすばやく姉さまの前に出て、人をかき分けるラッセル係に徹しました。その時の私の心に浮かんでいたのは、こんな言葉です——秦野さん、これで間違いだったら、さすがに許さないわよ。

それから悪戦苦闘の末、ようやく『浅草世界文化ホール』の入り口に着いて、私たちは胸をなでおろしました。途中、ホールに向かうお客さんの流れに乗り、ずいぶん歩きやすくなったのが幸いでした。

「ワッコちゃん、鈴音ちゃん」

ホールの入り口の近くまで来ると、髪をポマードでテカテカに光らせた男の人が私たちの名前を呼んでいたので驚きましたが、何のことはない、私服姿の秦野さんです。

その日の秦野さんのスタイルは、黒のブレザーに襟の大きな赤いワイシャツを組み合わせていました。襟を外に出して気取った雰囲気ですが、何となく浅草界隈《かいわい》をうろついているチンピラ風にも見えます。何より黒のエナメルシューズというのが、気負い過ぎでした。神楽さんの私服姿はくつろいだ雰囲気で素敵なのに、秦野さんの私服は逆に力が入り過ぎていて、何だか見ていて疲れます。

「まさか今日は、秦野さんのリサイタルじゃないわよね」

私がからからと、秦野さんは固めた髪の前の部分をわざと崩しながら（『酔いどれ天使』の三船敏郎《みふねとしろう》風です）、気取った声で言いました。

「いやぁ、呼ばれればステージにだってゴンドラにだって、あがるけどね」

呼ばれることは絶対にないと思いますけど。

「それで、どう……幸男くんは来た？」

私はホールの入り口でごった返している人の群れを見ながら尋ねました。それほど大きなホールではありませんが、なかなかの盛況のようです。

「いや、開場が始まってから、ずっと見張っているけど、まだ姿を見せないね」

開場は三時三十分、開演は四時からです。リサイタルが始まってからの入場はできません。

「もしかしたら来ないかもしれないわね、トニーさん」

周囲を見回しながら、姉さまは言いました。

「どうして？」

「だって、こんなにお巡《まわ》りさんがいるんですもの……ちょっと近づけないいんじゃないかしら」

確かに入り口近くや前の道路に、制服を着たお巡りさんの姿が目に付きます。いくら幸男くんでも、その数の多さに気づかないはずがありません。

「そりゃあ、刃物を持った男が乗り込んでくるかもしれないんだから、神楽さんとしても万全の態勢を敷かないわけには行かないんだよ。警官の姿を見て、彼が悪い考えを捨ててくれるのが一番いいんだから」

確かにその通りでしたが、彼の身を案じている私たちとしては、ここで幸男くんを捕まえたいところでした。できれば刃物を持ったまま、あまりウロチョロして欲しくありません。思いつめて、変なことをしてしまうのが心配だったのです。

「じゃあ、これがキミたちの切符。事務所に頼んで急遽《きゅうきょ》用意してもらったんだけど、けっこういい席だよ……でも、あくまでも幸男くんを捜すのを忘れないようにね」

そう言いながら秦野さんは、私たちに二枚の切符を差し出しました。半券のミシン目の上に、大きく『報道用』という赤いスタンプが押してあります。

「すごい、新聞記者さん用の切符よ」

そんなものを見るのは初めてでしたので、私たちはすっかり舞い上がってしまいました。

「じゃあ、ここは秦野さんに任せて、私たちは中をパトロールしましょうか」

「前の方の席に神楽さんがいるから、挨拶《あいさつ》くらいしてよ」

浮かれた私の言葉に、秦野さんは眉《まゆ》を顰《ひそ》めて言いました。そんなことは言われるまでもありません。

私たちは入り口で切符をもぎってもらい、中に入りました。

古ぼけてはいましたが、掃除の行き届いた、なかなかきれいなホールです。ロビーの横に細い廊下があり、そこに番号を振った扉があるのは映画館と同じです。

「ワッコちゃん、私たちの席も前の方みたいよ。奥の扉から入るといいわね」

私たちは切符に記された席の番号を確かめて、会場に入りました。前から二列目、ステージに向かって一番右側の席です。すぐ前には、背広姿の神楽さんが坐《すわ》っていました。

「上条姉妹、彼の動機がわかったぞ」

神楽さんは私たちの姿を見ると、待ちかねていたように立ち上がりました。

「実は昨日、米屋の主人と話した後、遅い列車で長野まで行ってきたんだ」

「えっ、長野に？」

「やはり、彼が村崎を殺そうと思いつめている理由がわからないと、どうにもならんと思ってな。飯田幸男が育った施設に行ってきた」

なかなかの行動力――さすがは神楽さんです。

「それで、十年前に何があったんですか？」

「話すなら、廊下に出ようか」

せっかく坐ったばかりでしたが、私たちは連れ立って廊下に出ました。

「飯田幸男が三歳から十五歳まで育ったのは、長野の『本間《ほんま》愛育園』という施設だ。それほど大きいところではないんだが、終戦前後は六十人近い孤児がいたらしい。昨夜この目で見たが、子供とはいえ、あの建物に六十人もの人間がどうやって寝たのかと思えるくらいの規模だな」

そう言いながら神楽さんは手元に置いてあったカバンから、一冊の古びた大学ノートを取り出しました。何か貼り付けてあるらしく、二倍くらいの厚さに膨れあがっています。

「愛育園の園長が一連の新聞記事をスクラップしたものを借りてきたんだが、これを見る限り、実は事件はすでに決着してるんだよ」

「えっ、どういうことですか？」

「まぁ、とにかく初めから見てみろ」

そう言いながら神楽さんは、スクラップの最初のページを開いて見せました。そこには古めかしい活字で、『あわれ戦災孤児　川にはまり死亡　地元少年とのケンカ中に』という見出しのついた記事の切り抜きが貼ってありました。昭和二十五年八月の地方紙の記事です。

それを読む限り、河原で遊んでいた本間愛育園の児童二人と、地元の中学の生徒三人が些細《ささい》なことでケンカになり、そのあげくに川に逃げ込んだ当時十二歳の愛育園の児童一人が溺《おぼ》れて死亡した……ということのようでした。

「かわいそうに」

姉さまと一緒に記事を見ながら、私は思わず呟《つぶや》きました。せっかく厳しい戦争を潜り抜けたのに、こんなことで死んでしまうなんて。

「ところが事実は、その記事通りじゃないらしいんだ……まず地元の中学生三人となっているが、実際は東京から遊びに来ていた高校生も交ざっていたらしい。しかも児童の死因は溺死《できし》とされているが、体中がアザだらけで、何人かから暴行を受けて死亡した可能性が高そうだった」

「お医者さんが、そう判断したんですか？」

「違う……判断したのは私自身だ。実はこの施設の園長は、なかなか骨のある人物でな。病院で児童の遺体を一目見て怪しいと判断し、自分のカメラで写真を撮っておいたんだ。それを私が見せてもらったというわけだ」

神楽さんは殺人事件が専門の刑事ですから、そんな怖いものも平気で見られるのでしょう。

「その写真を見ただけで、暴行を受けたものだとわかるんですか？」

「そりゃあ、わかるさ。たとえば、よくボクサーが顔面にパンチをもらって、目のまわりにアザをつけたりしてるだろう？　あれは普通、拳《こぶし》のような丸いもので顔面を殴られなければつかないものだ。転んでどこかにぶつけたりしたなら、鼻骨が無事に済まないはずだからな……けれど、その児童は目のまわりにアザを作ってるくせに、鼻はほとんど無傷だったんだ」

私も、なるほどと思いました。それは誰かに殴られたという証拠に違いありません。

「話は前後するが、この愛育園の児童二人というのが、当時七歳だった飯田幸男と、彼が〝お兄ちゃん〟と呼んで慕っていた川崎雄太《かわさきゆうた》という子供なんだ。彼らはとても仲良しで、本当の兄弟のようだったと園長は言っていたよ」

神楽さんはスクラップノートのページをめくりながら言葉を続けました。

「当時の飯田幸男の証言はこうだ——雄太兄ちゃんと河原で遊んでいたら、見慣れない顔の大きなお兄ちゃんたちが四人か五人やって来て、自分をからかい始めた。相手が年上だったので初めのうちは黙っていたけれど、あまりにひどいことを言うので、とうとう雄太兄ちゃんが文句を言った。それが生意気だと因縁をつけられて、雄太兄ちゃんは、たくさんのお兄ちゃんに殴られた……その時、自分は一番大きなお兄ちゃんが胸のポケットに差していた万年筆を、素早く取って逃げた。そうすれば雄太兄ちゃんから彼らが離れて、自分を追いかけてくると思ったからだ。けれど、その目論見《もくろみ》に反して、彼らは誰も追いかけてこなかった……ということだ」

どうやら、その万年筆こそが、例の車胤学院の一斉模試最優秀賞の賞品——つまり、その場にいて暴行に加わっていた高校生というのが、後の村崎亮二ということでしょう。彼が年下の子供に集団で乱暴を働くなんて、とても信じられませんが。

「どうして幸男くんがはっきりと証言しているのに、雄太くんは溺れ死んだことになっているんですか」

「それはな、上条鈴音……愛育園の児童は、地元ではあまり好かれていなかったからだ。田舎はすべてそうだというわけじゃないが、君が思っている以上に閉鎖的で、よそ者を嫌う傾向が強い土地は多いんだ。そういう土地で何かあった時には、住民みんなが庇《かば》い合うという暗黙の了解がある。それこそ警察も病院も、みんなグルになっていたりするんだ……だから愛育園の園長も刑事事件として告訴しようとがんばったんだが、結局、不幸な事故として決着をつけられてしまった。そうなれば、その事件が再び捜査されたりすることは九十九パーセントない」

ひどい話だ……と私は思いました。

きっと地元の人にも言い分があるのでしょうが、何も戦争で身寄りを亡くしてしまった子供たちを、そこまで嫌わなくてもいいではありませんか。

私がそう言うと、神楽さんはうなずきながらも聞き返してきました。

「何でも飯田幸男は、空襲で背中にケガを負っていたそうだな。それが中学生たちのからかいの種だったらしいが、どの程度のものだったんだ？　園長は、かなりひどいとしか教えてくれなかったが」

私と姉さまは、思わず顔を見合わせました。そんな話は初耳だったからです。

ただ言われてみれば幸男くんは、真夏の暑い盛りでも、いつもきちんとワイシャツやポロシャツを着ていました。よくいる男性のように、ランニングシャツ一枚で歩いているようなことは一度もなかったのです。それはその背中の傷というのを、人に見られないようにするためだったのでしょうか。

ちょうどその時、開演を知らせるブザーが鳴りました。

「じゃあ、話の続きは後で」

神楽さんはそう言って話を切り上げ、私たちは自分の席に戻りました。その時には、すでに会場全体の照明は落ち、ステージの上だけが明るく浮かび上がっていました。

正直に言うと、あの時の私たちは少しばかり気が緩んでいたかもしれません。照らされたステージというのは特別な場所で、そこに堂々と足を踏み入れる人間がいる……という発想が、完全に抜け落ちていたのです——そう、あの神楽さんでさえ。

思いがけないことが起こったのは、それから数分後のことでした。

ステージの上のバンドが『さよなら桟橋』のイントロを演奏すると、パー坊こと村崎亮二がサテン地のタキシードに身を包み、ステージの奥から出てきました。そして会場に一礼すると、唯一のヒット曲を歌い始めたのです。

(本物のパー坊だ)

私は生で見るショーの華やかさに圧倒されてはいましたが、心のどこかでは冷めていました。きっと幸男くんのことがなければ大興奮していたと思うのですが、あんな話を聞いてしまうと、どうも……というところです。

やはりスターというものは、夢を見せてくれる存在でなければなりません。もちろん芸能人すべてに身を慎み、行ないを改めよ……というつもりもありませんが、スターであるのなら、どこもかしこもピカピカであって欲しいと思うのは、わがままなことでしょうか。

確か村崎亮二が一番を歌い終え、長い間奏の後、二番を歌い始めた時です。突然、前に坐《すわ》っていた神楽さんが、勢いよく立ち上がりました。その時、「しまった!」と短く叫ぶのを、私は確かに聞きました。

いったい、どこに潜んでいたのでしょう——レンガ色のジャンパーを着た若い男性が、舞台のそでから飛び出してくるのが目の端に見えました。手には二十センチくらいの長さの、茶色い長方形のものを持っています。

（幸男くんだ）

私には、すぐにわかりました。

次の瞬間、男性の叫び声と思《おぼ》しきものが会場の中に響き渡り、ステージの上で村崎亮二の体が弾《はじ》け飛ぶように横倒しになりました。

「秦野！」

神楽さんが一声叫んで、弾けたようにステージに駆け上がって行きました。警察の人か、あるいは会場の係の人かはわかりませんが、何人かの男性が幸男くんの体を押さえつけています。

（あぁ、とうとうやってしまった）

騒然とした客席で、私は思いました——幸男くんは大胆にも、ステージの上で歌っている村崎亮二に襲い掛かったのです。確かにステージにいる彼は歌に集中しているので、隙だらけだったでしょう。

「幸男くんッ、何てことをしてくれたんだ！　僕をクビにしたいのか！」

それはおそらく、私たちが前の方の席にいたからこそ聞こえた言葉でしょう。黒のブレザー姿の秦野さんが、血相を変えて幸男くんに叫んでいました。彼を取り押さえている男性の一人が、実は秦野さんだったのです。

やがて幸男くんは、両腕をつかまれたまま、立ち上がりました。もみくちゃにされたために、彼の上着は肩の方までずり上がり、上半身はほとんど肌が見えている状態です。

「姉さま、あれ……」

その時、私は見たのです――幸男くんの背中いっぱいに、大きな蜘蛛《くも》のような模様が入っているのを。

「かわいそうに……トニーさん、すごい火傷《やけど》を」

そう、幸男くんの背中を覆っていたのは、赤黒くなった火傷の痕《あと》でした。

8

あの日から、すでに四十余年――いえ、まもなく五十年近い歳月が流れようとしています。

一緒に浅草を歩いた姉さまはすでに世を去り、私もそれなりの年を重ねました。同じように幸男くんも、今ではみごとな白髪頭になってしまいましたが、明るい性格は昔のままです。

「あの時は本当に、秦野さんに申し訳ないことをしましたよ……でも、そそっかしいと言えば、そそっかしいですよね、あの人も」

数日前、たまたま近くまでいらっしゃったので、久しぶりに家に来てもらい、この時の話に花を咲かせました。もちろん、いつものように幸男くんは（今もくんづけで呼ぶのもどうかと思いますが、古いなじみというのは、そういうものです）、あのステージの上での秦野さんの口真似をして笑わせてくれました。

「あの時の秦野さんは傑作でしたよ。『幸男くんッ、そんなに僕をクビにしたいのか！……アッ、なんだい、こりゃあヨウカンだっ』……ですもんね」

幸男くんと来たら、いつも少々大げさにやるものですから、何度見ても笑ってしまいます。

そう、あの日、ステージの上で取り押さえられた幸男くんは、刃物の類《たぐい》を一切、身につけていませんでした。手にしていたのは、茶色い袋に入った羊羹《ようかん》だったのです。

「私は初めから傷つけるつもりなんか、これっぽっちもなかったんです。そんなことをしても雄太兄さんは喜んじゃくれないって、わかってましたから……ただ、あの人の悪行を世間に訴えてやりたかっただけなんです。今思えば、ちょっとやり過ぎたとも思いますけどね」

この話をするたび幸男くんは、いつも寂しそうな顔で言います。

「あぁでもしなけりゃ、何の後ろ盾もない戦災孤児の話なんか、だぁれも聞いちゃくれないと思ってたんですよ……そんな思いを、施設にいる頃にさんざんしたもんですから」

事件から一年ほどして、村崎亮二は芸能界を引退しました。

雄太君の事件を週刊誌に報道され、人気がガタ落ちしてしまったことも原因の一つですが、何より彼自身が、過去の罪に向き合う気持ちになったからだと言われています。

すでに決着がついていた雄太くんの事件が、改めて刑事事件として扱われることはついにありませんでしたが（それはあの日、神楽さんが言っていた通りです）、村崎亮二は自発的に仏教を学び始め、ついには芸能の世界から身を引いて出家の道を選びました。今では郷里で小さな寺の住職を務めていると言います。

「あの事件のそもそもの初めは、川で遊んでいた私の背中の火傷を、通りかかった中学生たちが気味悪がったことなんです。だから、私がこんな火傷をしなければ、何も起こってなかったかもしれませんね」

「でも、それは東京大空襲の時に負ってしまったんでしょ。つまり、あんな空襲がなければ、幸男くんは火傷もしなかったし、そもそも施設で過ごすこともなかったでしょうに」

「早い話、戦争なんてものがなければ、よかったんですよね」

「まったく戦争なんか……いったい誰が起こしたんだか」

久しぶりに幸男くんと会うと決まって、こんな話になります。本当にこの一連の出来事は、戦争がなければ、どれも起こっていなかったはずのことばかりでした。

「あれからすぐに起こった、あの事件にも驚いたわね」

「そうですね……偶然というのは恐ろしいものですよ。あの時、私と彼は、まったく同じことを考えていたってことですよね。私は羊羹でしたけど」

実は幸男くんの事件のほんの数日後に、まるで同じような事件が日比谷公会堂で起こりました。社会党の浅沼稲次郎《あさぬまいねじろう》委員長が、幸男くんと同じ十七歳の少年に演説中に刺殺されたのです。幸男くんの方は新聞に小さく出ただけで済みましたが、こちらの方は、それこそ日本中を引っくり返してしまいました。

もちろん、それはただの偶然であり、両方の事件には何のつながりもありません。けれど、まるで同じような形の出来事が同時期に起こるなんて——私も姉さまも、世の中の不思議を感じずにはいられませんでした。

「どうせなら、どちらも止めてあげられていれば、よかったのにね」

テレビのニュースを見ながら、姉さまがそんな風に呟《つぶや》いていたのを、私は今でも昨日のことのように思い出すことができます。

冬は冬の花

みなさんは『人間万事塞翁《さいおう》が馬』という言葉を知っていますか。

おせっかいに説明すると、世の中の出来事には幸運と不運が織り交ざっていて、簡単に幸せだとか不幸せだとか決められるものではない……ということでしょうか。

その言葉の成り立ちには、こんな具合のお話があります。

昔、中国の北方に塞翁というおじいさんが住んでおりました（もともと塞翁は〝城塞《じょうさい》の中に住んでいるおじいさん〟という意味ですが、この際、普通に名前だと考えてもかまわないでしょう）。ある時、そのおじいさんの馬が逃げてしまいました。馬は貴重な財産なので、みんなはおじいさんを気の毒に思いました。ところがしばらくすると、その馬が、別のいい馬をたくさん引き連れて戻ってきたのです。みんなは思いがけない幸運をうらやましく思いましたが、それもつかのま、数日後におじいさんの息子が、その中の一頭の馬から落ちて、足を折ってしまいました。馬が他の馬を連れて来たのはとんだ災難だったと誰もが思ったのですが、それからまもなく隣国との戦争が起こり、若者のほとんどが戦争に行って死んでしまいました。けれど足を怪我していた息子は兵士になれなかったので、命を落とさずに済んだのでした。

こんな風に、不運に見えることが実は幸福の始まりだったり、幸運が結果的に不幸を呼んだりすることが、人生にはよくあるようです。

小学校の頃に諺《ことわざ》の本を読んで知った言葉ですが、正直に言うと、その時はあまりピンと来ませんでした。「ふうん、そんなものかしらね」ってなものです。

けれど大人になってからは、この言葉は正しい……と感じることが多くなりました。

たとえば宝くじで大金が当たったばかりに道を踏み外し、一家離散にまで追い詰められることになった人を私は知っています。また重い病気にかかり、入院した病院で良き伴侶《はんりょ》とめぐり合った人も知っています。私ごときが今さら言うことでもありませんが、本当に幸せと不幸せは、奇妙な鎖のように繋《つな》がっているようです。

それにもかかわらず人は勝手なもので――どうも自分は不幸せだと思い込んでいる人が多いようです。幸せなことはすぐに忘れてしまうのに、なぜだか不幸せばかり覚えていて、それを一つ一つ数え上げ、「こんなにも不幸せなことばかりあった、だから自分は不幸せな人間だ」と考えてしまうからでしょう。

それが人の弱さというものかもしれませんが、その思いに振り回され過ぎてしまうと、時には道に迷ってしまうこともあるようです。

もちろん私にも覚えがあるのですけど――道に迷った時こそ、強くありたいとも思うのです。

1

「先生、勝手を言ってすみませんが、今日限り、仕事をやめさせてください」

私たちの大好きな茜ちゃんが、母さまにそんな言葉を切り出したのは、昭和三十六年の一月のことでした。お正月が過ぎて、私の高校受験が一月後に近づいてきた頃です。

その時、私は隣の部屋で受験勉強をしていましたが、聞こえてきた茜ちゃんの言葉に驚いて、半分ほど襖《ふすま》を開けました。

「どうしたっていうの、急に」

一日の仕事を終えてミシンに油を差していた母さまは、突然の話に目をパチクリさせて聞き返します。

「ちょっと別の仕事をしなくてはならなくなって……細かい事情はお話しできないんですけど」

「事情を聞かなくっちゃ、簡単にウンとは言えないわ」

「すみませんが、今は聞かないでください。私なりに考え抜いたことなんです」

その時の茜ちゃんの表情は切羽詰まっていて、どこか近寄りがたい雰囲気でした。私は机の前を離れて仕事部屋に入り、母さまと同じように驚いた顔をしている姉さまの隣に坐《すわ》りました。

「そう言われても、茜ちゃんのことは村田さんに頼まれているんだから……」

「おばさんのお許しは、もうもらいました」

その言葉を聞いて、母さまは一瞬、言葉を呑みました。

村田のおばさんは、茜ちゃんの親代わりの人です。その村田さんが許しているくらいなのですから、きっと深い事情があるに違いない……と思ったのでしょう。

「とにかく、やめさせていただきたいんです」

母さまが黙り込んだ隙をつくように、茜ちゃんはそう言って立ち上がると、仕事部屋の入り口においてあった自分の小さなバッグをつかんで玄関に出ました。

「今まで、お世話になりました」

「茜ちゃん、ちょっと待ちなさい！」

母さまも大きな声を出しましたけれど、茜ちゃんは何も答えず、玄関で慌ててサンダルをつっかけると、そのまま外に飛び出して行きました。

「和歌子、追いかけて」

母さまに言われて私もすぐに外に飛び出しましたが、素早くどこかに隠れてしまったのか、茜ちゃんの姿はどこにも見当たりませんでした。五分ほどあたりを捜してみましたが、影も形もありません。

「いったい、どうしたっていうのかしらね……急にあんなことを言い出すなんて」

すごすごと戻って報告すると、母さまは頬に手を当てて首を傾げました。

「あなたたち、何か心当たりがある？」

私と姉さまは顔を見合わせました。心当たりが——実はないでもなかったのです。

例の薔薇姫《ばらひめ》こと御堂吹雪の一件から半年ほどの時間が過ぎていましたが、私たちと茜ちゃんの間には奇妙な溝がありました。普段は今まで通り親しくしているのですが、いつも肝心のことだけは話さないようにしているというか、できるだけ真面目にならないようにしているというか——どうにも歯がゆい付き合い方だったのです。

「自分と違うものを遠ざけたいと思う心は、きっと誰にでもあると思うの。だから私たちの方から、茜ちゃんに何か言わないようにしましょう。それで離れてしまうとしても、茜ちゃんが決めたことなんだから……そうなってしまったら、とても寂しいけど」

かねてから姉さまにそう釘《くぎ》を刺されていたので、私も茜ちゃんには何も言わないようにしていました。確かに姉さまを受け入れるか拒むかは、茜ちゃん自身が決めることです。けれど、茜ちゃんはとうとう選んでしまったのかもしれません——私や姉さまから離れた方がいいと。

「やっぱり、お給料じゃないの？　茜ちゃんだって、欲しいものがあるだろうし」

姉さまの件を誤魔化すようなつもりで、私は母さまに言いました。

「そうかしら……それなりに、あげてはいたんだけどねぇ」

「でも喫茶店のウェイトレスさんや、お店の売り子さんと比べれば、かなり安いでしょう？」

「それはそうだけど」

　実際のところ、私は茜ちゃんが月にいくらもらっていたかは知りませんでした。しかし我が家の暮らし向きを考えれば、大した額でないことは想像がつきます。

「欲しいものをいっぱい買おうと思ったら、ここでミシンを踏んでいるより、そういう仕事に就いた方が効率いいのは本当でしょ」

「その通りだけど、何だか言い方が気に入らないわ」

　そう言いながら母さまは私の左腕を取ると、鮮やかな手並みで軽く捻《ひね》りあげました。柔道四段の母さまには、そんなことは造作ないことです。

「うわぁ、ギブアップ、ギブアップ」

　私は思わずプロレスの真似をして言いました。

「いいわ、明日にでも村田さんのところに行って、何か事情があるのかどうか聞いてみましょう。それまでは、あれこれ考えても仕方がないわ……ねぇ、鈴音」

「私もそう思うわ、母さま」

「母さま、ギブアップって言ってるでしょ。腕が折れるぅ」

　平然とした口調で話している二人に割り込むように、私は叫びました。

「しょうようどうじょカンノン会？」

　あくる日の夕飯の最中、私は母さまの口から出た聞きなれない言葉に、思わず声を大きくして聞き返しました。

「何なの、それ」

「よくわからないんだけど……まぁ、小さなお寺みたいなものよ。普通の家でやっているらしいんだけど」

「それに茜ちゃんが行ってるって言うの？」

「村田さんは、そうおっしゃっていたわ」

その日、母さまは暇な時間を選んで、茜ちゃんと村田のおばさんが住んでいるアパートを訪ねました。茜ちゃんはいなかったそうですが（二人は、隣り合った部屋に別々に住んでいるのです）、村田のおばさんは部屋で内職の袋貼りをしていて、母さまはそれを手伝いながら、いろいろ聞いてきたのです。

何でもおばさんが言うには、茜ちゃんは三ヶ月ほど前に近所の洋品店の奥さんに誘われて、三ノ輪《みわ》にある、その宗教団体の本部に足を運んだそうです。以来、その教祖のような人に心酔して入り浸っているというのです。

「その何とかカンノン会と茜ちゃんが仕事をやめちゃうことに、どんな関係があるの？」

「それはよくわからないんだけど」

私の問いかけに、母さまも不思議そうに首を捻りました。

「その会については、村田さんも言いにくそうでね。何だか、まだ隠してることがあるみたいなんだけど、無理には聞けないでしょう？　とにかく茜ちゃんが仕事をやめたいって言い出したのは、その会と関係があるみたいなのよ」

「それって、もしかしたら三十五歳くらいの女の人がやっている会かしら」

左手に持っていたお茶碗《ちゃわん》を置いて、姉さまが言いました。

「何か知ってるの？　姉さま」

「確か前に、トニーさんに聞いたことがあるわ。三ノ輪に、黙って坐ればピタリと何でも当てる、何ていうのかしら……霊能力者？　そういう人がいて、評判になってるって」

トニーさんというのは、例の小島精米店の『梅田のトニー』、飯田幸男くんのことです。

「ほら、トニーさんはお兄さんの仇《かたき》を捜していたでしょう？　その時、その人の評判を聞いて、藁《わら》にもすがるような気持ちで行ってみたことがあるんですって」

「へえ……それで、どうだったの？」

「あまり芳しいことは言ってなかったわね。幸男くんの知りたい肝心なことは教えてくれなくて、前世がどうのって話ばかりしてたって」

「前世？」

私は思わず首を捻りました。今でこそ当たり前に耳にしますが、その頃はあまり聞き覚えのない言葉だったからです。

「前世っていうのはね、今、ここに生まれる前はどうだったかって話よ。よくお坊さんが言うでしょう、輪廻転生《りんねてんしょう》って」

「鈴音大食って言葉なら知ってるけど」

「私、そんな食いしん坊じゃないわよ」

「だって幸男くんがくれた麩《ふ》菓子、いっぺんに三本も食べたじゃない」

「ワッコちゃんは五本食べたでしょう。もおっ」

姉さまは笑いながら、私の肩を軽くぶちました。

もちろん知らないというのは冗談で、さすがの私も〝輪廻転生〟くらい知っています。要は世の中の人間は、悟りの境地に入れるまで、ひたすらに生死を繰り返す……ということでしょう。けれど死んでも必ず人間になれるわけではなく、必要に応じて、いろいろな命を生きていくとも言います。

「その人が言うには、幸男くんと施設で一緒だったお兄さんは、前世では本当に兄弟だったんですって。でも、その時にお兄さんが幸男くんにひどいことをしたので、この世でも早々に別れることになったとか」

「何、それ……覚えてもいない前世のことを、あれこれ言われたってしょうがないじゃない」

姉さまの話に、思わず私は口を挟んでしまいました。

たとえば、お前は物心つく前に部屋の障子を破いた……と言われても、今の私が謝る気にはなれません。それよりもはるか昔にひどいことをしたと言われても、幸男くんのお兄さんは、さぞかし困ることでしょう。もっとも、お兄さんはそんな言葉を聞く機会もありませんでしたが。

「それってインチキなんじゃないの？」

母さまはどこか不安げに、眉《まゆ》を顰《ひそ》めました。

「どうかしら……まぁ、トニーさんも、あんまり信じてなかったみたいだけど」

私は明日の学校帰りに小島精米店に寄って、幸男くんに詳しい話を聞こうと思いました。何となく面白そうな話です。

「これはお父さまの領分なんだけど、世の中には、確かに神通力としか思えないような力を持っている人がいるわ」

しばらく黙り込んでいた母さまが、いきなりそんなことを呟《つぶや》いたので、私はあやうくお味噌汁《みそしる》を噴き出してしまうところでした。もちろん目の前にいる自分の娘が、まさしくそれだと知るはずもないのですが——母さまはときどき、こちらがヒヤリとすることを言います。

「私が子供の頃にも、隣の町にそんな人がいたものよ。普通のおばさんだったらしいけど、失くし物をした時は、聞いたらすぐにわかるんだとか」

もしかすると、その人は姉さまと同じような力を持っていたのかもしれません。

「みんなは生き神さまとか言ってたけど、本当のところはどうだったのかしらね。他にも何かの本で読んだことがあるけど、昔、見えない月の裏側の写真を念力で撮ったりする人がいたって言うわ」

それから母さまは思いつくまま、覚えている限りの超能力者の話を並べました。案外によく知っているので私は驚きましたが、実はその頃、政治家や経済界の人が列を作ってアドバイスを求めている……という若い女性霊能力者が、マスコミで評判になっていたのです。案外、その人を扱ったテレビで聞きかじったのかもしれません。

「母さま、さっきチラリと言ったけど……そういう話が父さまの領分って、どういうこと？」

話の切れ目に姉さまが口を挟むと、その瞬間、母さまは慌てたように口を手で押さえました。

「私、そんなことを言ったかしら」

「言ったわよ。ねぇ、ワッコちゃん」

私も確かに聞きましたので、深々とうなずきました。母さまはどうも、言うべきでないことを口走ってしまったようです。姉さまはなおも尋ねました。

「父さまって、お医者さんなんじゃないの？」

私たちは小さい頃から父さまと離れて暮らしていて、顔もたまにしか見たことがありません。必ず月に何度も手紙が来るのですが、顔を合わせるのは、それこそ三ヶ月に一度、あるかないかでした。

正直に言うと、私も中学生ともなると、それとなく察していたのです――もしかしたら私たちの父さまには、別の場所に他の家族がいるのではないか……と。

それもきっと、そちらの人たちが本筋で、母さまや私や姉さまは、きちんとした存在ではないのです。そうでもなければ、どうして家族がそんなにも長い間、別れて暮らす必要があるのでしょうか。

もちろん母さまはそんなことをおくびにも出しませんし、正面切って聞けるわけでもありません。ただ一度、姉さまにそれとなく尋ねてみたことがありました。

「かわいそうに……そんなことを考えていたの」

姉さまも十分に父さまのことを知っているわけではないようでしたが、私の言葉をしっかりと受け止めて、笑顔で返してくれました。

「ワッコちゃん、父さまは、そんないい加減な人ではないのよ。変なことを考えないで、父さまや母さまを信じなさいな。いつかきっと、すべてを教えてくれる日が来るから」

いったい何の根拠があったのかはわかりませんでしたが、姉さまは自信たっぷりでした。

けれど小さな子供なら、ともかく――さすがに呑気《のんき》な私も、その言葉を鵜呑《うの》みにする気にはなれませんでした。むしろ父さまが別の家族を持っているに違いないという疑念を、いっそう強くした部分もあります。いろいろ面倒ですが、中学生くらいの女の子というのは、そんなものなのです。

「確かに父さまは、お医者さんでもあるんだけど……人間の持っている力について、いろいろ研究する人なのよ。その中に、やっぱり神通力みたいなものの研究もあったの」

「へぇ、面白いことを研究してるんだね」

「今はしていないわ」

私の言葉に、母さまは小さな声で言いました。そして、こんな言葉を付け足したのです。

「それは絶対に、外で言ってはダメよ」

2

その次の土曜日の午後、私と姉さまは千住《せんじゅ》大橋を渡ったところから路面電車に乗り、三ノ輪へと向かいました。日光街道をまっすぐ上野の方に進み、三ノ輪橋で降りるのです。鼻息の荒い私とは対照的に、姉さまは終始浮かない顔をしていました。路面電車に乗る直前にも、「やっぱり、やめておいた方がいいんじゃない？」と言い出す始末です。

「ダメよ、茜ちゃんは絶対に騙《だま》されてるんだから……何が何でも助けてあげなくっちゃ」

「ワッコちゃん、それは信教の自由の侵害よ」

「また面倒くさいことを言い出して」

姉さまが頭のいい人だというのは十分に認めますが、頭がいい人には、いい人なりの弱点があります。慎重に考えるものですから、今ひとつ瞬発力がないのです。それはよく言えば思慮深く、悪く言えば腰が重いということですが、世の中にはグズグズしていたら手遅れになることが山のようにあるのですから、やはり弱点と言わざるを得ないでしょう。

「姉さまだって、幸男くんの話を聞いたでしょう？　どう考えたって怪しいじゃないの」

母さまから茜ちゃんが行っているという団体の名前を教えられた次の日、私たちはさっそく小島精米店に行って、幸男くんに話を聞きました。夕食の買い物時間に近かったので姉さまも一緒に連れて行くと、幸男くんはわかりやすく顔を赤くして、何度も言葉を噛《か》みながら話してくれました。

「三ノ輪の霊能力者のいるところって『笑葉童女観音会』のこと？」

「そうそう、その言いにくい名前の会よ。そこって、どうなの？」

「どうなのって……何が」

私があんまりストレートに聞いたものですから、幸男くんは質問の意味がわかっていないようでした。つまり怪しげなところなのか否か、ということです。

「そりゃあ、怪しいかどうかって言われたらさ、神さま仏さま絡みのところは、みーんな、どこかしら怪しいんじゃないの？　わからない人にはチンプンカンプンなんだから」

「そういうことじゃなくって……何かインチキなことを言って、人を集めているんじゃないかってこと」

「その質問も難しいなぁ。インチキかどうか、わかる人がいないからねぇ」

何だか幸男くんまで面倒くさいことを言いました。それだけ宗教関係のことは微妙で、素人には判断が難しい……ということです。

私は質問を変えて、その団体がどこにあるかを尋ねました。

「場所は三ノ輪の商店街を抜けて、突き当たりをいくつか曲がったところなんだけど、あのあたりは道が迷路みたいになっているから、口じゃ正確に教えられないよ。まさか、あそこに行こうっての？」

「もし、そうだと答えたら、どうする？」

「うーん……やめとけばって言うかな、やっぱり」

幸男くんは腕を組み、難しい顔で答えました。

「どうして、そう思うの？」

「はっきり言うと、どうも僕には信じられないから」

私が聞きたいのは、初めからそういうことです。質問の仕方を変えて、ようやくわかってくれました。

「いや、悪くはないんだろうけどさ……何かすっきりしなくって」

その時の幸男くんの話によると――『笑葉童女観音会』は、創立から十年ほどの団体で、頂点にいるのは桑島《くわじま》フキ江という女性だそうです。まだ三十代半ばと若いのですが、この人が主張しているのは、現世での幸・不幸はすべて前世に為《な》した行ないの結果で、前世に悪事を為した人は現世に報いを受けて不幸になり、前世に善行を積んだ人は現世で大きな幸福を得る、という簡単明瞭《めいりょう》なものです。

だから、せいぜい善行を積みましょう……というだけの話ならばいいのですが、多少の胡散臭《うさんくさ》さが出てくるのは、この女性には人の前世を知る力があり、その因果を切ることで不運を幸運に逆転させる力があると言っているところです。そんなことをどうやってやるのかは知りませんが、もちろんタダでやってもらえるわけではありません。段階に応じたお金を払って（やはり松・竹・梅とあるのでしょうか）、やってもらうのです。

「そんなのインチキに決まってるじゃない！　すぐにわかりそうなものなのに……どうして、そんなものに引っかかる人がいるの？」

幸男くんの話の途中で、私は思わず大きな声で言ってしまいました。あの茜ちゃんが引っかかってしまうくらいなのですから、もう少し、もっともらしいものかとも思ったのですが――。

「それはね……その女の人は、何も前世ばかり見るわけじゃないんだ。本当に不思議な力があって、人を見ただけで、いろんなことがわかってしまうんだよ。僕もいろいろ言われたけど、ピタリ当たってたよ」

「たとえば、どんなことを言われたの」

「あまり言いたくないけど、施設にいたこととか、戦争のせいで苦労したとか……でも今は優しい人と出会って、安定した暮らしをしているとか」

「優しい人って、お米屋さんのご主人のこと？」

「そうだよ。何でも旦那《だんな》さんの前世は鎌倉時代のお坊さんで、飢饉《ききん》で親を亡くした子供たちを引き取って育てていた立派な人だったんだって。だから今も、戦争で親を亡くした僕の面倒を見てくれるんだって言ってたな。だから僕も旦那さんの好意に甘えるばかりじゃなくて、その分、他の人に優しくしてあげないといけないって」

「うわぁ、怪しーい」

私は思わず声に出して言ってしまいました。

考えるまでもなく、戦争で苦労しなかった人など、いるはずがありません。そのうえ幸男くんはいつもニコニコ笑っていて、笑顔が地になっているようなところがあるのですから、今は幸せにやっているということが誰にでもわかりそうです。強いて言えば施設の出身であることが、どうして見抜けたのか……という点だけが不思議です。

「けれど、いいことも言っているじゃない。ご主人に優しくしてもらった分、他の人にお返ししなさいって……立派なことだわ」

「そりゃ、そのくらいのことは言うわよ、姉さま」

途中で感心したように姉さまが言ったので、私は思わず釘《くぎ》を刺してしまいました。まったく姉さまは、人を疑うということを知らな過ぎます。

「第一、その女の人は、ちゃんとしたお坊さんなの？」

「たぶん違うと思うよ。パンフレットには、今のお坊さんはお金儲《かねもう》けばかりしていて、何の力もないって書いてあったし……その人には笑葉童女観音さまがついているから、いろんなことができるんだって」

「笑葉童女観音さまって、なに？」

「詳しいことは忘れちゃったけど、その女の人の子供が、四歳か五歳かで亡くなっちゃったんだよ。それを悲しんでいたら、ある夜、金色に輝く観音さまがその子を抱いて現れて……それ以来、いろんなことができるようになったらしいんだ」

その人には悪いかもしれませんが、やっぱり、どう考えても怪しいと思いました。

やがて私と姉さまは三ノ輪橋で路面電車を降り、幸男くんに書いてもらった地図を頼りに、その団体の本部を探しました。

何でも、きちんとした相談をするのは前もって予約しなければならないのですが、毎週土曜の夕方に『法話会』というのを開いていて、それは誰でも聞くことができるそうなのです。茜ちゃんが最初に誘われたのもそれだったに違いありませんが、とにかく一度は自分の目で見なければ、何とも言えないだろう……と私は思ったのでした。

姉さまと一緒だったのは、一人で行くのは母さまのお許しが出なかったというのもありますが、何より場合によっては姉さまの例の力で、その女の人が本物かどうか、見定めてもらおうと考えていたからです。何せ姉さまは、すべての答えを見てしまえるのですから──もし何かインチキをしているなら、それを自分の頭の中からすっかり追い出すことができない限り、姉さまには見抜けるはずです。

けれど鼻息の荒い私に比べて、姉さまは落ち着いたものでした。事の重大さが今ひとつ、わかっていないのではないか……とさえ思えます。

「問題は、どうして幸男くんが施設にいたことが、見ただけでわかったかってことよね。いったい、どんな手を使ったのかしら」

四号線横の歩道を歩きながら、私は言いました。

「ワッコちゃん……そんな風に初めからインチキだって決め付けるのは、どうかと思うわよ」

すっかり舞い上がっている私に、姉さまは落ち着いた声で言いました。

「もしかしたら本物の可能性だって、あるでしょうに」

「本物のはずないじゃない」

私は即答しました。

「そもそも、その何とか観音さまっていうのからして怪しいわよ。子供を亡くして悲しい思いをしたお母さんは、何もその人だけじゃないでしょ？　それこそ戦争の時なんて、たくさんの人たちが同じような思いをしたと思うの。それなのに、その何とか観音さまは、どうして、その人のところにだけ出るのよ」

「出るって、そんなオバケみたいに」

トンチンカンなところで姉さまは笑いました。確かに出るという言い方は、良くなかったかもしれません。

「ワッコちゃんの言うこともわかるけど、世の中には私みたいにヘンテコな力を持って生まれた人間だっているんだから、その……ショウショウドウゾ観音さまっていうのが、その人の前に現れるようなことだって、まったくないってわけじゃないでしょ」

「何か姉さまの違うんじゃない？ ショウショウドウゾ観音だっけ？」

私は観音さまがご自分の持っているケーキを、少しだけ分けてくれている場面を想像してしまいました。どうしてケーキなのかは、私にもわかりません。

「あっ、違う。ショウヨウドウジョ観音……笑葉童女観音さまだわ」

私たちは道を歩きながら、声をあげて笑ってしまいました。私も姉さまも、いわゆる〝箸《はし》が転んでも、おかしい年頃〟ですから、一度笑い出してしまうと、なかなか止まりませんでした。近くを歩いている人から見れば、さぞかし奇妙な二人連れに見えたことでしょう。

「とにかく、ワッコちゃん」

やがて、思わずこぼしてしまった涙をハンカチで拭《ふ》きながら、姉さまは言いました。

「どんなことでも、初めから決めてかかってはダメよ。物事は、決めた通りに進んでしまいがちだから」

まだクスクスと笑いながら、私は聞き返しました。

「何だか難しいね。どういう意味？」

「つまり……インチキだって思い込んでいたら、たとえ本物でもインチキにしか見えなくなるってことよ。わかりやすく言えば、誰かに嫌われてるって思い込んでいたら、その人がにっこり笑いかけてきても、きっとバカにされてるんだって感じてしまうでしょ。その人には、そんな気が少しもなくっても」

なるほど――もっともな話です。確かに頭からインチキだと思い込んでいたら、仮に本物だとしても絶対に信じないでしょう。

「それにね……もしかしたら、こっちの方が危ないのかもしれないけど」

しばらくしてから、不意に真剣な表情で姉さまは言いました。

「インチキだと思っていたのに、その秘密が自分にはわからなかった時……人間は疑っていた以上に信じてしまうものなのよ」

いろいろな人の心の中を覗《のぞ》いてきたせいでしょうか――姉さまは、なかなかの心理学者でもありました。確かに人間には、そういう傾向があるように思われます。

やがて私たちは、都電の線路のすぐ脇にある商店街に出ました。二、三百メートルくらい続く長いもので、アーケードのついた道の両脇に、お店が隙間なく並んでいます。

「こんな立派な商店街が家の近くにあったら、何の不自由もないわね……何でも手に入りそう」

確かに姉さまの言う通りで、その商店街には八百屋さんや魚屋さんはもちろん、酒屋さんや本屋さんまで、何でも揃っていました。天井もついていますから、雨の日だって平気で買い物ができます。私たちの地元にも商店街はありますが、こんなに大きくはありませんでした。

「ああ、西田佐知子の歌よ」

近くのレコード屋さんから、この前の年に発売された『アカシアの雨がやむとき』という曲が流れていました。聞いているだけで切なくなるようなメロディーですが、何となく、その商店街には似合っているような気がしました。

「見て、古本屋さんがある……古雑誌が何でも一冊十円ですって。キネマ旬報もあるわ」

姉さまは古い映画雑誌には目がありません。もちろん活字の記事も好きなのですが、きれいな服を着た女優さんの写真を切り抜いて、スクラップしておくのが大好きなのです。

姉さまは古本屋さんの前の台に積んである映画雑誌の山に駆け寄りました。

「はいはい、後で寄りましょうね、姉さま」

私は姉さまの腕を摑《つか》んで、そこから引き剝《は》がそうとしました。ちょうどその時、古本屋のガラス戸が開いて、中から三十歳くらいの女の人が、大きめの書類封筒を抱えて出てきました。

赤い縁のメガネを掛けて髪をショートカットにした、いかにも頭のよさそうな印象の人です。けれど明るい栗色のコートに臙脂色《えんじいろ》のマフラーがおしゃれで、私はつい、その人をジッと見てしまいました。女の人は私と目が合うと、ニコリともせずに言いました。

「ごめんなさい、ちょっと通してくださる？」

うっかり私は、通り道をふさいでいたのです。慌てて体の位置を変えると、女の人は小さく会釈して、私の後ろを通り抜けました。そそっかしい私は、その時初めて気づいたのです――その女性が、左手で金属製の杖《つえ》をついていることに。

その女の人は右足に障害があるらしく、歩くたびに体が左右に細かく揺らいでいました。その後ろ姿を見ながら私は、誤解されていたらイヤだな……と思いました。

私がその人を見たのは髪形や服のセンスが良かったからで、けして不自由な足が珍しくて見たわけではありません。けれど姉さまが言ったように、もしあの人が、私を思慮のない女の子だと思い込んでいたら、きっと、そう感じたことでしょう。なるほど姉さまの言葉は、いちいち当たっています。

「あぶないっ」

突然、私の横にいた姉さまが、大きな声で言いました。商店街の中を子供の一団が走ってきて、その中で一番小さな子が、後ろから女の人にぶつかったのです。たいしたスピードは出ていなかったのですが、女の人は重心を預けていた杖をすかされたような形になり、体が大きくよろめきました。

次の瞬間、私は古本屋の店先から飛び出ると、素早く、その人の体を押さえました。一瞬、二人とも転びそうになりましたが、私の足腰はどうにか踏みとどまってくれました。

「ありがとう、お嬢さん」

女の人は赤い縁のメガネを押し上げながら、やはり冷静な声で言いました。

「いえ、転ばなくってよかったですね……こらっ、商店街の中を走ったら危ないでしょ！」

「どうも、すみません」

小学三年生くらいの男の子が、丁寧に頭を下げて言いました。なかなかしっかりした、きちんと礼儀を知っている子供のようです。

「弟は夢中になると、まわりが見えなくなっちゃうんです……ケイスケ、ちゃんと謝るんだ」

おそらく兄弟なのでしょう、小学校に上がる前くらいの男の子は、ペコリと頭を下げました。

とりあえずケガした人もいなかったので、話はそれで終わりました。杖をついた女の人は商店街の中をまっすぐ歩いていき、私たちも同じ方角に進みましたが、初めて来た商店街が物珍しく、面白いものを見つけるたびに立ち止まっていましたので、いたってノンビリしたペースでした。法話会は五時からなので、十分に間に合うだろうと踏んでいたのです。

「あっ、いたいた、さっきのお姉さんだ」

しばらくすると、さっきの子供たちの一団がやって来て（相変わらず走っているのには、困ったものです）、その中の一人が私を指さして言いました。何かと思って顔を向けると、例の礼儀正しい男の子が進み出て、何か小さな金色のものを私に差し出しました。

「お姉さん……これ、さっきのおばさんの落とし物らしいんだ」

「えっ、そうなの？」

「弟がぶつかった時、あのおばさんの服から外れて飛んだのを見たんだって。その時に言っていればよかったんだけど、何だか言いそびれちゃったみたいでさ」

なるほど、怒られていた手前、言い出しにくかったのでしょう。それでも結局は言ってしまうのですから、性根のまっすぐな少年のようです。

「どれどれ」

受け取って見てみると、それはどうやらコートの胸のボタンのようでした。細かい花の模様が全体に施してあり、金メッキがかかっています。一目見て、高級品だとわかりました。

「でも、私たちに渡されても」

困る……と言いかけたところで、姉さまが言いました。

「僕たち、ありがとう。ちゃんと、あのおばさんに届けておくから」

「ちゃんと渡したからね」

使命を果たしたという顔つきで、子供たちは商店街の切れ目になった路地に走っていきました。あの年くらいの子供というのは、どうやらどこに行くにも走るようです。

「姉さま、安請け合いしちゃったけど、いいの？　さっきの杖をついた人がどこの誰なのか、私たち知らないのよ」

もしかしたら、例の力を使って捜し当てようと言うのかもしれませんが――ボタン一つのために力を使うのは、姉さまの体の負担を考えれば、ちょっと割に合わないのではないでしょうか。

「大丈夫よ。さっきの人には、すぐ会えるわ」

「どうして？」

「気がつかなかった？　あの人が持っていた書類封筒に、笑葉童女観音会っていうスタンプが押してあったのよ」

「ほんとに？　全然気づかなかった」

もしそれが本当だとすれば、あの女の人は観音会の関係者か信者さんと考えて間違いないでしょう。だとすれば、これから行なわれる法話会で再び顔を合わせる公算が高いと言えます。

「いけない、もう四時半過ぎちゃったわ。ちょっとノンビリしすぎちゃった……急ぎましょう」

商店街のアーケードに掛けられている大きな時計を見て、姉さまは言いました。

3

「もしかして、あそこかしら」

幸男くんに書いてもらった地図を頼りに何本かの路地を曲がると、どうやらそれらしい家が見つかりました。別に看板が見えたわけではないのですが、前に何人もの人がたむろしているのが見えたのです。

「何だか、お葬式みたいね」

近づくにつれて様子が見えてきて、私は姉さまにそっと耳打ちしました。

東京では近頃見なくなりましたが、昔は家でお葬式をやることが普通でした。葬儀屋さんを呼んで、それぞれの家に合わせた飾り付けをしてもらうのですが、一見すると、その『笑葉童女観音会』の法話会会場も、そんな感じでした。壁全体には白い布が張ってあり、極力見えないようにしてあります。また、座敷の一番奥まったところには白木の台が置いてあり、そこには観音さまらしい仏像が置いてありました。他にもいろんな法具のようなものが置いてありましたが、私には名前さえわかりません。

そこは古い二階建ての家で、かつては牛乳屋さんだったようです。今でも看板だけは出ていましたが、商売はやめてしまっているらしく、牛乳瓶の類《たぐい》は一切見えませんでした。せいぜい土間の端に作り付けになった冷蔵庫が名残を感じさせているくらいです。

その家の一階部分の扉を開け放し、玄関から土間、さらに上がり框《かまち》を上がったところにある十畳くらいの部屋とが一続きになっていました。座敷にはすでに人が隙間なく坐《すわ》っていて、入れない人は広い土間に敷いたゴザの上に、靴を脱いで坐っていました。土間には灯油ストーブがありましたが、扉を開け放しているので、暖房効果は薄いでしょう。

「あらら、完全に出遅れちゃったわね……こんなに盛況だとは思わなかったわ」

びっしりと坐っている人たちを見ながら、私と姉さまは小声で言い合いました。

「中もよく見えないわ。これじゃ様子を見るどころじゃないわよ、姉さま」

扉の隙間から中を見ていると、奥の座敷に見覚えのある後ろ姿がありました。頭にいつものスカーフを巻いているので、すぐに茜ちゃんとわかります。

「姉さま、茜ちゃんがいる」

「あっ、本当だ。あんな前の方にいるのね」

私たちはいったん扉の前から離れて、道の端で話しました。

「そう言えば、私たちが来たって知ったら、茜ちゃん、気分を悪くするんじゃないかしら」

「あら姉さま、どうして？」

「だって、ここのことを茜ちゃんから直《じか》に聞いたわけじゃないし……ナイショで調べられたとわかったら、やっぱり嬉《うれ》しくはないでしょ」

「それもそうだね……」

その場に至って、私たちは基本的なことに思い当たりました。

「でも、ここで話を聞くだけなら、見つからないかもよ。こっちを見そうになったら、パッと隠れるとか」

「それしかなさそうね」

私たちが、そんな相談をしている時です。

背広の上に白い法被《はっぴ》のようなものを羽織った背の低い中年の男の人が、私たちの横を通りました。が、何を思ったのか、その人は突然足を止めて、声をかけてきたのです。

「すみません、今、茜さんという名前が聞こえたように思いますが、もしや藤谷《ふじたに》茜さんのことですか」

男の人は見るからに柔和そうで、絶えず人懐こそうな笑顔を浮かべていました。法被に鮮やかな筆文字で『笑葉童女観音会』と書いてあるところを見ると、会の関係者のようです。私と姉さまは、思わず顔を見合わせました。

「ええ、そうです」

しらを切ったところで、どうせ話が行ってしまうだろうと思えたので、私が代表で答えました。その答えを聞いた瞬間、男の人の顔が、パッと明るくなるのがわかりました。

「では、そちらのお嬢さんが上条鈴音さんで、こちらは上条和歌子さん？」

どうやら茜ちゃんは私たちのことを、この人に話していたようです。もちろん、どの程度のことを——姉さまの力の話までしてしまったのかどうかは、まだわかりませんでしたが。

「いやぁ、お話は伺っています！　藤谷さんの大親友だそうで……藤谷さんは、もういらしてますよ」

「あぁ、そうですか」

大親友と言ってくれたのは嬉しいのですが、何とも複雑な気分でした。私たちもコッソリ調べたかもしれませんが、茜ちゃんの方も、私たちのことを知らない人に話してしまうなんて。

「一度、お会いしたいと思っておりました。今日は法話をお聞きに？」

「ええ、まぁ……」

「では、さっそくお席をご用意させていただきます。ここからでは、あまりよく聞こえませんでしょうから」

「すみませんけど、どちらさまなんですか？」

「私は、こういう者です」

　男の人は背広の内ポケットから蛇革の名刺入れ（それを見た瞬間、姉さまは小さい声で「ひっ」と言いました）を取り出し、一枚の名刺を抜いて私たちに差し出しました。そこには『笑葉童女観音会　会長　小曾根《こそね》実行《じっこう》』と書いてありました。

「この会の会長さん……なんですか？」

　確か代表は、桑島フキ江という女性だったはずですが——。

「いやぁ、会長と申しましても、実際は小間使いのようなものです。我々の会は、ナカツギさまあってのものですから」

　ナカツギさまというのが、たぶん霊能力者のことを指しているのでしょうが、何だか野球のピッチャーのようだと思いました。

「さっ、さっ、どうぞこちらへ」

　会長さんは腰を低くして、私たちに家の中に入るように勧めました。

「どうする、姉さま」

です。

「ここまで来たら、もう後には引けないでしょ」

まったく、その通りです。中には茜ちゃんもいるのですから、心配することもないはず

「藤谷さん、お友だちがお見えになりましたよ」

会長さんは座敷の手前まで私たちを連れて行くと、いきなり茜ちゃんに声をかけました。

茜ちゃんはしきりに頭を回していましたが、やがて私たちに気づいて、大きく目を見開きました。

「リンちゃんにワッコちゃん！　どうして、ここに」

「いろいろワケがあってねぇ」

私が答えると、茜ちゃんはどこか辛《つら》そうに目を伏せました。

「藤谷さん、こちらが例のお嬢さんですよね」

「はい……そうです」

消え入りそうな小さな声を聞いて、私は直感しました——おそらく茜ちゃんは、姉さまの力のことまで話してしまっているに違いない、と。

「どうぞ、こちらに——藤谷さんも、こちらに移ってください」

会長さんは上座に用意された大きな座布団のすぐ脇に、三つの別の座布団を並べ、私たちに坐るように言いました。

「今日だけの特別サービスですよ。特等席で、お話をお聞きになってください」

ありがた迷惑なサービスですが、ここは坐るしかないでしょう。私と茜ちゃんは、姉さまを挟むようにして坐りました。

三人並んで座布団に坐ると、会場に集まっていた人たちは私たちを特別な人間だとでも思ったのか、しきりにこちらを見ていました。真ん中の子は外国の人かい……という言葉が聞こえ、やはり注目を集めているのは姉さまのようです。

「どうして、来たの？」

まわりに聞こえないような小さな声で、茜ちゃんが言いました。

「だって茜ちゃん、急に仕事をやめちゃうんだもの……心配するのは当たり前でしょ」

「心配してたら、ここにたどり着いたのよ」

私と姉さまは、同じような小さな声で答えました。

そこに坐らされた直後は、顔を上げるのも恥ずかしかったのですが、五分ほど時間が過ぎると、ようやく周囲を見回す余裕ができました。何気なく会場に集まっている人たちを見ると、だいたい六対四くらいの割合で女性の方が多いようです。年齢はバラバラで、幼稚園児くらいの子供から（きっと親に連れてこられているのでしょうけど）、髪が白くなったおばあさんまでいるようでした。

その中に、例の赤い縁のメガネをかけた女の人がいるのが見えました。私と目が合うと女の人は小さく会釈しましたが、視線は別の方に向いているようでした。

（あそこにいるってことは、関係者というわけじゃなくて、信者さんなんだな）

それとこれとは別問題と言われれば、きっとそうなのでしょうが——いかにも理知的な風貌《ふうぼう》をしたあんな人でも、怪しげな前世の話を受け入れるものなんだということが、私には少し不思議でした。それとも、私の考えが足りないのでしょうか。

「えぇ、みなさん」

やがて、さっきの会長さんが座敷の端に立って、集まった人たちに向かって言いました。

「本日はお寒い中、法話会にお越しいただき、ありがとうございます。これよりナカツギさまが参られますので、どうぞ合掌でお迎えください」

その言葉の後、会長さんは茜ちゃんのすぐ横にあった太鼓を、五、六回叩《たた》きました。会場にいた人たちが慣れた動きで両掌《りょうて》を合わせ、頭を垂れたので、私もそれに倣いました。とりあえず場の空気に合わせておくということは、大切なことです。

やがて壁に張った幕の切れ目から、巫女《みこ》さんのような恰好《かっこう》をした女の人が入ってきました。その人こそ『笑葉童女観音会』の中心人物、桑島フキ江のようです。

ずいぶんとガッシリした体つきで、背は高い方ではありませんが、どことなく母さまに似た雰囲気の人でした。手には水晶らしい数珠《じゅず》を持ち、きれいにお化粧していましたが、口紅の色が紫に近い青で、当時としては見ない色でした。年齢は幸男くんが言っていた通り、三十代半ばというところでしょうか。

「みなさん、今日はようこそいらっしゃいました」

ナカツギさまと呼ばれた女性は、穏やかな口調で会場に向かって言った後、続いて特別席に坐《すわ》らされている私たちの方に顔を向けました。

「藤谷さんのお友だちの方ね……お話は聞いております。今日は、ゆっくりなさって行ってください」

そう言って、その人は私たち一人一人に笑顔を向けたのですが——その目を見た瞬間、私は首筋を犬にでも舐《な》められたような心地がしました。

何と言うのでしょう、その人の表情には、当時十五歳になっていた私にもわかる〝危うさ〟のようなものがあったのです。あるいは、それが霊能力者の特徴なのでしょうか。

私は思わず隣にいた姉さまの手をつかんで、強く握りしめてしまいました。姉さまもナカツギさまの異様な迫力に押されているのか、その指先から速くなった鼓動が伝わってきました。

4

ナカツギさまと呼ばれた女性は、正面に置かれた錦《にしき》の座布団に静かに腰を降ろすと、ゆっくりとあたりを見回しました。話を聞きに来ている人たちの顔を、一人一人眺めているようです。

その後、息を深く吸い込むと、手にした数珠を胸の前ですり合わせ始めました。しばらくの間合掌瞑目《めいもく》して、口の中で何ごとか唱えたかと思うと、やがて静かに目を開きました。

「今日は寒い中、来てくれて……ありがとう」

その声を聞いた時、私は背筋がゾッとするのを感じました。さっきとは打って変わった奇妙な声に変わっていたからです——三十代半ばの女性というより、浪曲を習い始めた初老男性のような、咽喉《のど》の奥から押し出している感じの声に。

(やっぱり、変だわ)

それはわざとなのか、あるいはその時点で別人になったということなのか——詳しいことはわかりませんが、私は少なからず面食らってしまいました。何かの霊(あるいは、例の笑葉童女観音さまでしょうか)が降りたとでも言うのでしょうか。

やがてナカツギさまは、二度三度咳払《せきばら》いをすると法話を始めました。私は一言も聞きのがすまいと、必要以上に力を入れて耳を傾けました。少しでも筋の通らないことを言ったら、それこそ茜ちゃんの首に紐《ひも》をつけてでも連れて帰ろうと考えていたからです。

けれど——その時にナカツギさまが話したのは、いわゆる『捨身飼虎』の話でした。お釈迦《しゃか》さまが前世で、飢えた虎の親子のために自らの肉体を差し出したという有名な説話です。そういった功徳があって、お釈迦さまは悟りに至ったのだと、この話を伝えている経典には書かれているそうです。

(私、この話知ってるわ)

しゃがれ声の女性の話を聞きながら、私は拍子抜けのような気分になりました。それこそ国宝の『玉虫厨子《たまむしのずし》』にも絵が描かれているくらい有名な話ですから、間違いなく昔から伝わっているものです。怪しいとか怪しくないとか、線引きするのも失敬でしょう。

その後も、どこかで聞いた覚えがあるような話をして、ナカツギさまの話は終わりました。時間としては、だいたい二十分ほどのものだったでしょうか。途中から足が痺《しび》れて、それこそ永遠に続くのではないかと長く感じましたが。

結局、最後まで聞いても、女性の話に突飛な部分があるようには思えませんでした。今なら他に感じることもあるかもしれませんが、当時は中学生ですから、普通の仏教法話と変わりなく思えたのです。

「では、今日はこれまで」

話が終わると、会長さんは再び太鼓を打ち鳴らし、ナカツギさまはゆっくりとした身のこなしで立ち上がりました。茜ちゃんや会場にいた人たちが手を合わせたので、私も慌てて手を合わせました。

「待ってください」

その時、突然に誰かが叫びました。切羽詰まったような、若い女の人の声です。

声のした方を見ると、赤ちゃんを負ぶって青っぽいねんねこを着込んだ女の人が、会場の入り口から人を掻《か》き分けて向かって来るのが見えました。もともと色白の人らしく、木枯らしに吹かれた頬の赤さが印象的でした。髪にはパーマがかかっているようでしたが、ほとんど落ちかけていて、ピンピンと髪が跳ねているようにしか見えませんでした。

「この子を……どうか、この子を助けてください」

「奥さん、ちょっと待ってください」

太鼓の横にいた会長さんがとっさに腰を上げ、ナカツギさまと女の人の間に入りました。

「今日は法話会ですんで、ご相談でしたら別の日にしてください。一人の方のお話を聞いたら、みなさんが殺到して、どうにもならなくなるものですから」

けれど赤ちゃんを負ぶった女の人は、必死でした。

「お願いです、こちらの先生は、どんな病人でも治せると聞きました。この子を、どうにか助けてやってください」

女の人の背中には、まだ一歳にもならないような赤ちゃんがいました。赤い毛糸で編んだ頭巾《ずきん》を被《かぶ》り、きれいな目をパッチリと開けています。もしかすると、お母さんが大きな声を出しているので、ビックリしていたのかもしれません。

「この子は生まれつき心臓が悪くて……たぶん大人にはなれないだろうと、大学病院のお医者さんに言われたんです。ぜひ、こちらの先生のお力で助けてやってください」

「とにかく奥さん、ここではご相談の受付はできないんです。また日を改めて……」

「お願いします、お願いします」

会長さんの言葉が聞こえていないかのように、若いお母さんはナカツギさまの前で手をつきました。その姿は痛々しくもあり、私は思わず姉さまと顔を見合わせました。

「お母さん、どういった評判をお聞きになっていらしたかは存じませんが」

法話の時とはまったく違う、そのままの女性の声でナカツギさまは言いました。

「私に人の病気を治すことはできません。それはお医者さんの仕事です」

「そんな……知り合いの人に聞いてきたんです。先生なら、どうにかしてくれるって」

「何より、その先生というのはやめてください。私は、そんなたいそうなものではありません。ただ、笑葉童女観音さまとみなさんをお繫《つな》ぎするだけの人間です」

赤ちゃんを負ぶった女の人は何を言われているのか理解していない様子で、しきりに瞼《まぶた》をパチパチさせているばかりです。

「ただ、笑葉童女観音さまにおすがりすれば、そちらのお子さんの悪因縁が切れるかもしれません。もちろん、観音さまの御心しだいですが」

「どうにか、それをやっていただくわけにはいかないでしょうか」

女の人は、それこそ必死でした。察するところ、背中にいる赤ちゃんは心臓に深刻な障害があるようです。それをどうにかして欲しい……と、若いお母さんはやって来たのです。

「もちろん私で役立てることがあれば、喜んでやらせていただきましょう。けれど、あなたばかりを特別扱いするわけにも参りませんので、ちゃんとした手続きを取ってください」

「わかりました……なるべく、少しでも早くお願いします」

「では、そちらの女性に事情を話して、ゆっくりと話ができる時間を取ってください」

ナカツギさまが〝そちらの女性〟と言ったのは、間違いなく茜ちゃんでした。どうやら私たちが知らない間に茜ちゃんは、この団体にかなり深く関わっているようです。

「やはり順番なのでしょうか」

「いいえ、それをお決めになるのも笑葉童女観音さまです。大丈夫、観音さまはすべてお見通しです。悪いようにはなさいませんよ」

そう言いながらナカツギさまは、赤ちゃんの頰をそっと人差し指の背で撫《な》でました。

「藤谷さん、この方の話を聞いてあげてください。私は一度、二階に上がります」

「わかりました。お疲れさまでございました」

どこか嬉《うれ》しそうな表情で、茜ちゃんは答えました。

「お嬢さんたちも、どうぞ二階の方に」

すぐ近くにいた会長さんが満面の笑みを浮かべて、私と姉さまに言いました。正直言って、今日はそこまでする気はなかったので、私は大いに困ってしまいました。

「どうする、姉さま」

「ちょっと……逃げられそうにない雰囲気ね」

私が小声で尋ねると、姉さまも困った口調で答えました。

やむを得ず、私たちは会長さんに案内されるままに、その家の二階に上がることになりました。いきなりの本陣潜入です。

家の中はあくまでも普通でしたが、どこもきれいに掃除が行き届いていて、床や柱などはピカピカに磨き上げられているのが印象的でした。ギシギシと音を立てる階段をのぼると、すぐ近くの部屋に痩《や》せた男の人がいて、イヤホンを耳に差してテレビを見ていました。

「久蔵《きゅうぞう》さん、どうもすみませんでしたね」

「あぁ、終わったの」

会長さんが声をかけると、男の人はどこか面倒くさそうな口調で振り向きました。坊主頭に白髪の目立つ、けれど初老と言うには若い感じの男の人でした。おそらく四十代初めくらいでしょう。

「あ、でも、まだ下には信者さんがいらっしゃいますんで、テレビの音は出さないでください」

「わかってるよ」

そう言いながら男の人は、再びイヤホンを耳に入れました。テレビの画面には、当時の人気番組だった『歌のメリーゴーラウンド』のオープニングが映っていました。私はつい心の中で『まわれ、クルクルまーわーれー』というテーマソングを口ずさみながら、もう六時過ぎなのだと思いました。

「ささ、こちらにどうぞ」

私と姉さまは、その隣の部屋に通されました。部屋には足折れ式のテーブルが出してあり、すでに先に上がったナカツギさまが上座に坐《すわ》っていました。私たちは言われるままに、その向かいに横並びに坐りました。

「今日はよく、来てくださいましたね。お話は、よく藤谷さんから伺っていますよ。そちらの年長の方が鈴音さんで、こちらの可愛らしい方が和歌子さんですね」

「はい、そうです」

そう答えながら、私は知らず知らずのうちに身構えていました。初対面で〝可愛らしい〟なんて言う人間には、私は昔も今も、簡単に心を許さないようにしています。

警戒心をあらわにしている私の視線を気にも留めず、ナカツギさまは、普段はどんなことをして過ごしているのかとか、今日の法話をどう思ったかとか、取り留めのない話をしばらく続けました。言ってみれば、ただの世間話です。

だいたい十分くらい話したと思いますが、私も姉さまも、あまり打ち解けることはありませんでした。そして、いい加減に帰りたくなってきた頃、ナカツギさまはさらりとした口調で切り出してきたのです。

「ところで……何でも鈴音さんには、人と違った御力があるとか」

やはり姉さまの秘密を、この人たちは知っているようでした。絶対に秘密だと釘《くぎ》を刺していたのに、茜ちゃんがしゃべってしまったのには失望を感じざるを得ませんでしたが、それだけ、この人たちを信用しているのだとも思いました。いったいこの人たちの何が、茜ちゃんを惹《ひ》きつけているのでしょう。

「すみませんが、いったい何のことをおっしゃっているのか、よくわかりません」

姉さまはにっこり笑って答えました。どうやら力のことは、あくまでも秘密にしておくつもりのようです。

「おや、そうですか」

姉さまの言葉に、ナカツギさまの細い眉毛《まゆげ》がピクリと動くのが見えました。きっと素直に答えない姉さまを生意気に感じたのでしょう。

「そうおっしゃるのなら、それでも構いませんけど……これは、あなたのためにお尋ねしているのですよ」

「私のために……ですか？」

姉さまが答えた時、会長さんがお盆にお茶を載せてやってきました。実質的には小間使いのようなものだと本人が言っていたように、いろいろな用事をこなしていらっしゃるようです。

「そうです。あなたのお話を藤谷さんから聞いた時、私は笑葉童女観音さまにお伺いを立ててみたのです……普通の人が持っているはずのない力をお持ちらしいので」

どこか余裕を感じさせる仕草で湯飲みを手に取ると、ナカツギさまは、ずずっと音を立ててお茶をすすり上げました。

まるで気を持たせているように、なかなか後の言葉を言わないのがシャクでしたけれど、続きを促したりすれば、姉さまに不思議な力があるのを認めたことになるので（さすがにオッチョコチョイの私でも、それくらいのことはわかります)、私は何も言わずにナカツギさまの顔と、隣にいる姉さまの顔を交互に見るばかりでした。

「その力は、あなたに不幸をもたらします」

やがてナカツギさまは、鋭い口調で言い放ちました。

「あなたがどうして、そんな御力を持っているのかはわかりませんが……それは人が持つには、少しばかり大き過ぎる力です。いえ、人間ごときが持ってはいけない力なのです」

「人間ごとき……ですか」

黙って聞いていた姉さまは、初めてナカツギさまの言葉に反応しました。

「そうです。すべての過去の出来事を見通すなんて、御仏《みほとけ》以外にはやってはいけないことです。そんな力は、人間ごときが持ってはいけません」

確かにそうかもしれないと、私はチラリと思いました。実際、この力が姉さまに不幸をもたらしているというのも、部分的には当たっています。

「あの……私は頭があまり良くないので何をおっしゃりたいのか、よくわからないのですけれど……よろしければ、そろそろお暇《いとま》したいのですが。できれば藤谷さんと一緒に」

姉さまがそう答えると、再びナカツギさまの眉がピクピクと動きました。今は抑えているものの、実際はかなり癇《かん》の強い人なのかもしれません。

「初めてお会いしたので、なるべく言葉を選んだのですけど……どうやら、そんな場合ではないようですね。わかりました、はっきり言いましょう。今のまま身に余る力を使い続ければ、あなたは命を縮めることになりますよ」

静かでしたが、恫喝《どうかつ》同然の言葉です。私は思わずテーブルの下で姉さまの手を握り締めました。

「そうならないようにするには御仏の教えを守って、正しい修行をする他にありません……どうです、藤谷さんと一緒に、私たちの会で勉強なさっては」

言い方こそ違いますが、要は入会の勧誘——けれど、その口調は強いものでした。それが熱心さの裏返しとも取れ、もしかしたら、この人は本当に姉さまのことを思って言ってくれているのかもしれない……と、一瞬感じてしまったほどです。

「いきなり、そんなことをおっしゃられても困ります」

ナカツギさまの言葉を受け流し、姉さまは言いました。

「こちらに伺ったのは初めてですから……こちらの会がどういうところなのかさえ、よくわかっていないのです。実は今日も、藤谷さんに用事があって来ただけでして」

「いいでしょう」

ナカツギさまは、姉さまの言葉の途中で口を挟みました。

「ここがどういうところか、教えて差し上げます。つまりはあなたも、笑葉童女観音さまの御力が示されなければ納得がいかない……とおっしゃるのでしょう。でしたら、お見せするのが一番早い」

そう言うが早いか、ナカツギさまは袂《たもと》から数珠《じゅず》を取り出し、素早く手に絡めると、法話会の時と同じように、それを繰りながら何事かを口の中でつぶやきました。オンとかソワカといった文句が聞こえたので、おそらく真言《しんごん》というものでしょう。

どうやらナカツギさまは、力を見せてくれるようです。きっと特別大サービスなのでしょうが、どうせなら、さっきのお母さんにもやってあげれば良かったのに……と、私は不《ふ》遜《そん》にも考えてしまいました。

「うーむ、これはまた……異な女性が来たものじゃ」

軽く目を閉じたナカツギさまの声は、例の浪曲を唸《うな》り出しそうな声に変わっていました。ちなみに女性は『じょせい』ではなく、『にょしょう』です。

「この女性、前の世では、この国に生きておったわけではない。遠く……英国にて尼僧として の生を歩んでおった。貧しき人々のために獣の多く住む土地にまで足を伸ばし、献身の日々を送ったのは、まことに尊いことである。されど半ばに心乱れることありて、ついには道を捨てるに至ったは、情けなきこととなり」

ナカツギさまは目を軽くつぶり、リズミカルに数珠を繰りながら言いました。どうやら、それが笑葉童女観音さまが見ている、姉さまの前世のようです。

(姉さまって前世ではイギリス人だったんだ)

法話の時は疑いの目で見ていた私でしたが、その時の言葉には何となく納得が行くような気がしました。何度も言いましたように、姉さまはどことなく日本人離れした顔をしています。しかも尼僧(つまりシスターです)だったなんて、似合い過ぎているではありませんか。

ナカツギさまの話を、わかりやすい言葉でまとめると——姉さまはかつてイギリスの修道女で、布教のために未開の地にまで行くような敬虔《けいけん》な信仰者でした。けれど途中で心乱されるものに出会い（それが何であるかは、教えてくれませんでした）、それをきっかけに信仰の道を捨ててしまったのだそうです。貧しい人のために働いた功徳により今の世に再び人として生を享《う》け、また人にはない力まで持って生まれたそうですが、途中で信仰を捨てたことが響いて力が不完全なものになってしまい、ついには命を縮めかねないものになってしまっている……のだそうです。

（なるほどねぇ）

いつのまにか私は、ナカツギさまの言葉に聞き入っていました。できることなら、自分の前世も見てもらいたいものだと思いながら。

その時、ふと聞き覚えのある息遣いが聞こえました。長く息を吸い、短く何度かに分けて吐く呼吸法は、まさしく姉さまが力を使う時のものです。

もしやと思い、姉さまの方を見てみると——いつのまにか姉さまは、目を細めてナカツギさまの頭上を見つめていました。

（姉さま、もしかして〝見て〟るの？）

考えてみれば、異様な光景でした。

普通の人には、ただ二人の女性が向かい合っているだけにしか見えないのでしょうが、実際、その二人は、お互いの中を覗《のぞ》き合っているのです。ナカツギさまは姉さまの前世を見つめ、姉さまはあの力で、その時のナカツギさまの中を見ているのです。無断で人の中を覗くことは慎んでいる姉さまでしたが、確かにナカツギさまの力が本物かどうかを見定めるには、最も早い方法であるのは間違いありません。

私は思わず膝《ひざ》の上の拳《こぶし》を握りしめ、唾《つば》を呑《の》みました。

5

私たちがその家を出たのは、すでに七時近くなってからでした。

姉さまの前世を見てからのナカツギさまの話が、妙に長かったのです。途中からは例の会長さんまで加わって、二人がかりで姉さまに入会を勧めてきました。幸か不幸か、私は中学生ということもあって、あくまでも姉さまのオマケ程度の誘われ方でした。どちらかと言うと私の方が会に興味を持ったのに、あんまりな扱いです。

「わかりました……入会するかどうか、少し考えさせてください」

早く解放されたい一心か、姉さまは根負けしたように言いました。

「詳しい話を藤谷さんから聞いておきますから」

「そうですね……でも、藤谷さんも入会なさって日が浅いですから、あまり詳しいことは教えられないかもしれません」

姉さまの言葉に会長さんが言いました。

「都合が良い時にでも相談の模様を見ていただければ、うちの会のことがよくわかると思いますよ。まぁ、本来は部外者にはお見せしないのですが、関係者という扱いでなら」

「でしたら、次の機会にでも見学させていただきます」

姉さまは、ほとほと疲れた口調で答えました。やはり……とは申しませんが、この手の勧誘というのは、いつの時代も、なかなか諦《あきら》めてくれないものです。

解放されてから、私たちは茜ちゃんと帰ろうと思いましたが、何やら他の女性信者さんと法話会の後始末をしなくてはならないとかで、一緒に出ることはできませんでした。何がしかの組織に入れば、何でも自由というわけには行かなくなりますから、やむを得ないでしょう。

「大変、もうすぐ七時になっちゃう」

近くのラーメン屋さんのガラス扉越しに中の時計を覗いて、姉さまは慌てた声で言いました。いつもなら、すでに食卓を囲んでいる時間です。こんなに遅くなるとは思わなかったので、きっと母さまは心配していることでしょう。けれど当時は家に電話もなかったので、連絡する方法はありません。私たちは急ぎ足で、なるべく早く帰るほかはありませんでした。

「でも、ビックリしたなぁ。姉さまの前世って、シスターだったんだ」

その途中、私は姉さまに言いました。

「そうよ。シスター・ルークという名前で、コンゴの診療所で働いていたの」

何でもないことのように姉さまが答えたので、私はビックリしてしまいました。

「姉さま、自分の前世を知ってたの?」

「そんなの簡単よ。鏡に向かって、あの力を使えば……」

「あっ、そうか」

なるほど、人でも物でも、すべての記憶を読んでしまえる力です。ちょっと工夫すれば、自分の前世を見ることだってできるかもしれません。

「じゃあ、本当にあるんだね……前世って」

私がつくづく呟《つぶや》くと、なぜか姉さまはぷっと噴き出しました。

「やだ、ワッコちゃん、マジメに信じないでよ」

「えっ、どういうこと?」

「私、自分の前世なんか見たことないわ。そんなことに、ちっとも興味ないもの」

姉さまは笑って言いました。

「じゃあ、シスター・ルークとかコンゴの診療所って何なの?」

「オードリー・ヘップバーンの『尼僧物語』よ。去年か一昨年に日本でもやったでしょう」

何だ、映画の話か――私は肩透かしを食ったような気持ちになりましたが、ふと気づいて尋ねました。

「ちょっと待って。『尼僧物語』って、そういう話なの？」

「私も見たことはないんだけど、雑誌の記事では、最後にシスター・ルークは信仰を捨てちゃうらしいわ」

私は思わず立ち止まりました。

「姉さま、それって……」

「あのナカツギさまって人、映画が好きみたいね」

姉さまは何でもなさそうに言いました。どうやら、ナカツギさまが告げた姉さまの前世というのは、『尼僧物語』という映画そのままのようです。

「でも確かシスター・ルークはイギリス人じゃなくって、ベルギーの人だったような気がする」

「そんなこと、たいした違いじゃないでしょ」

イギリスとベルギーの人には失礼ですが、私は思わず言ってしまいました。

「つまり、あの人はインチキってこと？」

「それはわからないわ」

私に歩くように合図しながら、姉さまは首を捻《ひね》りました。

「そう言えば、姉さま、あの人を見たんでしょ？　どうだったの」

「それが不思議なのよ。あの人の中に、確かにシスター姿のオードリー・ヘップバーンの記憶があったんだけど……何だか全部が、ものすごく遠いの」

その時、私たちは例の商店街に入っていました。七時という時間のせいか、商店街はかなり混んでいて、まっすぐに歩くのがなかなか大変でした。

「ワッコちゃんは駒ノ辺高校の事件、覚えてる？」

のんびりとした足取りの人の間を器用にすり抜けながら、姉さまは尋ねました。

もちろん、その事件のことは忘れるはずがありません。東京のはずれの駒ノ辺高校というところで、女子高生が同級生に殺されてしまった事件です。あの時、姉さまは警視庁の神楽さんに頼まれて、Rという犯人の少年の記憶を見たのでしたが——彼の中で、事件のすべてが遠くなっていました。殺人という大罪を犯しながら、夢と変わらないような記憶になっていたのです。

「何となく、あのRさんを思い出したわ……ナカツギさまの記憶も、ほとんどがあの人みたいに遠くなっていたのよ。まるで今、この時間を生きていないみたいに」

もしかしたら神がかった状態というのは、そんな精神状態になるものなのかもしれません。もっとも、そんな状態になったことのない私には、推測するしかないのですが。

「他に何か見えた？」

「やっぱり勝手に心を覗くのは申し訳なかったから、ほんのちょっぴりしか見ていないのよ」

私の問いかけに、姉さまは首を横に振って答えました。絶対に相手が気づくことなどないのに、人間相手に力を使う時は、姉さまはいつも遠慮がちです。

「でも、何て言うのかしらね……いろんな記憶が、みんな同じような遠さだったわ。テレビや映画で見たことと、実際の記憶がごっちゃになってる感じ」

これもまた経験がないので何とも言えませんが、どうやらテレビなどで見た光景と実際に見たものの記憶は、それなりの区別があるようで——姉さまが言うには、明らかに鮮やかさが違うそうです。

「何だかピンと来ないんだけど、それってどういうことなの?」

「私もうまく説明できないんだけど……もしかしたらナカツギさまの中では、テレビや映画で見たことと現実の出来事の区別がついてないのかもしれないわ」

「そんな……バカな」

何だか首筋が寒くなるような気がして、私は思わず肩をすくめました。

「つまり、夢も現実も作り話も、全部が全部、混ざっちゃってるってこと?」

「正直言うと、私にもよくわからないの。だって霊能のある人なんて見たことがないんだもの」

確かにそうでしょう——姉さま以外に不思議な力を持っている人間と言えば、例の御堂吹雪くらいしかいません。仏さまと交感できる霊能力者なんて、姉さまだって出会うのは初めてのはずです。

「でも、姉さまの前世と映画の話をごっちゃにするなんて、ちょっとひどいわ」

「それだって、あの人の力を疑う材料にはならないのよ。もしかしたら私の前世とやらを見て、それから映画を連想したのかもしれないし」

確かにそう考えることもできます。姉さまがもう少し厚かましい性格になって、大胆にナカツギさまの中を覗《のぞ》けば、もっと手がかりもつかめるのでしょうが、それを姉さまに期待するのは無理です。

結局、あの人は本物なのかニセモノなのか——もしかすると、それが本当にわかる人は、この世にはいないのかもしれません。

「あら、ワッコちゃん、あの人……」

珍しく真剣に考え込んでいると、不意に姉さまが私の腕を叩《たた》きました。顔を見ると、その目は十メートルほど先の雑踏を見つめています。

(さっきの女の人だ)

姉さまの視線の先を探って、私もようやく気づきました。ちょうど、さっきと同じ古本屋さんの前に、例の杖《つえ》をついたメガネの女性が立っていたのです。

「ちょうど良かったわ。ボタン、まだ返していなかったから」

姉さまはコートのポケットを探り、子供たちから預かった金色のボタンを取り出しました。ちょうどその時、女性も私たちに気づいて、体をこちらに向けて言いました。

「待ってたわよ、お嬢さんたち」

その言葉を聞いて、私たちは思わず顔を見合わせました。

「さっきの家の前で待っていた方が早かったかもしれないけど、あそこは吹きさらしでしょう？　足が悪いから体が冷えると、ちょっと辛《つら》いの。ここで待っていれば、必ず通るかと思って」

杖をつきながら女の人が近づいてくるのを見て、手間をかけさせまいと、姉さまも小走りで女の人に近づきました。

「私たちも、あなたを捜していたんです……さっき子供とぶつかった時、ボタンが外れたみたいで——」

「あら、ありがとう……気づかなかったわ」

自分の栗色のコートの前を見て、女の人は言いました。法話会の会場は寒かったので、女の人はコートを脱いでいませんでした。

「素敵なコートですね」

そう言いながら姉さまがボタンを渡すと、女の人は初めて笑顔を見せました。

「ありがとう……母の形見なのよ」

「そうなんですか。とってもおしゃれなお母さんだったんですね」

「ドイツかぶれだったの」

女の人はどこか照れくさそうに言いました。その顔が思いがけず人懐っこい雰囲気でしたので、私もホッとした気分で、女の人に近づきました。実は初めに会った時、ちょっと怖い人だ……という印象を持っていたのです。

「ところで、私たちに何か御用ですか？　今、待っていらしたっておっしゃってましたけど」

「ちょっと聞きたいことがあるの。よかったら、そこらでお茶でも飲まない？　おごるわよ」

私たちは顔を見合わせ、小声で相談しました。確かに寒い中を歩いてきたので温かいものを飲みたい気分でしたが、これ以上、遅くなるわけにもいきません。

「すいません……家に戻らないと、母が心配するものですから」

「じゃあ、歩きながら話しましょうか」

取り立てて失望した様子も見せず、女の人はコートの内ポケットから名刺を出しました。

「私はこういう者よ」

姉さまが受け取った名刺には、『関東タイムス　文化部記者　南田蓮子』と印刷されていました。関東タイムスは、今は買収されてなくなってしまいましたが、当時はかなり有名な地方新聞の一つです。

「すごい、婦人記者さんなんですね……文化部のナンダ・レンコさん」

私が名刺の文字を読み上げると、女の人は困ったように眉《まゆ》を顰《ひそ》めました。

「お嬢さん、もしかして、ふざけてる？　ナンダじゃなくてミナミダ、レンコじゃなくてハスコ……そんな読み方されたのは初めてよ」

「す、すみません」

私は温かい飲み物が要らないくらいに、顔が熱くなるのを感じました。高校受験も間近だというのに、てんでなっていません。

ちなみに、後に私たちはこの人をずっと『レンコさん』と呼ぶことになるのですが、初めのうちは、さすがにミナミダさんと呼びました。けれど茜ちゃんを藤谷さんと呼ぶのがしっくり来ないように、レンコさんを改まった名前で呼ぶと、何だかくすぐったい気分になります。この時、突然に姿を現した足の不自由な女性と私たちは、それだけ親しい間柄になるのですが——もちろん、この時はお互いに、そんなことは予想さえしていませんでした。

「お聞きになりたいことって、何ですか？」

私たちは歩きながら話し始めました。もちろんレンコさんの歩調に合わせて、ゆっくりしたスピードです。

「お嬢さんたち、さっきの会で前に出されていたけど、それはどうしてなの？　今まで会場で見たことがないけど」

その時はレンコさんがどういう人なのかわかっていなかったので、どう答えるのがいいのか、私たちは困りました。もしかすると熱心な信者さんかもしれませんし、滅多なことは言うべきではないでしょう。

「実は私たち、あの会に行くのは初めてなんです」

この際、すべてを姉さまに任せるつもりで、私は口を挟まないようにしました。

「初めて？　じゃあ、会員というわけではないのね」

「誘われているんですけど、入るかどうか、わかりません」

姉さまが答えると、レンコさんの方も何だかホッとしたような口調に変わりました。

「だったら、この先も入ろうと思わない方がいいわよ」

「どうしてですか？」

「インチキとは言わないけどね。あそこはちょっと怪しいの……第一、お嬢さんたちみたいな若い子が、今から抹香臭くならなくってもいいでしょうに」

「おっしゃることはわかりますが……南田さんはどうして、さっきの会に出ていたんですか？　信者さんじゃないんですか」

「もしかして突撃取材とか」

口を挟まないと決めたくせに、私はつい合いの手を入れてしまいます。

「私は信者でもないし、仕事で行っていたわけでもないのよ。もっと切実なの」

レンコさんはメガネを押し上げながら、小さな声で言いました。

「さっきのナカツギさまって呼ばれてた人……私の姉なのよ」

6

あくる日の日曜日、朝早く――と言っても八時を回った頃ですが、私と姉さまは茜ちゃ

なかなか捉《つか》まえられそんな時分にでも行かなければ、なかなか捉まえられないだないだろうと思ったからです。

「どうしたの……日曜日だっていうのに、こんなに朝早くから」

部屋の扉を叩くと、朝に弱い茜ちゃんは欠伸《あくび》交じりに顔を出しました。眠そうに目をこすっているものの、やはり態度はどこかよそよそしく、私は悲しい気分になりました。

「ゴメンね、茜ちゃん。ちょっと話したいことがあるの」

いつになく強い口調で姉さまが言うと、茜ちゃんは何だか観念したような顔でうなずきました。姉さまの秘密を他人に話してしまった……という後ろめたさのようなものでも、あったのかもしれません。

「今、部屋がとっちらかってるから、外で話そう。ちょうどパンを買いに行かないといけなかったし」

「そうね。私たちも朝ご飯、まだ食べてないから、ちょうどいいわ」

私と姉さまと茜ちゃんは、三人で連れ立って近くのパン屋さんに行きました。今のスーパーは、たいてい九時半や十時に開くものですが、昔はパン屋さんや豆腐屋さんに限って言えば、ずいぶん早くからお店を開けていたものです。

私たちはそれぞれにお気に入りのパンを買うと、近くの狭い公園に行きました。二月に入ったばかりの寒い頃ですから、公園には人影もなく静まり返っていました。ただ植え込みの寒椿の葉の深い緑と、花の鮮やかな赤が目にしみるような心地がしました。

「それで、話って何？」

ブランコに坐《すわ》り、ピーナッツクリームをはさんだパンのビニール包装を破りながら、茜ちゃんは尋ねました。姉さまもその横のブランコに腰を降ろし、紙に包んだメロンパンに小さく歯を立てています。私はと言うと、ブランコの横の柵《さく》に坐って、ホイップクリームを挟み込んだパンを齧《かじ》り、その甘さに感激していました。確かスペシャルサンドという名前のパンだったと思いますが、当時はホイップクリームが珍しかったので、そこがスペシャルというわけでしょう。

「言っておくけど、仕事には戻らないからね」

口調こそ強気でしたが、さも言いにくそうに茜ちゃんは言葉を続けました。

「だいたい、どうしてうちを辞めちゃうの？」

そう尋ねたのは私です。

「やっぱり給料が少ないから、別の仕事に鞍替《くらが》えするとか？」

「そりゃ、お給料のこともあるんだけど……他にしたいことがあるものだから」

「あぁ、そうなんだ」

私はその言葉に、何だか胸のつかえが降りたような気がしました。茜ちゃんが何かしたいことができて、それをするためにうちの仕事を辞めるというのなら仕方のないこと——身内同然の立場の人間としては、喜ぶべきことだとも思えたのです。

「したいことって何？　何か習いに行くの？」

「ワッコちゃんたちも、昨日、見たでしょ」

どこか言いにくそうに、茜ちゃんは答えました。

「あんな風に、ナカツギさまのお手伝いをしたいの」

「えっ」

私は思わず姉さまの方を見ました。姉さまは月のように丸いメロンパンを胸の前で持ったまま、真剣な表情を浮かべていましたが、やがて、かすかな笑みを浮かべて言いました。

「茜ちゃんは、あの会の人たちがすごく好きなのね」

「好きっていうのとは、違うんだけど」

「えっ、違うの？」

茜ちゃんの答えに、私は思わず声を大きくしてしまいました。

「リンちゃんもワッコちゃんも聞いて……私が今生でこんな人生になってしまったのは、前世で、とても良くないことをしたからなんですって。浮気相手と一緒になって、自分の旦那《だんな》さんを殺してしまったのよ」

突然何を言い出すのかと思いましたが、どうやらそれは、例のナカツギさまが見た茜ちゃんの前世のようです。

「旦那さんに愛されていたのに、前世の私にはそれがわからなくて、そんな愚かなことをしてしまったのよ。だから私は……今生では、たくさんの男の人の相手をする仕事をさせられたの」

「ちょっと待って」

茜ちゃんの話の途中で、姉さまが言いました。

「話の腰を折って悪いけど、茜ちゃんはその話を信じてるの？」

「信じてるわ」

意地を張るような口調で茜ちゃんは言いました。

「この世は、すべて因果応報なの。前世で悪いことをした人間は、今生ではその罰を受けなくてはならない……でもナカツギさまに頼んで因縁切りしてもらえば、前世の悪業を断ち切ることができるの」

「でも、そのために、たくさんのお金を払わなくっちゃなんないんでしょ？」

私は思わず口を挟みました。茜ちゃんほどの人が、その程度のまやかし同然の言葉に乗せられているのが、なんとも悔しい気がしたからです。

「そんなの、デタラメに決まってるじゃない」

「何もわかんないくせに、勝手なことを言わないでよ！」

突然、茜ちゃんは叫びました。その声に驚いて、公園の水飲み場近くを跳ねていた雀が飛び去っていきます。

「たまにしか会えないかもしれないけど、ちゃんとお父さんもいて、立派なお母さんがいて、優しいお姉さんと毎日楽しく暮らして……私から見れば、ワッコちゃんはすごい幸せ者よ。そんな幸せな人に私の気持ちなんか、わかるはずがないわ。親に売られた私の気持ちなんか」

いつのまにか茜ちゃんの切れ長の目にいっぱい涙が溜《た》まっていて、長い睫毛《まつげ》が伏せられるたびに、次から次へと押し出されて頰を滑りました。

「私、いつも考えてたの……どうして、私はこんな人生になってしまったんだろう、いったい何が悪かったんだろうって……ナカツギさまは、私にその答えを教えてくれたのよ。その運命の変え方まで、ちゃんと」

私はスペシャルサンドを齧りかけたままの姿勢で、何も言えませんでした。そんなに感情的になった茜ちゃんを見るのは、久しぶりのことだったからです。

「だから、何もわかんないくせに……勝手なことを言わないで」

それだけ言うと、茜ちゃんはブランコから立ち上がりました。

「リンちゃんやワッコちゃんから見れば、私が騙《だま》されてるように見えるんでしょう？　でも、それでもいいの。お金を払えば幸せになれるんだって言うんなら、私、どんな仕事をしてでもお金を作るわ。だから先生のところの仕事は辞めることにしたの。急で悪かったとは思ってるけど……もう決めたの。もっとお金になる仕事に変わって、余った時間はナカツギさまのお手伝いをするつもりよ。そうしたら、因縁切りが早くできるかもしれない」

「茜ちゃん……あのナカツギさまっていう人は」

私は前の日にレンコさんから聞いたことを、茜ちゃんに教えようとしました。けれど茜ちゃんは、小さい子供のように首を振りました。これ以上、私たちと話すのが苦痛であるみたいに。

「もう、私のことは放っておいてよ！」

そこまで言われてしまっては、口にできる言葉はありません。まるで私たちと茜ちゃんの間に、分厚いシャッターが下りたような気がしました。

「今まで楽しかったわ。それは本当……でも、やっぱり、私とリンちゃんたちは住む世界が違うのよ。だから、この辺で別の道を行きましょう……もっとも、会に来てくれるのは反対しないわ。でもリンちゃんたちは、絶対に自分からは来ないでしょうね」

確かにその通りです。特にレンコさんの話を聞いた後では、とてもナカツギさまの霊能力とやらを信じる気にはなりませんでした。あの人がいろいろなことを的中させられるのは――あの会長さんが人を使って、事前にいろいろ調べているからなのです。

「今までありがとう。先生に、くれぐれもよろしくね」

そう言って茜ちゃんは、私たちにくるりと背を向けました。

「茜ちゃん」

その背中に姉さまが声をかけます。

「あそこの寒椿、とてもきれいね」

姉さまが指さす植え込みの寒椿を不思議そうに眺めて、茜ちゃんはしばらく黙り込んでいました。やがて、ぽつりと——。

「えぇ、とてもきれいね」

それだけ言うと、茜ちゃんは足早に公園を出て行きました。私はずっと後ろ姿を見送っていましたが、それが見えなくなると、慌てて姉さまに駆け寄りました。

「姉さま……茜ちゃん、本気だよ」

「そうね」

寂しい声で、姉さまは答えました。

「いいの？　このままで……昨日、あの婦人記者さんも言ってたけど、あの会はインチキなんでしょ。あんなところに深入りしたら、茜ちゃん、帰ってこられなくなっちゃう」

今さらながら、大変なことになったと思いました。茜ちゃんがあんなにも笑葉童女観音会に肩入れしているとは、想像もしていませんでした。いったい、いつのまに……という感じです。

「人の悲しみが、目に見えればいいのにね」

ブランコを少し揺らしながら、姉さまは言いました。

「トランクみたいに心が開けられて、それぞれの悲しみを見せ合うことができれば、とってもいいのに」

姉さまが見ることができるのは悲しい思い出そのもので、それでその人がどれだけの傷を負ったかまでは知ることができません。もし本当に姉さまの言うように、人の悲しみを目に見ることができたら、どんなに良いでしょう。その人が今、どんな思いで生きているのか、誰にでも察することができれば――。

「かわいそうに……茜ちゃんの心は、私たちが思っている以上に傷だらけなんだわ」

悲しいことですが、どんなに親しい人間でも、他人の悲しみのすべてを知ることはできません。その傷を癒《いや》すために、茜ちゃんが私たちといるより宗教団体を選んだのだとすれば、もう私たちにできることはないように思われました。どちらを選ぶかは、茜ちゃん自身にしか決断できないことです。

「姉さま、もう家に帰ろう……ガッカリしたら、何だか寒くなってきちゃった」

私が言うと、姉さまは静かにブランコから立ち上がりました。

7

しばらくして、高校の入試がありました。

以前にもお話ししましたように、私はかなり高望みした志望校でしたので、それこそ直前には寝食を忘れて勉強しました。あんなに勉強したのは、後にも先にも、あの時ばかりだったような気がします。

ようやく試験が終わって、二日ほど経った頃だったでしょうか――朝、登校して教室で友だちと話していると、その頃は隣のクラスになっていたチカちゃんがやって来て、戸口で私を呼びました。チカちゃんは小学校の頃からの大親友です。

「今、校門のところで茜さんに会って……これ、頼まれたんだけど」

そう言いながらチカちゃんは、白い封筒を差し出しました。付き合いが長いだけあって、チカちゃんも茜ちゃんをよく知っています。

「わざわざ茜さんに届けてもらうなんて、いったい何を忘れたのよ」

「えへへ、ちょっとね……どうもありがとう」

私は説明を避け、笑ってごまかしました。チカちゃんにすれば、家族同然の茜ちゃんが持ってくるぐらいですから、きっと私が何か忘れ物をしたのだろうと思ったのでしょう。

封筒は薄く、ちゃんと糊《のり》で封がされていました。チカちゃんにお礼を言った後、一人で教室の隅で開けてみると、中には数枚の便箋《びんせん》が入っていて、青インクの達筆な文字が書かれていました。茜ちゃんの大らかな文字とは、明らかに違っています。

(手紙?)

それは笑葉童女観音会の例の会長さんからのもので――次の日曜に個別相談会をするので、ぜひいらしてください……という内容でした。

(いけない、これ、姉さま宛なんだわ)

手紙の最後に『上条鈴音様』とあるのを見て驚きましたが、読んでしまったものは仕方ありません。

きっと茜ちゃんは、この手紙を姉さまに渡すように託《ことづ》かったのでしょう。けれど私の家の敷居が高くて、朝、学校の近くまで来て、見知った顔のチカちゃんに頼んだに違いありません。

（やっぱり……渡さないといけないんだろうな）

そう言えば前に笑葉童女観音会の二階で話した時、相談の見学に来るようにとナカツギさまが言っていたのを思い出しました。その手紙は言わば、招待状のようなものです。

正直に言うと、それを姉さまに見せるのには抵抗がありました。

茜ちゃんが道を決めてしまった以上、あの会に私たちが関わる意味はない——いえ、むしろ近づかない方がいいように思えたからです。法話会の後に婦人記者のレンコさんに聞いた話を思い出すと、やはり、あの会には胡散臭《うさんくさ》いものがありました。

あの日、レンコさんはわざわざ家の近くまで送ってくれながら、あの会の成り立ちを私たちに教えてくれました。レンコさんはまったくの無関係ですが、やはり肉親なので、かなり詳しく知っていたのです。

ナカツギさまと呼ばれている桑島フキ江さん（もちろん旧姓は、レンコさんと同じ南田です）は、終戦してまもなくの頃に牛乳屋さんのご主人と結婚しました。フキ江さんはまだ二十歳前だったのですが、当時としては取り立てて珍しいことではなかったようです。

やがて二人の間に可愛らしい女の子が生まれ、葉子《ようこ》ちゃんと名づけられました。戦争の混乱があちこちに残り、何もかもが足りない時代だったそうですが、二人は懸命にその子を育てたそうです。

「葉子は人を救うために世に遣わされたんだって、姉さんは会員の人たちに言っているみたいだけど……それがあながちデタラメに聞こえないくらい、可愛い子だったわ。いったい何がそんなに面白いのか、いつもニコニコ笑っていてね……その笑顔を見ていたら、自然とこっちの気持ちまで明るくなるのよ」

葉子ちゃんについて話す時、レンコさんも目を細めていました。小さい子供の笑顔というものは問答無用に可愛らしく、たいていの人は心洗われるものですけれど、葉子ちゃんの笑顔は、とびきりのものだったようです。きっとご両親ばかりでなく、叔母《おば》さんにとっても自慢の姪《めい》だったのでしょう。

ところが——その葉子ちゃんは、三歳を目前にして病を得、突然に亡くなってしまったのだそうです。思い出すのも辛《つら》いのか、レンコさんもあまり詳しくは教えてくれませんでしたけれど、聞いた限りで判断すると、どうやら風邪をこじらせた急性肺炎のようです。

「葉子が死んだ時の姉さんの姿は、思い出しただけでも辛くなるわ。それこそ半狂乱……どんな言葉をかけても聞こえなかったみたいだし、何日も飲まず食わずの状態になって——本当に後を追っちゃうんじゃないかって思ったくらいよ」

レンコさんから話を聞いた時、私はまだ子供同然でしたから、ただ可哀想に……と思うばかりでしたが、自分自身も親になっている今なら、葉子ちゃんに先立たれた時のフキ江さんの気持ちが、その時以上に想像できる気がします。本当に子供に先立たれることは——ましてや、まだ幼いうちに死なれてしまうことは、親にとっては最大の苦痛です。大げさではなく、自分が死ぬよりも辛いでしょう。

けれど、そんな悲しい逆縁に苦しんだ人は、何もフキ江さんばかりではありません。世の中には同じ苦しみを受けた人が数多くいて、それぞれにその悲しみと折り合いをつけて来たのではないかと思います。辛いことですが、遺《のこ》された者は生きなくてはならないのですから。

牛乳屋さんを営んでいたご主人（法話会の日、二階でテレビを見ていた人だそうです）は、働くことで愛娘《まなむすめ》の死を乗り越えようとしたようですが、奥さんであるフキ江さんは、なかなか立ち直ることができませんでした。それこそ仏壇の前で涙を流し、お経をあげ続けるだけの毎日を送っていたそうです。

「私や父も、できるだけのことはしたつもりだったんだけど……何を言っても耳には届かないみたいでね。本当に見ているしかなかったの。でも、葉子の四十九日が過ぎる頃に、姉さんがサッパリした顔をして、急に変なことを言い出したのよ――葉子は、キリストみたいなものだったんだって」

何でもその頃、フキ江さんは金色に輝く観音さまに抱かれた葉子ちゃんの夢を見たそうです。

葉子ちゃんはニコニコ笑うばかりで何も言葉を発しなかったそうですが（亡くなった人は、夢で話をしないと言います）、代わりに観音さまがおっしゃるには、葉子ちゃんはこの世のすべての人の罪を一身に引き受けたが故に、年端も行かないうちに他界したとのことでした。つまり形こそ病死ですが、実際は世の人々のために死んだ……ということらしいのです。

もちろん、宗教的なことは私にはわかりません。この夢の話をどう感じるかは、人それぞれに自由ですが――私には、やはり素直に信ずる気持ちにはなれませんでした。どうしても亡き子を惜しむ親の心が、反映されているような気がするからです。

「なるほど、その夢に出てきたのが、笑葉童女観音さまなんですね」

法話会からの帰り道、レンコさんの話を聞いていた私は口を挟みました。

「それだって、姉さんが作った名前よ……笑っている葉子を抱いている観音さまってことね」

それまで私は、そういうお名前の観音さまが実際におられるのかと思っていたのですが、話を聞いてみれば、まったくそのまんまの名前でした。

「その夢を見てから、ナカツギさまは不思議なことができるようになったって聞きましたけど」

「そうね……確かに姉さんには、少しばかり変わった力があるのかもしれないわ」

レンコさんの話によると、その夢を境にフキ江さんは、いろいろ不思議な力を示すようになったそうです。初めは失《う》せ物捜し程度だったのが、そのうち予言めいたことを口にするようになり、昭和二十五年四月の熱海《あたみ》大火の発生も的中させたのだそうです。

「でもね……その頃は今みたいに、前世がどうとか、因縁切り云々《うんぬん》なんてことは少しも言っていなかったのよ。霊が見えるとか未来が見えるって話ばかりで」

「途中から、わかるようになったとか」

私が尋ねると、レンコさんは片方の口の端を吊《つ》り上げて、奇妙な笑いを浮かべました。

「姉さんの力が本物かどうかは置いといて……前世の話をするようになったのは、あの実行さんが一枚嚙《か》むようになってからなの」

「実行さんって、あの会長さんですか？」

「そう。あの人は、もともとお義兄《にい》さんの親戚《しんせき》筋の人なんだけれど……あまり芳しくない評判の多かった人らしくてね。初めのうちは、どうして実行さんが姉さんに肩入れするのか、よくわからなかったんだけど」

それから会長さんは、フキ江さんをナカツギさまと呼び、彼女を核とした宗教団体を作りあげました——言うまでもなく、それが『笑葉童女観音会』です。

「あの人が来てから姉さんも、すっかりその気になってしまって……今じゃ教祖さまってわけよ」

「でも、ナカツギさまの力を頼みに思う人がいるんなら、別に悪いことではないですよね」

その前に法話会の会場で見た人たちの姿を思い出しながら、私はレンコさんに尋ねました。私にはナカツギさまをありがたく感じる気持ちはありませんでしたが、茜ちゃんのように、あの人に希望を見出《みいだ》している人もいるのです。

「お金を取らないんだったら、私だって、うるさいことを言うつもりはないわ。でも、会長さんは因縁切りの費用として、かなりの額を信者さんに請求しているのよ。全部お布施の扱いになっているから、領収書一枚も残っていないんだけど」

しかも、お金を払ったところで本当に因縁とやらが切れているのか、目で見てわかるものではないのです。もしお金を取る側に少しでも悪い心があれば、いくらでも取りたい放題でしょう。

「南田さん……お姉さんには、本当にそんなことができる力があるんですか？」

さっき置いておいた問題を、私はもう一度ぶつけてみました。レンコさんはしばらく考え込んだ後、こんな風に答えたのです。

「それは妹の私にも、よくわからないの。でも、これは極秘なんだけど……さっきも会場で、赤ちゃんを連れた女の人がいたでしょう？　もし力が本物なら、会ってすぐのあの人のことを透視できるはずよね。でも、姉さんは絶対にそういうことをしないの。必ず日を置いて、改めて相談の機会を設けてるわ。それはどうしてかというと――実はその間に実行さんが人を使って、相談者のことをいろいろ調べているのよ」

「えっ」

私は驚いて、思わず声をあげてしまいました。

「さりげなく近所の人に聞いたり、何かの訪問販売のふりをして家の中を見たり……どんな小さなことでもいいから、情報を集めておくの。たとえば家を前もって見ておいて、お庭にアジサイが植えてあったりしたら、それを相談の時にチラリと言うのよ。そしたら、相手は透視だと思い込んでしまうでしょう」

「そんな……ちょっと簡単過ぎませんか」

「姉さんに不思議な力があると思い込んでいる人は、それでコロリと騙《だま》されてしまうのよ。そのくらいのことで納得して、それ以上は考えなくなってしまうの」

なるほど、人間はそんなものかもしれません。

「じゃあ、やっぱりインチキなんですね」

「それが……そうとも言い切れないから困ってるのよ。私も無理やり相談を見学させてもらったことがあるんだけれど、他人じゃ調べられないことを言い当てる時も、確かにあるの。たとえば、前に戦争で亡くなったお父さんの形見の品がなくなってしまって、その在《あ》り処《か》を尋ねた人がいたんだけど、姉さんはズバリ言い当てていたわ。こんなのは、ちょっと人を使っただけでわかるものではないでしょう」

確かにその通りです。姉さまと同じような力、あるいは別の強い力がなければ、そんな芸当ができるはずがありません。

レンコさんの話を聞けば聞くほど、私はわからなくなってきました——ナカツギさまには本当に不思議な存在と交感する力があるのか、あるいは人を使って調べているだけなのか。

けれど、それは私程度の人間がいくら考えても、きっと答えの出ないことなのでしょう。この世の中というものは、姉さまのように人知を超えた力を持つ人が存在しても何の不思議もない反面、案外に見掛け倒しな一面もあるからです。

実際、姉さまが亡くなってから数年が過ぎた頃、念力でスプーンを曲げるという外国の超能力者が来日し、それをきっかけに多くの超能力者（その多くは、まだ未成年だったと思います）が日本に出現しましたが、その中には当然のように本物もあれば、インチキも交ざっていたのです。もとより、この手のことは昔も今も、簡単に結論の出せるものではありません。

けれど茜ちゃんから手紙を託された時、私が強く思ったことは――これ以上、姉さまをあの団体に関わらせるべきではない……ということでした。

8

その次の日曜日、私たちは再び三ノ輪の長い商店街を歩いていました。前と違うのは、まだ昼前の明るい時分だったということと、浮かない顔をしていたのが姉さまではなく、私の方だったという点です。

「ねぇ、姉さま……どうしても行くの？」

結局私は、あの手紙を姉さまに素直に渡していました。私一人で判断するには、少しばかり問題が大きいように思えたからです。

私の言葉に姉さまは、まるでピクニックに行くような明るい顔で答えました。

「やっぱり招待状をいただいたら、行かないわけにはいかないでしょう。きっと茜ちゃんにも会えるわよ」

「茜ちゃんには会いたいけど……私は行かない方がいいと思うな」

私たちは公園で別れたきり、茜ちゃんの顔を見ていませんでした。

「何だか、前とはずいぶん違うのね。この前はインチキを見破るんだって息巻いてたじゃない」

「妹さんにだって、本物かどうかわかんないのよ。私にわかるわけないじゃない。それに……」

私は心配していることを、包み隠さずに言いました。

「あの人たち、姉さまの力を狙ってるのよ」

そう、根っからおめでたい私も、さすがに気づいていました——あの会の人たちは茜ちゃんから姉さまの力のことを聞いて、それを自分たちのものにしたがっているのです。何とか姉さまを仲間に引き入れ、ナカツギさまの補佐役（あるいは代役でしょうか）でもさせようと考えているに違いありません。初めて会った時に「このままでは命に関わる」という恫喝《どうかつ》めいた言葉を並べたのも、その作戦の一つでしょう。何せ姉さまの力は、下調べが必要なチャチなものではありませんから。

（本当に大丈夫なのかしら）

私はどうにかして姉さまを守ろうと考えていましたが、ナカツギさまの目を見たら、言いたいことが言えなくなるような気もしていました。あの人の目には、得体の知れない凄《すご》みのようなものがあるのです。もしかすると、私はあの人に呑《の》まれていたのかもしれません。

「どうしても行くなら……何があっても、あの力は使わない方がいいわよ。向こうの思うツボだからね」

「使わないわよぉ」

姉さまは商店街の呉服屋さんのウィンドーを楽しそうに覗《のぞ》き込みながら、何でもなさそうに答えました。

「だって、今日は見学するだけでしょ。それに、この間の婦人記者さんも来るし」

その前日、私たちはレンコさんに連絡を取っていました。未成年の私たちだけでは心細いので、付き添ってもらいたいと思ったからです。レンコさんは快諾してくれて、会場の牛乳屋さんの近くで待っていてくれることになっていましたが、私たちはそれから間もなく、商店街を歩く彼女の後ろ姿を見つけていました。

「南田さぁん」

背後から声をかけると、レンコさんは立ち止まり、手にした杖《つえ》を軸のようにして体ごと振り向きました。

「鈴音ちゃんに和歌子ちゃん、こんにちは」

初めて会った時よりも、ずっと柔らかい笑顔でレンコさんは言いました。前と同じ栗色のコートを着ていましたが、胸のボタンはすでに縫いつけられています。

「あなたたちも物好きね。この前、あんなに言ったのに、まだあの会に興味があるの？」

「私は行きたくないんですけど……姉さまが」

私がそう答えかけた時、姉さまは思いがけないことを口にしました。

「実は私、どうしても茜ちゃんを連れて帰りたいんです」

（えっ、そうなの？）

そんなこと、今まで一言も言っていなかったのに――私は思わず、姉さまの顔をまじまじと眺めてしまいました。

「どうしたの、そんな不思議そうな顔をして。ワッコちゃんも、前にそう言ってたでしょ」

「それはそうだけど……茜ちゃんが自分で決めたことなんだから、仕方ないって言ってなかったっけ？」

「そうだったかしら」

姉さまは自分の束ねた髪の先を弄《もてあそ》びながら、いたずらっ子のような笑みを浮かべました。

「私、あの会が本物かどうかはわからないんですけど……茜ちゃんには、いて欲しくないんです。あそこにいるのは茜ちゃんにとって、いいことじゃありません」

思いもよらない強い口調で、姉さまは言いました。

その言葉に、私は何だか自分の心まで軽くなってくるような気がしました——何の確証もないのに、姉さまと一緒だったら大丈夫だ……と思えたのです。

「その茜さんという人のことを、よくは知らないけど……私もそう思うわ。まだ若い人が、前世だの因果だのに振り回されるのは感心しない」

姉さまの強い口調が移ったみたいに、レンコさんも芯《しん》の通った口調で答えました。

「いい？　ワッコちゃん。今日は何があっても、茜ちゃんを連れて帰るわよ」

そんな強硬姿勢の姉さまを、私はそれまで一度も見たことがありませんでした。さすが親子と言うべきか、一瞬、母さまの顔が姉さまに重なって見えたような気がしたものです。

「お、ＯＫ……」

気後れを感じつつ、私はとりあえず返事をしました。いったい、これから何が起こるのか、まったく想像できなかったからです。けれど——平和過ぎる性分の姉さままでが相当な強気なのですから、いざとなったら妹としては、障子の一つも蹴破《けやぶ》るくらいに暴れなくてはいけないかもしれない……とも思いました。もちろん、物のたとえですけど。

それから間もなく、私たちは例の牛乳屋さんにたどり着きました。

法話会の時とは違って、特に何の飾り付けもされていませんでしたので、見る限りは廃業した牛乳屋さんそのままでしたが、ガラスの引き違い戸の脇に、大きな看板がかかっているのが目を引きました。長方形の木に墨で『笑葉童女観音会本部』と書かれていて、まるで剣道や柔道の道場のようなやつです。

「ごめんください」

その看板を目の端に眺めながら、私は代表でガラス戸を開けました。すると、ちょうど出かけるところだったらしく、玄関先で靴を履いていた男の人が顔を上げました。いつか二階でテレビを見ていた、ナカツギさまのご主人です。

「あぁ、蓮子ちゃんか」

「姉さんいる？」

レンコさんが、私の頭を飛び越して男の人と話します。

「二階で相談やってるよ」

「お義兄《にい》さんは、どこ行くの？」

「邪魔しちゃ悪いんでな……これだよ、これ」

男の人は小声で言いながら、右手でパチンコを弾《はじ》く真似をしました。何でもナカツギさまのご主人は、奥さんが会を始めてから牛乳屋さんをやめてしまい、毎日ぶらぶらしているのだそうです。きっと簡単にお金が入ってくるようになったので、働くのがバカらしくなってしまったのだろう……とレンコさんは言っていましたが、そのくせ、自分の奥さんに不思議な力があるということは微塵《みじん》も信じていないそうです。

「上がっていい？」

「水臭いな……前はそんなこと、いちいち聞かなかっただろうが」

ナカツギさまのご主人は、レンコさんのコートの肩を叩《たた》くと、面倒くさそうな足取りで外に出て行きました。どういうわけか、その背中がとても寂しそうにも見えました。

「じゃあ、勝手に上がらせてもらいましょ」

私たちはレンコさんに促されて、框《かまち》で靴を脱いで上がりました。私が靴をひっくり返して揃えると、レンコさんは驚いたように言いました。

「お家の人のお仕込みがいいのねぇ。近頃の中学生で、ちゃんと靴を揃える子がいるなんて」

「これをやらないと、投げ飛ばされるものですから」

ありのままに答えると、レンコさんは不思議そうに目をパチパチさせました。まぁ、母さまのことを知らなければ、私が冗談を言っているようにしか聞こえないでしょう。

「あぁ、上条さん……来てくだすったんですね」

話し声が届いたらしく、二階から例の会長さんが顔を出し、かなり急な階段を軽々と降りてきました。

「おや、どうして蓮子さんが一緒なんです？」

レンコさんを見た時、会長さんの目が一瞬、鋭くなるのが見えました。もしかすると、レンコさんのことをあまり良く思っていないのかもしれません。

「今日は、この子たちの付き添いです」

レンコさんの口調も、どこか硬いものに変わっています。

「付き添いねぇ」

「何にしても、お義兄さんのお許しはいただいたんで、上がらせてもらいますよ」

レンコさんはそう言うと、さっさと靴を脱いで家に上がりました。靴を揃えるのが大変そうだったので私が代わりに揃えてあげましたが、右側の靴が左側に比べて、大きく磨《す》り減っているのが印象的でした。

「二階には藤谷さんもいらっしゃいますよ。ちょうど、この間の奥さんが、夫婦揃ってお見えになったところでしてね……ほら、心臓にご病気がある赤ちゃんの」

会長さんはレンコさんを無視するように、私たちだけに言いました。例の若いお母さんは、意外に早く順番を回してもらえたようです。

私たちが二階に上がると、前にお茶をいただいた部屋に法衣《ほうえ》姿のナカツギさまが坐《すわ》っており、茜ちゃんはその脇に従っていました。その正面に見覚えのある若いお母さんが、赤ちゃんを抱いて坐っています。その隣にいる、坊主頭のがっしりとした体つきの男の人は、おそらく赤ちゃんのお父さんでしょう。

「上条さん、ようこそいらっしゃいました。ちょうど今から、この子の霊視を始めるところだったんですよ」

ナカツギさまはまっすぐに姉さまを見て言いました。相変わらず、私のことは眼中に入っていないようです。茜ちゃんはチラリと私たちの方を見た後、すぐに視線を逸《そ》らして、あらぬ方に顔を向けました。馴《な》れ親しんだ人のこういう態度は、やはり寂しいものです。

「あの……この人たちは」

大事なところを邪魔されたとでも思ったのか、若いお母さんは怪訝《けげん》そうに尋ねました。

「あぁ、気になさらないで……メガネの女性は私の妹で、二人のお嬢さんは私の友人です。特に、こちらのお嬢さんには」

ナカツギさまは数珠《じゅず》を巻いた手で姉さまを指さして言いました。

「すばらしい感応力がありましてね。うちで才能を磨かれては……と、お誘いしているところなんですよ」

部屋の隅に並んで腰を降ろしながら、レンコさんは私の顔を見ました。たぶん目で「そうなの？」と聞いているのでしょう。私は薄い笑いを浮かべて、「そうなんです」と目で答えたつもりですが、果たして伝わったかどうかはわかりません。ついでながら、レンコさんは足の具合が良くないせいか、右足だけを前に投げ出す変わった坐り方をしました。

「ですから、この方たちは身内みたいなものでして……このまま霊視に入ってよろしいですか？」

ナカツギさまが尋ねると、ご夫婦は目を合わせ、やがてご主人の方が言いました。

「結構ですんで、このままやってください」

「わかりました……では」

ナカツギさまは部屋の中を一度ゆっくり見回すと、やおら手をすり合わせ始めました。前と同じように真言らしきものを口の中で唱えると――数分後、突然に口調が変わりました。

「ふうむ……この童子、前の世では侍として生を得たり。若くして勇名轟《とどろ》くひとかどの武士なれど、合戦にて数多くの殺生《せっしょう》を為《な》せる。やむなしと言えど、まことに情けなきことなり。ついには心の臓を矢に貫かれて事切れたるは、殺《あや》めれば殺めらるる修羅《しゅら》の道理なり。その矢、深く諸人《もろびと》の怨《うら》みつらみ籠《こも》りたれば、世を経てなおも傷ふさがらず、今生にても障りあり」

その言葉は学校で習う古文のようでしたが、受験勉強をみっちりやったおかげで、私にもどうにか理解できました――この赤ちゃんの前世は武士で、戦でたくさんの人を殺したそうです。ついには矢を心臓に受けて死んだのですが、その矢には多くの人の怨みがこもっていたために、生まれ変わってまでも傷がふさがらないのだ……ということでしょうか。

(本当なんだろうか)

ナカツギさまの言葉を聞きながら、私はどうにも釈然としませんでした――前の人生が武士だろうと何だろうと、今のこの子には関係ないことのように思えたからです。

私がかすかに首を捻《ひね》っているのを気にも留めず、ナカツギさまはなおも言葉を続けました。

「童子の二親……母は前の世にては、当の侍の妹なり。また父は侍を射たる兵なれば、敵の因縁ありけるを、その因果を断ち切らんと今生で添えるものなり。されど宿縁なかなかに断ち難く、いたずらに日を流しける」

こちらの言葉の意味は、私にはよくわかりませんでした。唐突に「春はあけぼの、ようよう白くなりゆく」とか、この場には関係ない『枕草子』が頭をよぎって行きます。

「あのう……どういうことなんでしょうか」

赤ちゃんのお父さんも私と同じだったらしく、不思議そうな顔でナカツギさまに尋ねました。それに答えたのは、傍らに腰を降ろしていた会長さんです。

「悲しいことですが……お母さんは前世で、矢で射殺された武士の妹さんだったようです。そしてお父さんは、当の矢を放った兵なのだそうです」

「えっ、俺がですか」

思いがけない役割を明かされて、若いお父さんは驚きの声をあげました。それはそうでしょう――息子の前世を終わらせた本人が、自分自身だなどといきなり言われても。

「ですから、もともとご両親は、敵同士だったという宿縁があったわけです。それを乗り越えるために今生、ご夫婦になられたのですが……どうです、けっこうケンカが多くありませんか」

「よくケンカします」

赤ちゃんを抱いたお母さんが、ここぞとばかりに即答しました。

「特に、この子が生まれてから、この人、しょっちゅう不機嫌で」

「そりゃあ、お前、俺は彰《あきら》が可哀想で……」

お父さんは、まるで弁解するような口調で答えました。どうやら赤ちゃんの名前は彰と言うようです。

（本当に、前世なんてあるのかな）

会長さんと赤ちゃんのご両親とのやり取りを聞きながら、私は思いました。

（そんなこと、知ってどうするんだろう）

この際、前世が本当にあるかないかという話は置いておきますが——いったい、それを知ることが何の役に立つのでしょう。いいことならば聞き流せるかもしれませんが、今の不幸を招いたという大昔の出来事を知ったところで、誰か幸せになるのでしょうか。

（姉さま……何とか言ってよ）

私は何となく切ない気持ちになって、隣にいる姉さまの顔を見ました。けれど姉さまは、膝《ひざ》の上に置いた自分の指先を見つめているばかりで、口を開こうとする気配はありませんでした。

その時、ふと私は誰かの視線を感じました。思わず前に目を戻すと——お母さんに抱かれている赤ちゃんが、じっと私を見ているのでした。

赤ちゃんは私と目が合うと、キューッと口を曲げて、愛らしい笑みを浮かべました。そして恥ずかしいわけでもないでしょうに、ぷっくりとした右手の指を小さな口に持っていき、ペロペロと嘗《な》めたのです。

（うわあっ、可愛い）

　そう思うと同時に、私は何だか悲しくなってきました――こんなに可愛い子が、殺生の罰を受けなければならない道理なんて、あるはずがない。仮に前世に本当に武士で、合戦で人を殺したのだとしても、その罰は終わっているはずなのではないでしょうか。

「……そんなのウソですよ」

　気がつけば、私は思わず口走っていました。

「この人の言うことは、ウソです。少しは力があるのかもしれませんけど……ほとんどがウソなんです」

　部屋の中の空気が、一瞬で凍りつくのを私は感じました。私は――とんでもないことを口に出してしまったのです。

「お嬢さん、滅多なことを言うものではありませんよ」

　会長さんは、あくまでも優しい口調でした。しかし、その顔色は赤く、私の言葉にかなりの怒りを感じているのが察せられました。

　けれど――私だって下町生まれの下町育ちです。一度出してしまった言葉を、簡単に引っ込めるわけには行きません。こうなったら、つまみ出されるまで言ってやるっ。

「ワッコちゃん、やめなさい」

　その私の口をふさいだのは、姉さまの柔らかい掌でした。

「みなさん、妹が不躾《ぶしつけ》なことを申してしまって、どうもすみません。どうか悪く思わないでください……この通り、妹も反省していますんで」

姉さまは私の後ろ頭を軽く押して、頭を下げさせました。

「上条さん、本当によく叱っておいてくださいよ」

会長さんは顔を赤らめたまま、姉さまに言いました。姉さまは深々と頭を下げると、次に顔を上げた時には、なぜか満面に笑みを浮かべていました。

「本当に妹は口が悪くて……けれどナカツギさまのお言葉も、私には違うような気がしているんですよ」

いったい、何を言い出そうというのでしょう——私は姉さまの白い横顔を見つめながら、思わず唾《つば》を呑《の》みました。

「先ほどご紹介いただきましたように、私にも少しばかり感応力みたいなものがございまして……私の見た坊ちゃまの前世は、ナカツギさまの見たものとは少し違うんです」

「そりゃあ、そうよ、上条さん」

突然ナカツギさまが、普通の女性の声に戻って言いました。

「少しばかり力があったとしても、笑菓童女観音さまのお力に及ぶはずがないでしょうに」

「そうですよ、上条さん……少しの力に溺《おぼ》れて増上慢になっていたら、道を見失いますよ」

会長さんのその言葉に、姉さまは意外な言葉を返しました。

「会長さんの家の新聞は、××新聞と××スポーツですね。今朝のご飯は、卵二つの目玉焼きとお豆腐のお味噌汁《みそしる》、あとは好物のノリの佃煮《つくだに》じゃありませんでした？　たぶん×チャンネルのモーニングショーを見ながら、お一人で召し上がられましたね」

「どうしたんです、急に」

思いがけない成り行きに、会長さんは目を丸くして尋ねました。

「間違っていましたか？」

「いや、確かにその通りですけど……それが何か」

けれど姉さまはそれには答えず、次はレンコさんの方に顔を向けて言いました。

「南田さんは、家の近くの喫茶店でモーニングセットを召し上がられた……お店の名前は『月の城』で、五十歳くらいのきれいな女性が経営していますね」

「鈴音ちゃん、どうして、そんなことを知ってるの？」

さらに姉さまは、赤ちゃんのご両親の方に顔を向けました。

「お二人は、ここに来る直前まで、ナカツギさまに見ていただくかどうかで、ちょっとした口論をなさいましたね。お母さまは『赤ちゃんのためなら、どんな怪しそうなものでも縋《すが》りたい』とおっしゃって、お父さまは、もっと冷静になるようにおっしゃいました」

赤ちゃんのご両親は、不思議そうに顔を見合わせました。もちろん言うまでもなく――姉さまは例の力を使ったのです。実際、複数の人間の記憶を短時間に見るのはかなり消耗するでしょうに、いったい何をしようというのでしょう。

「これが私の感応力だと思ってください……たいした役にも立ちませんけど」

「リンちゃん！」

　突然、茜ちゃんが立ち上がって言いました。

「どうして、そんな大切なこと、自分から話してしまうの？　私がナカツギさまたちにしゃべっちゃったことを怒ってるのね？」

「ううん、ちっとも」

「だって、その力は秘密なんでしょ。この前みたいに、知らないふりをしておけば良かったのに」

　前にナカツギさまたちと話した席に茜ちゃんはいなかったはずですが、きっと後から会長さんにでも聞いていたのでしょう。

「いいのよ、茜ちゃん。大切な時に使わなければ、こんな力、何の意味もないでしょ」

　そう言って姉さまは、茜ちゃんににっこりと笑いかけました。その時、隣にいたレンコさんが私の腕を肘《ひじ》で突っつきます。

「ちょっと和歌子ちゃん……これってどういうことなの？」

　彼女が声を潜めて尋ねてきたので、私も声を潜めて答えました。

「信じられないかもしれませんけど、姉さまには、不思議な力があるんです」

「不思議な力？」

「今みたいに人や物の思い出を、何でも読み取ってしまえるんですよ」

「……そんなバカな」

「でも、当たってましたでしょ？　朝ご飯のこと」

「えぇ、お店の名前までバッチリね」

「つまり、そういうことです」

私は少しばかり鼻が高くなるような心地もしましたけれど――新聞記者のレンコさんに知られてしまうのは、警察官の神楽さんたちに知られるよりも、まずいことのように思えました。新聞に書かれてしまったら、大騒ぎになってしまうことは確実です。そうなったら、母さまに秘密にしておくのも無理でしょう。

「もし私の力を信じてもらえるのなら、もう一度、その赤ちゃんを見させていただけませんか。さっきも少し見たのですけど、ナカツギさまとは違うものが見えたものですから」

赤ちゃんのご両親は困惑したような顔で、ナカツギさまを見ました。目で許可を求めているようです。

「いいでしょう……いい機会ですから、あなたの力というのを見せてもらいましょうか」

ナカツギさまは、どこか挑戦的な口調で言いました。

「よろしいですか？」

もう一度姉さまはご両親に声をかけると、許しをもらった上で赤ちゃんを抱っこしました。赤ちゃんは人懐っこい性格らしく、姉さまに抱かれてうれしそうに手足をばたつかせました。

「とっても元気な赤ちゃん……大人になれないなんて、そんなこと、絶対にありっこないわ」

姉さまはうれしそうに赤ちゃんを眺め、何度も唇を打ち鳴らしました。

「姉さま、猫を呼んでるんじゃないんだから」

「あっ、そうか」

その言葉にうれしそうな顔を上げた姉さまを、私は今も忘れることができません。姉さま自身は母になることもなく、これから十年もたたないうちに世を去ってしまう運命でした。

「じゃあ、彰ちゃん、ちょっとじっとしていてね」

姉さまは赤ちゃんを抱きながら、いつもの長く吸って短く吐く、独特の呼吸を繰り返しました。

(赤ちゃんの過去を見るなんて……)

言うまでもなく、姉さまは人が記憶している風景を見ることができます。その遠さはかなり融通が利くらしく、完全に消えていない限り、老人の中の少年時代の思い出さえ見ることができるのです。けれど、相手は赤ちゃん——見るべき記憶が、どこまであるというのでしょうか。

「ボンヤリと見えてきました……お母さまの顔……お父さまの顔」

姉さまは優しいまなざしで赤ちゃんの顔を見つめながら言いました。きっと姉さまの目には、赤ちゃんのまわりに美しい虹《にじ》が見えているはずです。

「あのう……どういうことなんでしょうか」

赤ちゃんのお父さんが、心配そうな口調で言いました。

「信じられないかもしれませんけど、姉さまは今、彰ちゃんが記憶している風景を見ているんです」

精神を集中している姉さまに代わって、私が答えました。

「彰の記憶……」

お父さんは、お母さんと顔を見合わせました。やはり、すぐには信じられないのも無理はないでしょう。

「お父さまも、お母さまも……悲しい顔ばかりなさっているのね」

不意に姉さまが寂しそうに言いました。

「無理もないのですけど、彰ちゃんが覚えているご両親の顔は、悲しい顔が多いようですよ」

「そんな……」

姉さまの言葉に、お母さんが泣き出しそうな声をあげました。

「だって、仕方ないじゃありませんか……お医者さんにあんなことを言われたら、その子を見るたびに悲しくなるのは」

「あぁ、ありました……お父さまの笑っている顔。きっとあやしてらっしゃるのね。あぁ、今度はお母さまの顔。なるほど、おっぱいをあげているのね……とても優しそうで、仏さまみたいなお顔だわ」

姉さまの言葉の途中で、お母さんが涙をこらえきれなくなり、声を押し殺してすすり泣き始めました。

「おや、この方は、どなたかしら？　メガネをかけて、優しそうな白髪頭のおばあさん……もしかして、おばあちゃまかしら」

「お袋だ」

お父さんが感極まったように言いました。

「私のお袋です。彰が六ヶ月の頃に亡くなったんですけど……そうですか、彰はちゃんとおばあちゃんを覚えていたんですか」

その言葉の後で、お父さんは小声で誰にともなくつぶやきました――この子は本物だ。

「あぁ、だんだん暗くなっていく……どうやら彰ちゃんの記憶が始まる前まで、遡《さかのぼ》れたみたいね」

文豪の三島由紀夫《みしまゆきお》には自分が生まれた時の記憶があったそうですが、やはり普通の人には、そこまでの記憶力はないようです。

(姉さま……大丈夫なの？)

目を細めて赤ちゃんの記憶を見ている姉さまの姿を見て、私は大きな不安を感じました。

以前、姉さまは顕微鏡でようやく見えるぐらいの大きさの宇宙の塵《ちり》から、それが目撃したはずの地球の姿を見ようとして（ぼんやりとは見えたそうですが）力を使い過ぎ、何日も寝込んだことがありました。果たしてそれに比べると、生まれてくる前の赤ちゃんの記憶を見ようとするのは簡単なことなのでしょうか。それとも、それ以上に体力を使うものなのでしょうか。

やがて姉さまの肩が、激しく上下し始めました。限界いっぱいまで力を振り絞っている証拠です。

（いけないっ）

私はすばやく立ち上がって駆け寄ろうとしましたが——それより先に、茜ちゃんが姉さまに駆け寄り、その背中をしっかりと支えていました。

「リンちゃん、無理しないで」

「茜ちゃん……」

それから姉さまは苦しそうな声で、信じられないことを言ったのです。

「今、私に見えているものを、あなたにも見せてあげたい……人は……こんな美しいところから、やって来るんだわ」

その言葉に、私は胸をぐっと摑《つか》まれたような感じを覚えました。

今、まさに——姉さまは、見ているのです。

人間が……人間の魂が、かつていた世界を。

「きっと私も、茜ちゃんも、ワッコちゃんも、この子も……こんなに美しいところから」

「リンちゃん、そこはいったい、どんなところなの？」

「光がいっぱいにあふれているところよ……すごく眩《まぶ》しい」

次の瞬間、姉さまの上半身は一瞬だけ大きく揺れたかと思うと、力のこもっていない腕で、抱いていた赤ちゃんを体から離しました。お母さんがすばやく腕を伸ばして赤ちゃんを受け止め、自分の胸にしっかりと抱きとめると、姉さまはそれを確かめたうえで、畳の上でお辞儀するように前のめりに倒れました。

「リンちゃん！」

「姉さま、しっかりして！」

「ごめん……茜ちゃんにワッコちゃん、悪いんだけど起こしてくれる？」

どうやら姉さまは、精も根も使い果たしてしまったようです。ぜえぜえと肩で息をしながら、弱々しい声で私たちに頼みました。本当はすぐにでも寝かせてあげたいところでしたが、その頼みを断るわけにも行かず、私と茜ちゃんは姉さまの体を左右から支えて起こしてあげました。

「お父さま、お母さま……彰ちゃんは、とっても美しいところから、あなたたちのところにやって来ました。それだけで十分だと思いませんか？」

姉さまは、今にも気を失いそうな口調で言いました。

「美しいところから来た命に、わざわざ別の名前をつけるなんて、バカらしいと……」

やはり姉さまは、最後まで言い終えることはできませんでした。言葉の途中で、すーっと意識がなくなっていき、そのまま気絶してしまったのです。

9

次に姉さまが目を覚ましたのは、それから四時間後——レンコさんの家のベッドの中でした。

「私、どうしたの？」

ゆっくりと体を起こしながら、姉さまは見知らぬ風景に戸惑うようにまわりを見回しました。そこはレンコさんの家の寝室で、背の高い電気スタンドやアール・デコ調のサイドテーブルなどが並べられた、しゃれたホテルのような部屋でした。

「ここは根岸《ねぎし》の南田さんの家よ。また無理しすぎて倒れたの……覚えてない？」

私が言うと、姉さまは不思議そうに首を捻《ひね》りました。

「確かに記憶が途中で切れてるわ……あの後、どうなったの？」

「ナカツギさまと会長さんに、追い出されたのよ」

そう答えたのは、ずっと姉さまの横についていた茜ちゃんです。

「茜ちゃん……どうして、ここに」

「あの会、おん出てきちゃった」

そうです——気を失った姉さまを、通りまで背負って運んでくれたのは茜ちゃんでした。

「あのリンちゃんの言葉がぐっと来ちゃってさ……何だか目が覚めた感じ」

「私の言葉って……私、何か言ったかしら？」

「美しいところから来た命に別の名前をつけるなんて、バカらしいって言ったでしょ……初めはどういう意味かわからなかったんだけど、この人が」

そう言って茜ちゃんが微笑みを向けたのは、レンコさんでした。

「私みたいなのにもわかるように、教えてくれてさ。あぁ、もっともだ……と思ったんだ。リンちゃんは、やっぱりいいコト言うね」

気を失う間際の姉さまの言葉は、正直に言うと、私にもよくわかりませんでした。けれどレンコさんが説明してくれたので、ようやく理解できたのです——前世云々《うんぬん》を信じることは自由ですが、せっかく美しいところから来た命に、わざわざそんな足枷《あしかせ》のようなものをつけてしまうなんてバカらしいことだ、と。

「もし私の前世がナカツギさまの言う通りのものだとしたら、私の命は初めから不良品みたいなものだったってことになる。前世に罪を犯したって言われたら、これから何か悪いことがあるたびに、私はきっとそのせいでダメなんだって思う……だから本当の反省もしないし、今の人生に真剣に向き合おうともしない。確かに、そんなんじゃダメだよね」

実際、茜ちゃんがここまで理解するのには、レンコさんの我慢強い説得があったのですが、それはわざわざ言う必要もないでしょう。

「私、うれしいわ」

茜ちゃんの言葉を聞いて、姉さまは鼻の頭を少しだけ赤くしました。

「きっと茜ちゃんには、わかってもらえると思った……だって、茜ちゃんは寒椿のきれいさがわかる人なんですもの」

二月初めの日曜の朝、公園で話した時のことが思い出されました。そう言えば、あの時、帰ろうとする茜ちゃんをわざわざ呼び止めて、姉さまは、寒椿がきれいね……と言ったのでした。

「それって、どういう意味？」

「うまくは言えないんだけど……冬は冬の花ってことかな」

「なに、それ」

茜ちゃんはベッドの端に腰を降ろして笑いました。そこに、部屋の隅のテーブルで何やら書き物をしていたレンコさんが口を挟みます。

「寒さの中でも、その季節なりの花がある……つまり、どんな辛《つら》い時にでも、必ず幸せはあるってこと？　なかなか詩人ね」

「やだ、そんなんじゃないですよ」

そう言いながら姉さまは、わずかに頬を赤らめました。

「そう言えば、あの赤ちゃんのご両親にも、ちゃんとリンちゃんの言いたいことは伝わったみたいだよ……ナカツギさまにしかわからない前世の話にこだわるより、毎日、精一杯病気と向き合っていくことにしますって言って帰ってったから」

それを聞いて、良かった……と、私も改めて思いました。

「あの赤ちゃん——彰ちゃんの前世がどうかなんて、本当にお侍さんかどうかなんて、どうでもいいことです。けれど、それを信じてしまったら、深刻な病気と向き合う時の支障になりはしないでしょうか。そんな前世なのだから、こんな人生を歩むのも仕方がないと、奇妙な諦《あきら》めのような気持ちが入り込んでしまわないでしょうか。病気と闘う時、そんな思いは、きっと何の足しにもならないでしょう。

「あのご夫婦、何より赤ちゃんの中に、自分たちの悲しい顔の記憶ばかりあったってことに、相当ショックを感じたみたいよ。でも、無理からぬことかな。確かに子供が病気だったら、他のことは手につかないし、ささいなことでケンカしたりしちゃうだろうし」

夫婦の機微をよく理解しているような口ぶりで、レンコさんは言いました。

「そういえば南田さん……さっきから聞こうと思ってたんですけど」

私は気になっていたことを、ここぞとばかりに尋ねました。

「このお家、ずいぶん大きいけど、他のご家族は？」

「父がいたんだけどね。二年前に他界したわ……今は、私一人」

「ご主人は……いないんですよね」

「なに、それ。皮肉？」

レンコさんは怖い目で私を睨《にら》みながら言いました。

「言っとくけど私が結婚しないのは、足のせいなんかじゃないからね。仕事が面白いから、今はしたくないだけよ。ちゃんと彼氏はいるから」

「あぁ、そうですか」

「あ、信じてないな」

私が無表情でうなずいたのが気に入らなかったのか、レンコさんはノートを一枚破ると、くるくると丸めて私に向かって投げました。私はそれを景気よく手で打ち返します。

「ところで鈴音ちゃん、今度インタビューさせてくれない？」

紙の玉をさらに打ち返しながら、レンコさんは言いました。その玉は茜ちゃんのお尻《しり》に当たって落ちました。

「それは……ちょっと勘弁してください」

ベッドの中から、姉さまは恥ずかしそうにうつむいて答えます。

「言っとくけど、姉さまの力のことは秘密よ。新聞なんかに絶対書かないでくださいね」

「まぁ、そう来るだろうと思ったわ」

私の言葉にレンコさんは、バタ臭い身振りで大げさに肩をすくめて見せました。

「じゃあ、一つだけ教えて……あの子が生まれてくる前にいたところって、どんなところだったの？」

「私も興味ある！　詳しく教えてよ」

ベッドの端に腰を降ろした茜ちゃんは、楽しそうに弾みながら言いました。

「それが……私もさっきから思い出そうとしてるんだけど、どうしても思い出せないの。ただ、すごく眩《まぶ》しかったっていう感覚があるだけで、どういうところだったのか……」

私たちは思わず顔を見合わせました。

「もしかしたら、人間が覚えておくのは許されないところなのかもね」

かなり経ってからレンコさんがポツリとつぶやきましたが――私もそれが正解なのではないかと思います。そんな世界を一瞬でも見ることができた姉さまは、ある意味、幸運だったとも言えるかもしれません。

さて、この出来事から、早くも五十年近くが過ぎてしまいましたが、最後に二つだけ付け加えさせていただくと――。

心臓に深刻な障害のあった彰くんは、高校生の頃に難しい手術を受け、見事に病気を克服したそうです。医療技術の進歩の恩恵であることは間違いありませんが、やはりご両親と本人が、諦めずにがんばり続けたから、勝ち得た命なのだと思います。

彼はその後、大学に進んで会社員になりましたが、趣味で書いていた小説が認められ、今は作家として活躍しています。ちなみに得意なのは戦国時代を舞台にした歴史小説だというのですから、何だか不思議な気もしますが。

例の『笑葉童女観音会』は、この出来事の数年後に本部を三ノ輪から某所に移転し、活動を続けていました。一時期は会員の数が何万人にも膨れ上がったそうですが、昭和の終わり頃に霊感商法で訴えられたのを機に失速し、同じ頃にナカツギさまが亡くなったこともあって、今では別の名前で活動しているそうです。ここ数年再び信者の数が増えつつある……という噂も聞いていますが、正直、私にはどうでもいいことです。

結局、ナカツギさまの力が本物だったのか否か、最後までわかりませんでした。
あの力が姉さまの命を縮めるという一事だけは、残念ながら的中してしまいましたが
——今はただ、どこか遠くの美しい世界で、ナカツギさまと葉子ちゃんが再会できていればいい……と、祈るばかりです。

夕凪に祈った日

思えば姉さまは、あまり物事の好き嫌いを顔に出す人ではありませんでした。病気がちだったことで自然に我慢強くなったのか、不平めいた言葉を滅多に口にしないのです。けれど、やはり人間ですから、どうしても苦手なものはあります。

たとえば食べ物でしたら、生卵の白身についている、ぬるりとした塊——いわゆるカラザという部分がダメで、卵かけご飯を食べる時は、いつもお箸《はし》の先で丹念に取り除いていたものです。私なんかは構わず掻《か》き込んでしまうのですが、小さな口でゆっくり食べる姉さまには、どうしても、あの口当たりが気になったのでしょう。

「あーあ、これさえなかったら、卵かけご飯は世界一おいしいのに」

寄り目になりそうなくらいお茶碗《ちゃわん》に顔を近づけ、慎重に苦手な部分を取りながら、姉さまはよくこぼしていました。滅多に聞かないだけに、その忌々しげな口調は逆に面白くもあったのですが——実はカラザ以上に、姉さまに失望の声を出させるものがありました。

何かの折にそれがテレビに映ったりすると、何をしていても必ず手を止め、深い溜《た》め息交じりに呟《つぶや》くのです。

「本当に……どうして、あんなバカげたものを作ったのかしらねぇ」

そのバカげたものとは、『ベルリンの壁』のことでした。

みなさんもご存じと思いますが、当時はそれぞれ別の国に属していた西ベルリンと東ベルリンを分割していた高い壁です。あの壁の存在を、姉さまは心から嫌っていたのです。

ベルリンの壁は、市民が西ベルリンに流入しないように東ベルリン側が作ったもので(私は長いこと、東西ドイツの国境にあるものだとばかり思っていました)、そこを越えようとした人が射殺される映像がテレビで流されたこともありました。

もちろん壁が作られるに至った事情は複雑で、その是非を一口に断ずるのは控えておきますが、やはりアメリカとソビエト連邦の対立を中心にした、いわゆる『冷戦』と称せられた当時の世界情勢の象徴であったことは間違いありません。それぞれに主義信条の異なる人たちが壁を挟んで睨《にら》み合い、市民の行き来を禁じて、それを破ろうとする者は生命まで奪われてしまうのですから……。

「あんなもの、早くなってしまえばいいのに」

テレビにベルリンの壁が映るたびに、形のいい眉《まゆ》を顰《ひそ》めて姉さまは言いましたが――当時の情勢を見る限り、アメリカとソビエト連邦という二つの大国が歩み寄ることなど、永遠にありそうにないことのように思われました。いえ、むしろ、いつ戦争が始まってもおかしくないような気配に満ちていたのです。

今、ベルリンの壁が存在しないと知ったら、きっと姉さまは大喜びすることでしょう。

同時に、その壁を越えようとして命を落としてしまった人たちに、深い哀悼の念を持つに違いありません。その人たちは、まさに時代の犠牲者——初めから壁なんかなければ、多くは今も生きていたかもしれないのです。

ベルリンの壁が作られたのは一九六一年、日本で言えば昭和三十六年のことでした。ちょうど私が高校に入学した年で、前にお話しした笑葉童女観音会の出来事があってから間もなくのことですが、同じ頃に私たち姉妹は、一生忘れることのできない人と出会っていました。

日傘の寿子《ひさこ》さん——ベルリンの壁とは少し意味合いが違うかもしれませんが、やはり、あの人も時代の犠牲者の一人だと思うのです。

1

今でもはっきり覚えていますが——その時、私はちょうど、お弁当箱の蓋《ふた》を開けたところでした。炒《いた》めたウインナーソーセージの表面がピカピカ光っているのが目に飛び込んできて、思わず顔が笑ってしまった瞬間です。

「一年B組の上条和歌子さん、至急、職員室に来てください」

黒板の上の壁に取り付けられたスピーカーから、そんな放送が流れてきました。ときどき耳にする教頭先生の声です。私は教室中の視線が自分に集まるのを感じました。

「どうしたのかしら」

私の正面に坐《すわ》っていた田代《たしろ》さんという友だちが、心配そうな表情で言いました。

その年の春、私は中学を卒業し、東武線の駅近くにある高校に入学しました。前にもお話ししましたが、私の学力では厳しい状況でしたので、合格した時は、それこそ天にも昇るような心地がしたものです。

どうやら高校生活にも慣れた六月半ばの昼休み――私は新しく友だちになった田代さんや松久保《まつくぼ》さん、中務《なかつかさ》さんたちと一緒に、お弁当を食べようとしていたところでした。

「一年B組の上条和歌子さん、至急、職員室に来てください」

まるで急《せ》かすように、スピーカーの向こうの教頭先生は二回、私の名前を呼びました。

その後、こうも付けたしたのです。

「電話が入っています。至急、来てください」

私は仕方なく、お弁当箱の蓋を閉じました。電話が掛かっているとなれば、一刻も早く行かなくてはならないでしょう。

「もしかして……お家で何か、あったんじゃないの」

顔中にソバカスをちりばめた中務さんが心細い声で言ったので、私も何だか嫌な気持ちがしました。ちなみに彼女とは年を経た今も付き合いが続いていますが、大げさなくらいの心配性は治っていません。

「ちょっと行って来るね。先に食べてて」

私はみんなに言うと、急ぎ足で教室を出ました。実のところ、本当に何かあったのではないかと、私も思っていたのです。学校にいる時に電話が掛かってくるなんて、家で何らかの緊急事態が起こった以外には、あまり考えられないからです。

職員室に着くと、私は開きっぱなしになっていた引き戸をノックして、頭を下げました。すぐ近くに他の先生方の席と向き合う形に置かれた大きめの机があり、そこでは教頭先生が律儀に話すところを掌《てのひら》で押さえたまま、受話器を持っていました。

「すみません、一年B組の上条ですけど」

「あぁ、キミか」

生徒からは『柏戸《かしわど》』というお相撲さんの名前で呼ばれていた教頭先生は、あだ名が示す通りに体が大きかったので、受話器が妙に小さく見えました。

「参りましたんで、今、替わります」

そう言った後、教頭先生は再び受話器の話すところを押さえて、小さな声で私に尋ねました。

「キミ、新聞社の人とは、どういう知り合いなんだね」

「新聞社の人……ですか？」

とっさに言われても、私には何のことかわかりませんでした。少なくとも、母さまや姉さまからではないようです。教頭先生から受話器を受け取り、恐る恐る耳に当てると——。

「ワッコちゃん？　関東タイムスの南田ですけど」

「何だぁ、レンコさんですか」

聞き覚えのある声に接して緊張が解けた私は、つい大きな声で答えてしまいました。近くで耳を澄ましていたらしい教頭先生が驚いたように顔を上げたので、とっさに背中を向けました。

「どうしたんですか、学校にまで電話を掛けてくるなんて」

「だってワッコちゃんの家って、電話ないんだもの」

受話器の向こうで、レンコさんが責めるような口調になりました。昭和三十六年頃と言えば、電話のない家の方が圧倒的に多かったのは確かです。むろん、私の家にもありませんでした。

「だからって家に行くわけにもいかないし……伝書鳩でも飛ばせって言うの」

「鳩も困りますけど……何か急用ですか？　私、お弁当を食べようとしていたところなのに」

「文句言わないの。私だって親子丼が来たのに、食べないでガマンしてるのよ」

どうやらレンコさんは会社の席にいて、お昼に店屋物を取ったようです。そりゃあ、目の前に親子丼があるのにガマンするのは大変かもしれませんけど――。

（用事があるのは、そっちでしょうに）

そう言いたいのをグッとこらえて、私は尋ねました。知的な見かけによらず、レンコさんも妙にピントの外れたところがある人だということが、すでにわかっていたからです。

「どうかしたんですか？」

「実は頼みたいことがあるんだけど……今度の日曜日、私の家に来てもらえないかしら」

レンコさんの家は台東区《たいとう》の根岸にあり、私の家からはそれなりの距離がありました。例の笑葉童女観音会の一件で知り合いになってから、二、三度は遊びに行っています。

「ずいぶん急ですね。たぶん……大丈夫だと思いますけど」

「あら、鈴音ちゃんには聞かなくてもいいの？」

「えっ、姉さまもですか？」

「そりゃそうよ。頼みたいのは、鈴音ちゃんにだもの」

考えてみれば婦人記者のレンコさんが、ただの高校生である私に頼みごとをするとも思えません。きっと姉さまのあの力――人や物の思い出を見てしまえる力に用があるのでしょう。

「だったら、姉さまに聞いてみないとわかりません。ああ見えて、意外と忙しい人ですから」

芸能人のマネージャーにでもなったような気分で、私は答えました。

「そりゃあ、スネかじりの高校生よりは忙しいでしょうね……じゃあ、鈴音ちゃんに都合を聞いて、今夜にでも電話してくれない？　九時くらいまでなら会社にいるから」

もちろんレンコさんの家には電話がありますが、普段の日は遅くまで会社にいると前に聞いていました。働く女性は、今も昔も大変なものです。

「どうせならアネゴちゃんも誘ってきたら？　芋坂《いもざか》の羽《は》二重《ぶたえ》団子でも買っておくけど」

アネゴちゃんというのは、茜ちゃんのことです。知り合いになってからレンコさんと茜ちゃんは妙に仲良しで、二人で浅草のバーに行ったことも何度かあるそうです。やっぱり一緒にお酒を飲んだりすると、あっという間に親しくなるものなのでしょう。

「わかりました。茜ちゃんにも聞いておきます」

レンコさんとの電話が終わり、私は机の上の黒電話に受話器を恭しく戻しました。

「キミ、学校の電話を赤電話だと思われても困るよ」

教頭先生は酒屋の名前の入ったウチワで顔をパタパタ煽《あお》ぎながら、不機嫌そうに言いました。

「ところで、今の人は関東タイムスの記者だと言っていたけど……知り合いかね」

「えぇ、まぁ」

どうも教頭先生には、新聞記者という立場の人が気になるようです。

「どういう関係かは知らんけどね、あんまり学校には電話して来ないように言ってくれたまえ」

「どうもすみません、今のは急な取材の申し込みでして……どうも報道の人というのは、記事のためには強引なことも辞さない傾向があるみたいですね」

私が答えると教頭先生は、ずずっと身を乗り出してきました。

「取材って……もしかしたら、キミは芸能人なのかね」
「それはご想像にお任せします」
私はちょっと畏《かしこ》まって頭を下げると、慌てて職員室を出ました。廊下を急ぎ足で歩きながら、見たばかりの教頭先生の顔を思い出して、一人でクスクス笑いました。何せ教頭先生と来たら、小さな目をしきりにパチクリさせて、まるで大きなリスのようだったのですから。
（それにしてもレンコさんは、姉さまに何を頼もうっていうのかしら）
歩くスピードを落として腕組みしながら、私はあれこれ考えました。
姉さまの力の秘密を知っても絶対に記事にはしない……という約束を、私たちはすでに
取り付けています。ですから、まさか本当に取材ということではないでしょう。
（もしかしたら神楽さんみたいに、何かの事件を見ろって言うのかな）
それが一番ありそうでしたが、レンコさんは文化部の記者さんです。警視庁の神楽さん
が扱っているような血なまぐさい出来事とは、縁遠いはずですが。
やがて教室が見えてきたところで、私はそれ以上考えるのをやめました。実のところは
日曜日にならなければわからないことですし、何より、お弁当箱の中でキラキラ光るウイ
ンナーソーセージのことで、頭がいっぱいになったからです。
次の日曜日、私は姉さまと茜ちゃんと連れ立って、レンコさんの家を訪ねました。上野

の山のすぐ裏手、国鉄山手線の鶯谷《うぐいすだに》から十分ほど歩いたところにあるのですが、私たちは途中まで都電に乗り、残りを歩きました。梅田の私たちの家からは、それが一番安い行き方だったからです。

現在も根岸界隈《かいわい》は下町情緒あふれる土地として有名ですが、その頃は関東大震災や戦争をくぐり抜けた建物が数多く残っていて、今以上に風情のある土地柄でした。昔から正岡《まさおか》子規《しき》を始めとする文人に愛されたというのも、十分にうなずけます。噺家《はなしか》さんが多く住んでいることでも有名で、当時テレビで大人気だった林家三平《はやしやさんぺい》さんの住まいも近くにありました。

「このへんに来ると、何だかホッとするわね」

細い路地をゆっくりと歩きながら、姉さまは目を細めて言いました。

「大きなお寺もあるし、町の雰囲気が落ち着いていて……私、こういうところが好きだわ」

「ダメダメ、二十歳前の乙女が、そんな年寄り臭いことじゃ」

一緒に歩いていた茜ちゃんが、人差し指を鼻先でメトロノームのように動かしながら口を挟みます。

「ここがノンビリした、いいところだっていうのは賛成だけどね。リンちゃんくらいの年の子だったら、もっと、こう……賑《にぎ》やかなところも好きにならなきゃ」

この日の茜ちゃんは、かわいいピンクのニット帽子をかぶっていました。春先に北千住《きたせんじゅ》のヨーカ堂で見つけて、それ以来、いつもの頭の傷を隠すスカーフの代わりに愛用するようになっていたのです。

「茜ちゃんの言うこともわかるんだけど、あんまり賑やかなところにいると疲れるの……何だか体力を吸われちゃうみたいな感じがして」

「それが年寄り臭いって言うの。よし、レンコさんの用事が終わったら、ちょっと足を伸ばして、上野のアメ横に寄っていくわよ」

「あ、いいね！」

私は間髪容《い》れずに賛成しました。上野のアメ横には安くていい洋服屋さんや靴屋さんが、たくさん並んでいます。買う買わないは別にして、見るだけでも楽しいところです。

「いいでしょ、姉さま……ちょっと見て行きましょうよ」

「そうね。アメ横だったら、私も行きたいわ」

根岸からアメ横までは、国鉄の線路を跨《また》いで上野公園を突っ切っていけば、そんなに遠い距離ではありません。

「アメ横に行くんなら、前に茜ちゃんがバスケットを買ったっていうお店、教えてよ」

隣を歩いている茜ちゃんに声をかけると、すぐに返事が返ってきませんでした。奇妙に思って顔を上げると、茜ちゃんは顔を横に向けて、何かをじっと見つめています。

「なに見てるの？」

「えっ？　あ、ごめん……あそこに歩いている人、ずいぶん気が早いなって思ってさ」

茜ちゃんの見ている方に私も顔を向けると、白い日傘を差している女の人の姿が目に入りました。小さなカバンを提げ、白いホンコンシャツを着ている男の人と一緒ですが、二歩ほど下がって歩いています。私の位置からは顔がよく見えませんでしたが、明るい青のスカートに白いブラウスを着ているのがわかりました。けして派手ではありませんが、清潔感のある雰囲気です。

「今日は、日傘を差すほどじゃないわよね」

遠目に女の人の姿を見ながら、私もうなずきました。季節は確かに夏の初めでしたが、その日は少し曇っていて、特に日差しが強いということもなかったのです。実は曇りの日ほど紫外線が強いものだそうですけど、その頃は、日傘は日焼け防止というより、あくまでも日よけとして差すものだと考えられていたので、六月の曇り空に差す人は稀《まれ》でした。

「きっと、育ちがいいんでしょうよ……ほほほ、お上品なこって」

どこか揶揄《やゆ》するような口ぶりで言った茜ちゃんに、姉さまは答えました。

「でも、この町には似合っていると思うわ」

「そりゃあ、まぁ、そうだけど」

その時、女の人の前を歩いていた男の人が不意に立ち止まり、こちらに顔を向けました。その目つきがとても険しいものだったので、私たちは慌てて口を閉じました。小声で話していたつもりですが、もしかしたら聞こえてしまったのかもしれません。

立ち止まったままの二人の前を、私たちはうつむいて足早に通り過ぎました。その時、つい私は女の人と目を合わせてしまったのですが——その白い頬に幾筋もの涙が流れているのに気づいて、少し驚きました。

(この人、どうして泣いてるんだろう)

そう思った瞬間、女の人はシャッターを降ろすように日傘を倒して、すばやく顔を隠しました。その動きが不自然だったので、私は能天気に考えたものです——きっと二人は訳ありの仲なのね……なんて。

2

やがて私たちはレンコさんの家に着きました。

尾久橋《おぐばし》通りの『笹乃雪《ささのゆき》』という有名な豆腐料理屋さんの近くで、それほど大きな家ではありませんが、モダン洋風建築というのでしょうか、周囲でもかなり人目を引く二階建ての建物です。凹凸のついた外壁のところどころに蔦《つた》模様のレリーフが刻まれ、屋根には尖塔《せんとう》のように強い角度がついていて、まるで小さな教会のようでした。もっとも茜ちゃんは、「二十面相の隠れ家みたい」と、よく言っていましたが。

「いらっしゃい、よく来てくれたわね」

玄関先のブザーを押すと、すぐにレンコさんが顔を出しました。休日だというのに、妙に念の入った化粧をしています。

「さぁさぁ、みんな入って入って」

「おじゃましまぁす」

私たちは口々に言いながら、家の中に入りました。レンコさんは一人暮らしなので、やはり心安いものがあります。

「今日は、こっちの部屋に入ってね」

足の悪いレンコさんは家用の杖《つえ》(外で使うものより、軽いのだそうです)をつきながら、私たちを応接室に案内してくれました。三人掛けのソファーが二つ向かい合わせてあり、カーテンやカーペットも、他の部屋より上等なものを使っている洋間です。

「今日はどうして台所じゃないの?」

真っ先にソファーに坐《すわ》り、ピョンピョンと弾みながら私は尋ねました。

レンコさんの家に来ると、たいていは台所の四角いテーブルに坐るのが普通でした。その方が、お茶を飲むにも何か食べるにも便利だったからです。しかも隅には小さなテレビもあって、井戸端会議をするには打ってつけでした。それなのに、どうして今日は応接室なのでしょう。

「実は、今日のお客さんは鈴音ちゃんたちだけじゃないの。もうすぐ、ある人が来るんだけど」

「えっ、レンコさん、そういうことは、ちゃんと前もって言ってもらわないと」

やや声を大きくして言ったのは茜ちゃんです。

「来る時にも話してたんだけど、レンコさんがリンちゃんに頼みたいことって、たぶん例の力を使うことでしょ？　もしそうだとしたら、他の人がいるのは困るわよ」

　私が言いたかったことを、そっくりそのまま茜ちゃんが言ってくれました——大切な秘密を知っている人間は、できる限り少ない方が望ましいものです。私たちの許可なく、気安く他人に姉さまの力のことを話してもらっては困ります。

「ごめんなさい、それについては、やっぱり相談するべきだと思っていたわ。でも、どうしても、あらかじめ相談する時間が取れなくって……人助けだと思って、力を貸してくれるわけにはいかないかしら」

「人助け、ですか」

　その言葉に反応したように、姉さまが口を開きました。

「いらっしゃる方って、どんな方なんですか？」

「大学で国文学を教えている先生よ。うちの新聞で何度か原稿を書いてもらったことがあるの……もちろん、絶対に鈴音ちゃんのことを他言するような真似はしない人よ。それは私が保証する。ちなみに名前は、枚方《ひらかた》裕次《ゆうじ》郎《ろう》っていうの」

「裕次郎！」

　私と茜ちゃんは思わず顔を見合わせてしまいました。大スターと同じ名前というだけで反応してしまうのですから、我ながら若い女の子は単純です。

「実は、私の大学の同級生でね。見た目は少し怖いんだけど、中身はいい人だから」

「レンコさんが言うんなら、きっと信用できる人なんでしょう……いいですよ、私にできることでしたら、お手伝いします」

当の姉さまが承知するなら、私や茜ちゃんにも異論はありません。

「いったい、何を見ればいいんでしょうか」

「それは枚方さんが来てから説明するけど……おかしいわね、約束の時間をだいぶ過ぎてる」

レンコさんは手首の内側につけたバンドの細い腕時計に、チラリと目をやって答えました。私は女の人が時計を見る仕草が大好きです。

示し合わせたように玄関のブザーが鳴ったのは、ちょうどその時でした。

「あぁ、やっと来た。ちょっと待っててね」

レンコさんはそう言うと、杖をついて応接室を出て行きました。玄関先で扉が開き、ぼそぼそと会話している気配がします。

「裕次郎さんだってさ……やっぱり、かっこいい人かしら」

「名前が同じってだけだからねぇ」

小声でそんな話をしていると、やがてレンコさんが戻ってきました。

「おまたせ」

そう言うレンコさんの後ろにいたのは――なんと、さっき道で見かけた男女の二人連れです。

（この人たち、レンコさんの知り合いだったんだ）

　私は思わず、スリッパを履いた自分のつま先に目を落としました。男の人の目つきが、相変わらず険しかったからです。もしかすると怖い人なのかもしれない……と思うと、どうしても身構えてしまいます。

「こちらが枚方さんよ」

「どうも、初めまして」

　けれど、その声を聞いた瞬間、私の頭の中に閃《ひらめ》くものがありました。

　NHKでやっている『おかあさんといっしょ』という子供番組に出てくる、三匹のぶたの兄弟ブーフーウー――その男の人の声は、真ん中のぶたのフーの声に、そっくりだったのです（ちなみに調べてみると、フーの声をやっていたのは三輪《みわ》勝恵《かつえ》さんという女性です。若い人には『パーマン』の声だと言えば、思い浮かべられる人も多いのではないでしょうか）。

「うわぁ、フーの声とおんなじだ」

　やはり私が思ったことを、そのまま茜ちゃんが言葉にしてくれました。こんな怖そうな顔をした人に、よくそんなことが正面切って言えるものです。

「それってヌイグルミのぶたのことでしょう？　学生たちに、よく言われるんですよね」

　枚方さんの顔に照れくさそうな笑いが浮かび、それを見た瞬間、自分の肩からスッと力が抜けるのを私は感じました。レンコさんの言う通り、見かけこそ少し怖いものの、中身は気さくな人のようです。

(何だか立花さんみたい)

私は神楽さんの知り合いの、立花という刑事さんの顔を思い出しました。あの人も屈強な見かけによらず、女の人のような高い声をしています。

「実は子供の時、目をケガしたことがありましてね……それ以来、こんな護摩の灰みたいな目つきになっちゃいまして」

〝護摩の灰〟というのは、昔の強盗・押し売りの類《たぐい》をさす言葉です。

「いろいろ損をすることも多かったんですけど、今は可愛らしい声のおかげで、どうにか帳尻《ちょうじり》が合うようになりました。いやぁ、ありがたい話ですよぉ」

フーの声で一気にまくし立てられたので、私たちは顔を見合わせて笑ってしまいました。目をつぶれば、本当にあのヌイグルミがしゃべっているような気がします。

「それで……こちらが寿子さん」

勢いよく流れ出る枚方さんの言葉の切れ目を狙って、レンコさんが応接間の入り口に立ったままでいた女の人を紹介しました。

「よろしくお願いします」

どこか強張《こわば》った表情で、寿子さんは深々と頭を下げました。年下の私たちにも、そんな謙《へりくだ》った作法ができるのですから、さっき茜ちゃんが言った〝育ちがいい〟というのは、当たっているのかもしれません。

改めて見ると寿子さんは三十代半ばくらいの年頃で、透き通るように肌の白い人でした。背は当時の私と同じくらいでしたが、うらやましくなるくらいに痩《や》せていて、整った顔立ちをしています。けれど、お化粧の類は一切しておらず、下がった眉尻《まゆじり》と荒れた唇が、どことなく翳《かげ》りを感じさせもしました。肩まで届くくらいの髪を引っ詰めにしているのも、地味な印象を強めているようです。

（この人、どうして泣いていたんだろう）

レンコさんに紹介してもらいながら、私はさっき見た寿子さんの涙を思い出しました。堂々と連れ立って友だちの家に来るぐらいですから、二人が人目を忍ぶ間柄だとは思えませんが。

「あの……寿子さんは、枚方さんの奥さんですよね？」

それぞれソファーに腰を降ろしてから、あくまでもさりげなく、私は尋ねました。

「いえ、違います。私は独身でして……寿子さんとは、ちょっとした知り合いなんですよ」

そう答える枚方さんの言葉が急に淀《よど》んで、ついには途中で消えてしまいそうになりました。そこに助け舟を出したのがレンコさんです。

「実はね、寿子さん……記憶喪失なの」

「記憶喪失？」

私と茜ちゃんの口から、同じ言葉が同じタイミングで飛び出ました。

「そう……自分がどこの誰なのか、完全に忘れてしまっているのよ。寿子さんっていう名前も、呼び名がないと困るから仮につけただけで、本当の名前じゃないの」

記憶喪失――映画やテレビドラマなどでは、よく耳にする言葉ですが、実際にその状態に陥っている人は初めて見ました。表面的には普通なので、言われなければ少しもわかりません。

「鈴音ちゃんに頼みたいことって、もうわかったでしょ？　寿子さんの身元に繋《つな》がる手がかりを、どうにかして見つけて欲しいのよ」

3

枚方さんが寿子さんと出会ったのは、だいたい、この三ヶ月ほど前のことだったそうです。その顚末《てんまつ》を短くまとめると、こんな具合になります。

枚方さんのお宅は、神奈川県の逗子《ずし》海岸の近く――戦争でお父さまを亡くされて以来、お母さまと二人で、山の斜面に立っている家に住んでらっしゃるそうです。五年ほど前から某私立大学の教壇に立っていて、現在は国文学科助教授、専門は中世文学とのことですが、私にはよくわからない分野なので、そのあたりのことは素通りしておくことにしましょう。

三月下旬の金曜日の夜、おおむね八時を回った頃だったそうですが、昼過ぎから調べ物を続けていた枚方さんは、いい加減くたびれて、夕食後に気晴らしの散歩に出たそうです。
散歩コースは普段から歩きなれている場所で、山の斜面を降りて海岸線沿いに作られた道路を歩き、途中、砂浜に降りてぶらつき、再び道路に戻って家に帰る……というものでした。砂浜は海水浴場になっていますので、夏ともなれば人がたくさん押しかけて来て、夜も落ち着かなくなるそうですが、その頃はまだ三月ということで、散歩の途中で、ほとんど人と行き合いませんでした。

枚方さんは左手に夜の海を眺めながら、のんびりと道路を歩いていました。周囲は暗く、車もほとんど通らないので、呑気《のんき》に鼻歌を歌っていたそうです。

「おじさん、大変だよ！」

突然、切羽詰まった子供の声がして、枚方さんは跳びあがらんばかりに驚きました。それまで人が近くにいるような気配を、まったく感じなかったからです。

慌てて振り向くと、少し離れたフェンスの陰に少年が立っていて、しきりに手を振っているのが見えました。詳しくは覚えていないそうですが、半ズボンに黒っぽいジャンパーを着た、七歳か八歳くらいの年頃の子だったそうです。

「どうかしたのかい」

枚方さんが尋ねると、少年は砂浜の方を指さして、しきりに「あれだよ、あれ」と繰り返しました。見通しが悪かったので少年の近くに走り寄り、しゃがんで目の高さを合わせて、その指先の延長線を枚方さんは探りました。

「あの人、もしかして自殺しようとしているんじゃないの」

「あの人って……どれだい？」

夜の海と砂浜は暗く、目が慣れるまでは、その境目さえも区別が付けられません。枚方さんは必死に目を凝らしました。

三十秒近くかかって、ようやく少年の言っているものを見つけることができました。夜の海の中に、何か白っぽくて丸いものがユラユラと動いているのがわかったのです。

「あれは……もしかして傘か？」

「そうだよ、女の人が傘を差したまま、海に入ってるんだよ」

「何で傘なんか……雨も降っちゃいないのに」

そんな言葉が枚方さんの口をついて出ましたが、問題にするべきなのはそこではありません。

「そんなことより、早く助けてやってくれよ」

「あっ、そうだな」

枚方さんは近くの石階段から砂浜に降り、波間に見える傘めがけて懸命に走りました。

(本当に、人が海に入ろうとしているぞ)

近くにたどり着いた時、傘を持っている人影は、すでに肩のあたりまで海に浸《つ》かっていました。もはや一秒の余裕もありません。枚方さんは腕時計を外して開襟シャツのポケットに入れると、それを脱ぎ捨てて、急いで海に飛び込みました。

海辺で育った枚方さんは、水泳にはそれなりに自信があります。けれど、さすがに地面の上を歩くように近づけるわけではありません。海はちょうど満潮の頃で、波もかなり高くなっていました。

やがて傘だけが、波の上に浮かんでいるのが見えました。それを手にしていた人物は、すでに足が立たなくなり、完全に沈んでしまったようです。

(冗談じゃない)

夜の海はまさしく暗黒で、たとえ人間ほどの大きさでも、沈んでしまったものを見つけることは容易ではありません。いえ、率直に言えば無理です。

その人がいたあたりに狙いを定めて、枚方さんは何度か潜ってみました。二度三度空振りして、さらに深く潜った時、右手に何か大きなものが触りました。とっさに摑《つか》むと、どうやら人の腕のようです。枚方さんは反射的にそれを手繰り寄せ、やがて薄い体に行き当たりました。

(まずい、もう動いてないぞ)

たとえ覚悟の自殺でも、溺《おぼ》れている時はもがき苦しむものです。けれど、その体はグッタリとしていました。すでに意識を無くしていたのでしょう。

しかし結果から考えれば、それはむしろ幸いなことだったと言えます。水難救助で最も怖いのは、苦しみもがく人に抱きつかれ、共に溺れてしまうことなのですから——意識を無くしていれば、その心配はありません。

枚方さんは女の人の首筋を抱えるようにして、砂浜に戻りました。どんどん重さが増していく体をどうにか砂浜に引き揚げ、思わず、その場に倒れ込みました。

(誰か、いないのか)

息を切らしながら周囲を見回すと、あたりに人影はありませんでした。最初に女の人に気づいた少年の姿さえ見えません。

(あの子、どこに行ったんだ)

肝心な時にいなくなっている少年に対して腹立たしさを感じながらも、枚方さんは女の人の様子を確かめました。胸に耳を当てても、心臓が動いているのかどうかわかりませんでしたが(すっかり動転してしまって、自分の心臓の鼓動と区別がつかなかったそうです)、息が止まっているのはわかりました。

枚方さんは高校生の頃に保健体育で習った人工呼吸の手順を思い出し、うろ覚えながら何度も繰り返しました。やがて横に向けていた口から大量の水を吐き出したかと思うと、どうにか女の人は息を取り戻しました。その時は長い時間がかかったような気がしたそうですが、後でシャツのポケットに入れておいた時計を見ると、海に助けに入ってから息を吹き返すまで、だいたい八分ほどの出来事だったそうです。

「とにかく、助かってよかったわねぇ」

ここまで手に汗握って話を聞いていた茜ちゃんは、ホッとした口調で言いました。私もまったく同感で、人が命拾いをした話を聞くと、なぜだか無条件に嬉《うれ》しくなるものです。

「でもね、その後が大変だったのよ」

何もかも知っているような口調で、レンコさんは言いました。

「その後、うまい具合にパトロール中の警官が通りかかって、救急車を呼んでくれたんだけど……寿子さん、自分の名前や住所を、すっかり忘れてしまっていたの」

レンコさんの言う通り、女の人が息を吹き返してまもなく、砂浜の上の道路をパトカーの回転灯が走っていくのが見えました。枚方さんがそれに向かって大きく手を振ると、うまい具合に気づいたお巡《まわ》りさんたちが、砂浜に降りて来ました。

一通り事情を説明すると、若いお巡りさんが無線で救急車を呼んでくれました。その間、もう一人のお巡りさんが寿子さんに名前や住所を尋ねたのですが、何度聞いても答えが返ってきませんでした。その時は、自殺に失敗して興奮しているのだろうと誰もが思ったそうですが——あくる日、どうやら完全に記憶を失っているらしいとわかったのです。

「次の日の夕方、地元の警察に電話を掛けて尋ねてみたんですよ……やっぱり、自分が助けた人がどうなったか、気になるものですからね」

そう言った枚方さんの気持ちは、十分にわかります。私だって同じことをしたら、やはり助けた人が完全に無事だったか、確かめたくなるでしょう。

「その時、電話に出たお巡りさんが、この人が完全に記憶を失っているって教えてくれたんです……いやぁ、驚きましたね」

その日のうちに、枚方さんは寿子さんが収容されている病院を訪ねました。そこで改めて顔を合わせたのですが、その時の寿子さんは、お世辞にもいい状態だとは言えませんでした。目の焦点がまったく合っておらず、すっかり魂が抜けてしまったようだったと言います。

もちろん、寿子さんがそんな状態になっていることを、枚方さんが後ろめたく感じる必要はまったくありません。ベストを尽くした結果ですし、何より海で溺れたことで記憶を失ったのかどうか、はっきりとはわからないからです。場合によっては、溺れる前に記憶をなくしていた可能性だってありますし、想像をたくましくすれば、それを苦にして入水《じゅすい》したとも考えられるでしょう。

警察の方も家出人捜索願などを頼りに身元を探してくれたそうですが、一ヶ月が過ぎても、有力な情報は得られませんでした。地元の新聞社にも頼んで新聞紙面に写真を載せてもらったりもしたのですが、彼女を知っていると言う人は、まったく現れませんでした。さしあたっての外傷や疾病がないとすれば、記憶喪失の方を治療する病院に移すのが筋です。けれど、いつまでも初めに運び込まれた病院に置いておくわけにも行きません。

その病院を探すのが、至難の業でした。

住所も名前もわからないとなれば生活保護を受けるのも難しいですし（ああいうものは、住民票が置いてある市や区に申請するのが普通です）、この先も記憶が戻らなければ、治療費が取れずじまいになる可能性は大です。そんな彼女の入院を快く引き受けてくれる病院は、残念ながら、ありませんでした。

これも何かの縁だから、少しでも力になってあげなさい……と言い出したのは、枚方さんのお母さままでした。関わってしまった以上、自分がどこの誰かも忘れてしまっているような人間を、迂闊《うかつ》に放り出すわけには行かないと考えられたのでしょう。

幸い寿子さんは入院の甲斐《かい》あってか、記憶が戻らない以外は、ゆっくりと普通の状態に戻っていました。買い物などは当たり前にできますし、もっと回復すれば、お料理やお掃除もこなせるようになるでしょう。表情に乏しく、ほとんど自分からは口を開かないことだけが玉に瑕《きず》でしたが、そういう性格の人は当たり前にいるものです。

そこで枚方さんのお母さまは、寿子さんを家に住み込みのお手伝いさんとして雇い、そこから病院に通わせることにしました。もちろん費用は、お給料でまかないます。ちなみに寿子という名前は、お母さまのお名前の〝寿美江《すみえ》〟から字を取ったそうです。

「なるほどねぇ」

枚方さんの話が終わって、私は思わず溜《た》め息をつきました。そんなドラマめいた出来事が現実にあるなんて、本当に世の中は広いものだ……と思いました。

「きっと寿子さんには、どこかにちゃんと家族がいるんだと思うんですよ。私は一日でも早く、その人たちの元に寿子さんを帰してあげたいと思うんです……困り果てて南田さんに相談したら、人や物の記憶が読み取れる不思議な女の子がいると教えられました。できることなら、その力で寿子さんの過去に繋《つな》がる手がかりを見つけ出して欲しいと思いまして」

枚方さんはヌイグルミのフーそのままの声で、どこかしんみりした口調で言いました。

それを聞いた茜ちゃんが何か言おうとしましたが、うつむいている寿子さんの姿をチラリと見て、不意に口を噤《つぐ》みました。それから一呼吸置いて、大きな伸びをしながら——。

「ねぇ、レンコさん、お茶がすっかり冷めちゃったわ。新しいのちょうだいよ」

「あぁ、ごめんね、気が利かなくて」

すまなそうにレンコさんが立ち上がろうとした時、それまで黙り込んでいた寿子さんが、初めて自分から口を開きました。

「私がやります」

「お客さんに、そんなことはさせられないわよ」

「いいじゃない、手伝ってもらえば」

寿子さんに向けたレンコさんの言葉に、茜ちゃんが口を挟みました。

「でも……」

レンコさんが言葉を返そうとして茜ちゃんと目を合わせた瞬間、ちょっとした間がありました。いわゆるアイコンタクトで、茜ちゃんがレンコさんに何ごとかを伝えたのです。

「じゃあ、手伝ってもらおうかしら」

「はい、お手伝いさせてください」

どこか嬉しそうな表情で寿子さんは立ち上がり、レンコさんと連れ立って応接室を出て行きました。扉が最後まで閉まり、二人の足音が遠ざかるのを見計らって、茜ちゃんは切り出しました。どうやらさっきのアイコンタクトは、寿子さんに席を外してもらいたい……という意味だったようです。

「枚方さん、本当に、いいんですか」

「何がです？」

枚方さんは不思議そうに眉《まゆ》を顰《ひそ》めました。

「だって寿子さんは、自殺しようとしていたんですよね？　それにはきっと理由があったと思うんですけど……記憶喪失が治ったら、また死のうとしちゃうんじゃないですか」

なるほど、その恐れは十分にあるでしょう。自殺を企てるぐらいですから、事情は必ずあるはずです。

「それに、どんなことが出てくるかわかりませんよ。失礼ですけど、もしかしたら殺人犯だったりするかもしれませんし。この際、無理に思い出させようとしない方がいいんじゃありませんか」

「それは私も考えました」

茜ちゃんの言葉に、枚方さんはうなずきました。

「確かに今は安定していますから、そっとしておくのがいいのかな……とも思います。けれど、やっぱり、どうしても落ち着かないんですよ」

「あーあ、まったく」

茜ちゃんは、ちょっと蓮《はす》っ葉《ぱ》な口調でつぶやきます。

「どうして男の人は、女の過去を知りたがるのかしらねぇ」

「そんなんじゃありませんよ」

そう言いながら枚方さんは傍らに置いたカバンを取り上げ、中から小さな赤い缶を取り出して、ソファーの間のテーブルの上に置きました。何かと思ってよく見ると——それはどこの家にもある、『味の素』のブリキ缶でした。開閉する部分や繋ぎ目に、うっすらと錆《さび》が浮かんでいます。

「味の素の缶がどうかしたんですか」

「さっきは言いませんでしたけど……実は寿子さんが入水した時、砂浜にハンドバッグを置いて行っていましてね。中に、この缶と」

そう言いながら枚方さんは缶の隣に、小さな古びたおしゃぶりを置きました。

「このおしゃぶりが入っていたんです」

私たちは身を乗り出して、その二つを眺めました。やがて茜ちゃんが、おずおずと手を伸ばしながら尋ねます。

「缶の中には何か入ってるんですか？」

「どうぞ……開けてご覧になってください」

茜ちゃんは静かに蓋《ふた》を開け、中を覗《のぞ》き込んだ後、缶を引っくり返して、掌の上に中身を出しました。

「写真？」

いえ、よく見ると、それは写真ではありませんでした。野球帽をかぶった男の人の似顔絵が、小さめの四角い厚紙に印刷してあるカードです。顔の横には『川上《かわかみ》』とか『千葉《ちば》』と名前が書かれていたので、女の子の私でも巨人軍のスター選手たちだとわかります。

「何かと思ったら、紅梅キャラメルの野球カードじゃない」

私には何となく覚えがありました——小学校低学年の頃、近所の男の子たちはみんな、紅梅キャラメルというお菓子の中に入っている、この野球カード集めに夢中になっていたものです。『野球は巨人、キャラメルは紅梅、ともに僕らの人気もの』というキャッチフレーズがあったくらいですから、きっとカードになっているのは巨人軍の選手だけだったのでしょうが、監督・投手・捕手・内野手・外野手という具合に一チーム分のカードを揃えると、野球道具がもらえるというキャンペーンをやっていたと思います。その賞品欲しさに男の子たちが夢中になって集めたものですから、何度か学校の先生に「紅梅キャラメルは買わないように」と注意されたこともありました。

「つまり寿子さんには、どこかに男の子供と赤ちゃんがいるってこと？」

「今も赤ちゃんかどうかは、わかりませんけどね」

茜ちゃんの言葉に、枚方さんは答えました。

「ほら、このおしゃぶりは、かなり古いものじゃないかと思うんです。たぶん今は、ずいぶん大きくなっているでしょう」

なるほど、触ってみるとゴムの部分が、経年変化でかなり硬くなってきています。

「バッグの中には、身元がわかるようなものは入っていなかったんですか？」

今まで口を挟まずに話を聞いていた姉さまが、ようやく口を開きました。

「今日は持ってきませんでしたが、見た限り、特に入っていなかったと思いますが」

「良かったら、今度見せてください」

姉さまだったら、直《じか》に寿子さんの中を覗かなくても、そのバッグからでも昔の光景を導き出すことができます。場合によっては本人の記憶よりも物の記憶の方が、明瞭《めいりょう》で正確であることもあります。

「ところで……今さら、こんなことをお聞きするのも失礼なんですが……こちらのお嬢さんですよね、人の記憶を見ることができるというのは」

枚方さんは姉さまの方に向いて言いました。本当に今さらだと私は思いましたが、あえて口には出しませんでした。かわりに茜ちゃんが言ってくれたからです。

「詳しいことは、もうレンコさん……じゃない、南田さんから聞いてらっしゃるんでしょ？」

「えぇ。教えてもいないのに、その日の朝に食べたものを言い当てられたと驚いていましたよ」

「その通りですけど、もしかして枚方さんは、まだ信じてないとか？」

「いえ、そんなことはありません。むしろ、この世界に超自然的な力を持つ人間が存在しても、何の不思議もないと私は考えています。それと言うのも、昔の本なんて研究してますとね、いろいろ不思議な人間が当たり前に登場するのですよ。安倍晴明《あべのせいめい》とか役小角《えんのおづの》とか……まぁ、半分は伝説上の人物ですけど」

「じゃあリンちゃんも、百年後や二百年後の本に名前が残ってるかもしれないわね」

枚方さんの話を聞きながら、茜ちゃんは嬉《うれ》しそうに手を叩《たた》きました。けれど、それに続いた言葉を耳にした途端、その手の動きはピタリと止まってしまったのです。

「もしかして、薔薇姫《ばらひめ》と呼ばれたりは……していませんよね?」

私たちは顔を見合わせました。薔薇姫——その気取った呼び名を、忘れるはずはありません。

「枚方さん、薔薇姫を知ってるんですか」

思わず身を乗り出して、私は尋ねました。

「いや、直接見たことがあるわけではないんですけど……同じ学校で、幼馴染《おさななじ》みが心理学の講師をやっていましてね。栗坂《くりさか》という風変わりなヤツなんですが——そいつから前に聞いたんですよ」

急に私たちが緊張したので、逆に枚方さんの方が戸惑っているようでした。

「どんな話を聞いたんです?」

「いや、その……」

私の問いかけに枚方さんは口ごもりましたが、その態度で、だいたいの想像はつきました。

薔薇姫こと御堂吹雪は、なぜか姉さまと同じ力を持っています。つまり人や物の思い出を見てしまえる力ですが、読み取る速さに関しては、むしろ姉さまより上かもしれません。

正しく使えば、人の役に立てるはずの力です。けれど彼女は、あろうことか、その力を使って人の秘密を暴き、それを材料に恐喝を繰り返しているのです。しかし、はっきりとした証拠がないために逮捕されることもなく（その秘密の入手方法を警察が信じるなら、話は簡単なのですが）、今もどこかで同じことを繰り返しているのでしょう。

「あんな人とリンちゃんを、一緒にしないで！」

かつて彼女にズカズカと心に踏み込まれ、そのショックで、しばらく姉さまとさえ口が利けなくなっていた茜ちゃんが、顔を赤くして言いました。

「あの人は冷たくて意地の悪い、悪魔みたいな人なんですから」

その時、廊下を近づいてくる足音が聞こえました。レンコさんたちが戻って来たのです。

「……どうしたの？」

扉を開けて数秒後、部屋の空気の異様な重たさを察して、レンコさんが言いました。

4

まったく思いがけないことですけれど、その二時間ほど後に、私たちは渋谷《しぶや》駅の中を歩いていました。私と姉さま、茜ちゃんにレンコさん、枚方さんと寿子さん――総勢六人の大所帯です。

「モグラでもあるまいし、地下鉄っていうのは、どうも好きになれないわねぇ」

上野から地下鉄銀座線に乗ってやってきたのですが、渋谷に着いた時に、茜ちゃんがそんなことを言っていたのを思い出します。

「駅に着く前に、電車の中が真っ暗になっちゃうのが怖いわ」

茜ちゃんの言葉を受けて、姉さまが言いました。今では考えにくいかもしれませんが、その頃の銀座線は電気の切り替えの都合で、駅に着く手前あたりで車内の明かりが消え、真っ暗になってしまうのでした。数秒のことでしたが、慣れないうちは驚かされます。

「そう？　私はあの瞬間を狙って、変な顔でもしてやろうかと思ったけど……ねぇ、ワッコちゃん」

「タイミングがずれたら、とんでもないことになっちゃうからヤメテ」

渋谷まで足を伸ばしたことに私たちは浮かれていましたが、枚方さんとレンコさんは、それどころではない様子でした。歩きながら何枚ものメモ用紙をひっくり返し、真剣に話しています。その後ろを寿子さんが少し遅れて歩いていましたが、話に入れず、手持ち無《ぶ》沙汰《さた》な様子でした。ちなみにメモには、レンコさんの家の応接間で姉さまが見た、寿子さんの記憶の断片が書かれていました。

「私が、もう少しうまくやれていたら、良かったのにね」

あれやこれやと話し合う二人をチラリと見ながら、姉さまはすまなそうに呟《つぶや》きました。

「リンちゃんが、そんな風に思うことはないわよ。いつもと勝手が違うんだから……第一、ちゃんと手がかりは摑《つか》んだじゃないの」

姉さまの小さな背中を叩きながら、茜ちゃんが言いました。

実際、記憶の大半を失ってしまっている寿子さんの中を見るのは、姉さまにとっても珍しい体験だったようです。何せ力を自在に使いこなせる姉さまでさえ、完全には見えなかったようなのですから。

「これは……なかなか大変だわ」

その二時間ほど前、レンコさんの家の応接室でソファーに腰かけている寿子さんを見つめながら、姉さまは首を傾げました。

「虹《にじ》が壊れて、見え方がばらばらになってる」

この場合の虹というのは、人の記憶を映し出す鏡のようなものです。いつもなら形や大きさはともかく、たいてい一つの大きな塊が見えて、その中に風景が見えてくるそうなのですが、寿子さんの場合は、その鏡が細かく、いくつもの欠片《かけら》に分かれているらしいのです。

言ってみれば一枚の鏡が割れて、その破片が散らばっているような状態——しかも、その鏡の破片が二、三枚続きで一つの光景を映している部分もあれば、まったく違うものを映している部分もあって、全体で何が映し出されているのか、なかなか判断できないらしいのでした。

「やっぱり、ヘッドホンを外してもらった方がいいんじゃないの？」

私は思いつきで言いました。というのも、その時の寿子さんはヘッドホンを耳にスッポリとかぶせ、家庭用ステレオ（レンコさんのお父さまの形見の品だそうです）でクラシックのレコードを聴いていたのです。姉さまに心の中を見られるのを承知でやって来た寿子さんでしたが、いざ、その時になってみると何となく怖くなってきて、そうさせて欲しい……と自分から言ってきたのでした。

おそらく記憶を読まれることより、姉さまが見たものを、その場で逐一教えられるのがイヤだったのでしょう。そういう気持ちも、何となく判るような気もします。

「音楽やヘッドホンは関係ないわ。いつもだって、じっとしている人ばかり見るわけじゃないでしょう」

例によって目を大きく開けたり細めたりを繰り返しながら、姉さまは答えました。

「けれど……心がこんな風な状態じゃあ、寿子さんも、お辛《つら》いでしょうね」

「鈴音ちゃん、何か具体的なものは見える？」

先を急がせるように、レンコさんが口を挟んできました。さすが報道関係者と言うべきか、いつもレンコさんは冷静で、あまり感傷的になったりはしません。

「そうですね……一番、ハッキリとしているのは空です」

「空？　空って、頭の上にある空のこと？」

「そうです。その『空』です」

姉さまの言葉に、レンコさんは腕組みしながら首を捻《ひね》りました。こんな会話をしても本人の耳に届かないのは、ヘッドホンのおかげです。

「リンちゃん、それは、どこか特別な場所の空っていうわけじゃないの？」

私の隣にいた茜ちゃんが尋ねました。

「そうね……晴れたり曇ったり、朝だったり夕方だったりしているけど、どこの空かまではわからないわ」

確かに色や雲の形で、どこの町の上の空なのか、わかるはずはないでしょう。

「本当に空の風景が多いわ。寿子さん、空を見上げるのが好きなのかしら」

そんな風に姉さまは呟きましたが、私には奇妙な話に思えました。私だって日に何度かは空を見ますが、いちいち覚えていたりはしません。それとも記憶喪失の人は、失った記憶を埋めるために、そんな何でもない光景でも心に留めているものなのでしょうか。

「それ以外に、何か寿子さんの身元に繋《つな》がりそうなものって見えないの？」

少しばかり焦《じ》れた口調で、レンコさんは言いました。

わかりません」

「チラリと別の光景が見えることがありますけど、身元に繋がっているかどうかまでは、

「OK、じゃあ、見えるものを片っ端から言ってみて。私がメモするから」

レンコさんはメモ用紙と鉛筆を持ってきて、姉さまが坐《すわ》っているソファーの肘《ひじ》掛《か》けに腰を降ろしました。

「わかりました……じゃあ、言いますよ」

それから姉さまは、ほんの数秒だけ見えるものを次々と並べました。いつもなら記憶されている光景は、一連のストーリーを示すフィルムのようなものらしいのですが、寿子さんの場合は完全にコマ撮り写真の状態のようです。

「えーっと……どこかの狭い路地です。お酒を飲ませるお店や、判子屋さんとかが並んでいます。次は海です。夕方頃の、どこかの港のようです。波が高い感じですが……あっ、景色が変わりました。どこかの都会です。緩やかな登り坂があって、道幅はかなり広いです。ちょっと雑然とした感じがしますけど……また、変わりました。これはどこでしょう……喫茶店のようなお店の中です。テーブルの間に水槽があります」

こんな調子で姉さまは、見えるもののすべてを五分ほど説明しました。そのうちに飛び出してきた、ある言葉に茜ちゃんが食いつきました。

「どこかの町の大きなデパートが見えました。五階……いえ、六階建てで、てっぺんに緑色の四角い看板が出ています。大きく〝緑〟という漢字が書いてあって、それを丸で囲っ

てあります」

「緑屋だわ、それ」

ほとんど同じタイミングで、レンコさんも膝《ひざ》を打ちます。

「ズバリよ、アネゴちゃん。坂の途中にあるって言えば、渋谷の緑屋じゃないの？」

緑屋というのは、当時の人間ならば誰でも知っている有名デパートです。月賦販売で人気を集めていましたが、のちに大手流通グループの一員となって、物販は止めてしまいました。ちなみに渋谷の緑屋は、道玄坂《どうげんざか》の途中にあったのです。

「どうも、そうみたい。ちゃんと看板にミドリヤって書いてあるわ」

そろそろ姉さまに疲れの色が見えてきたので、そこで一息入れることにしました。寿子さんにヘッドホンをはずしてもらい、レンコさんが尋ねます。

「寿子さん、渋谷に心当たりはないですか？」

「渋谷？」

けれど寿子さんは、わずかに眉《まゆ》を顰《ひそ》めるばかりでした。どことなく、質問の意味そのものを理解していないようにも見えます。

「寿子さん、渋谷って、どこか知ってる？」

茜ちゃんが尋ねると、寿子さんは初めて笑顔を見せて答えました。目尻《めじり》がキュッと下がって、どことなく子供っぽい印象です。

「実は……渋谷という名前はボンヤリと覚えているんですけど、どういうところだったか、ちょっと」

「やっぱり」

茜ちゃんは、大げさにズッコケる真似をしました。

「レンコさん、こうなったら渋谷に行くしかないんじゃない？」

「そうね……道玄坂の緑屋が見えたんなら、初めに見えた狭い路地っていうのは、もしかしたら恋文《こいぶみ》横丁かもしれないわ。行ってみる価値はある」

メモをパラパラとめくり返しながら、レンコさんは言いました。

「あっ、でも、私たちはご一緒できないわよ。だって、電車賃がないんだもん」

ここぞとばかりに胸を張って、茜ちゃんが言いました。レンコさんは一瞬絶句して、やがて肩をすぼめて言いました。

「わかったわよ……私が電車賃を出してあげるから、一緒に来て」

実際のところ、きっと必要なのは姉さまだけだったのでしょうが、あいにく私たちは三人一組ですからバラ売りは困ります。レンコさんとしては、そう言わざるを得ないでしょう。

「やったぁ」

私たちはニンマリとしながら顔を見合わせました。私たちの家から上野は比較的近いですが、渋谷には滅多に足を運べません。どんな理由であれ、繁華街に行けるのは嬉《うれ》しいものです。

私たちが六人もの大所帯で渋谷に来たのは、つまり、そういう理由でした。

やがて私たちは階段を下まで降りて、ハチ公口から外に出ました。その際、やはり寿子さんは持っていた日傘を差しました。初めに言いましたように、その日は日差しの強い日ではありませんでしたが——。

「寿子さん、いつも日傘を差してるんですか」

今まで言葉を交わしていなかった寿子さんに、私は思い切って声をかけました。寿子さんは一瞬だけ驚いた表情になりましたが、すぐに柔らかな笑みを浮かべました。どうやら、それなりの時間を一緒に過ごして、私たちに馴《な》れてくれたようです。

「自分でも奇妙だとは思うんですけど……差していないと、何だか落ち着かないの。変でしょう？」

「いえ、別に」

本当は変だと思っていましたけれど、まさか正面切って言えるはずもありません。

「何だか傘がないと、頭の上が筒抜けになっている感じがするんです。どうしてでしょうね」

もちろん私に聞かれてもわかりませんが、頭の上が筒抜け……という感覚が、少しばかり独特な気がしました。やはり、記憶が失われていることと何か関係があるのでしょうか。

「それにしても、あなたのお姉さんはすごいのね」

私たちはハチ公の前を通って、道玄坂の方に向かいながら話しました。ちなみにその頃のハチ公は今と違って、通りの方に鼻先を向けていました。置いてある場所も、駅前広場の真ん中の方です。

「私が覚えていないようなことまで見えてしまうんだから……世の中には、不思議な力を持った人がいるものだわ」

「でも怖がることなんて、何にもないんですよ」

さりげなく話に入ってきたのは、茜ちゃんです。

「そんな力があっても、リンちゃんは普通の女の子ですから。あっ、普通より、ちょっとトロいくらいかなぁ」

「あっ、茜ちゃん、ひどいこと言って」

姉さまは茜ちゃんの肩をぶつ真似をしました。それを見て寿子さんは、小さな声を立てて笑いました。

その様子を見る限り、どこかの品のいい奥さまにしか見えませんでしたけれど——ほとんどの記憶が失われているのだと思うと、やはり気の毒でした。しかも、どんな理由があってか、夜の海に自ら身を沈めようとしたのです。

（やっぱり……いろんなことを思い出させない方が、いいんじゃないかしら）

姉さまたちと話している寿子さんを見ながら、私はちらりと考えました。

茜ちゃんが言った通り、寿子さんが入水《じゅすい》しようとしたのには、何か理由があったはずです。記憶を取り戻したら、その理由も思い出すことでしょう。その時、再び同じことをしないとは限らないのです。

けれど――どこかにいるはずの子供の元に寿子さんを早く帰してやりたいという、枚方さんの気持ちも、よくわかります。右目の横に大きなホクロがあるという男の子と、性別のわからない赤ちゃんが、どこかで寿子さんの帰りを待っているに違いないのですから。

寿子さんの中を見た後、姉さまは、寿子さんのバッグの中にあったという二つのもの――味の素の缶に入った紅梅キャラメルの野球カードと、古びたおしゃぶりを、それぞれに見ていました。

おしゃぶりの方は、長い間しまいこまれていたせいか、はっきりとした記憶を読み取ることはできませんでした。もしかすると、あまり使われていなかったのかもしれません。ただ男の子か女の子かもわからない赤ちゃんが、何度か口に含んだという程度の映像しか、姉さまにも見えてこなかったそうです。

けれど野球カードの方には、かなりの収穫がありました。やはり持ち主である少年の思い入れが、強く入り込んでいたからでしょうか。

カードの持ち主は、小学校二年生くらいの男の子でした。定規をあてたように前髪をまっすぐに揃えた、いわゆる『坊ちゃん刈り』をしていて、寿子さんによく似た目元には大きなホクロがあったそうです。目元のホクロは泣きボクロと言いますから、泣き虫の子だったのかもしれません。

その子は毎日のように、野球カードを眺めていました。きっと私の友だちと同じように、カードを揃えればもらえるという賞品を楽しみにしていたのでしょう。

その子供の映像の中に、赤ちゃんを抱いた寿子さんの姿も見えたそうです。今より少しだけふくよかで髪にはパーマがかかっていましたが、顔は明らかに寿子さんで、その様子を見る限り、余裕のある暮らしぶりのように見えた……というのが、姉さまの言葉です。

その寿子さんが、どうして逗子の海に身を投げようと考えるに至ったのか――それはわかりませんが、とにかく彼女がどこの誰であるかを探し当てないことには、一歩も前に進めないように思えました。

「どう、鈴音ちゃん……さっき見えたデパートって、これでしょう?」

やがて私たちは道玄坂の緑屋の前に立ち、そのビルを見上げました。六階建ての白っぽいビルです。

「そうです。間違いなく、ここですよ」

「じゃあ、今度は寿子さん……どうですか、このあたりに何か覚えはありませんか」

姉さまの返事を聞いた後、レンコさんは日傘を差した寿子さんに尋ねました。

「確かに見た覚えがあるような気がしますけど……はっきりとしたことは、よくわかりません」

「じゃあ裏に回って、恋文横丁の方に行って見ましょう」

ちなみにその頃の渋谷は、今のように若者で溢《あふ》れた街ではありませんでした。賑《にぎ》やかな場所であったのは間違いありませんが、どちらかと言うと小さな店がひしめき合っている、上野のアメ横をそのまま大きくしたような街だったのです。

前に母さまから聞いたことがあるのですが、何でも道玄坂のあたりは戦時中の空襲で焼け野原になり、何もない状態がしばらく続いていたそうです。ですが戦後にヤミ市ができ（そもそもの始まりは、代々木や恵比寿《えびす》の進駐軍の物資を横流しする店だったと言います）、徐々に賑わいを取り戻しました。やがて小さな店の集まる通りがいくつもできたのですが、ちょうど今の文化村通り近くに、『恋文横丁』と呼ばれる通りがありました。その名前は、進駐軍の兵士と深い仲になった女性が、故国に帰った恋人への英語の手紙を書いてもらうための代書屋さんがあったことにちなんでいます。

もっとも、私たちが行った頃は、すでに大きな百貨店ができ、横丁そのものは姿を消して、お酒を飲ませる小さな店が、いくつか残っているばかりになっていました。一時は観光バスが停まるほどの名所だったそうですが（小説や映画の舞台にもなったからです）、時代の流れに押し流されてしまったのです。直接知っている人に聞いた限りでは、とても風情のある通りだったそうですから、少し残念な気もします。

「あぁ、ここですよ。私が見たのは」

緑屋の裏に回ると、姉さまは周囲を見回して言いました。そこは言わば『恋文横丁』の名残の通りです。ずっと小ぶりですが、雰囲気は新宿のゴールデン街に似ていました。

「どうです？　何か思い出せそうですか」

枚方さんは、日傘を差した寿子さんに尋ねました。寿子さんは左掌を額に当てて、真剣な表情で通りを眺めながら、苦しそうな声で答えました。

「何となく覚えがあるような気がします……もう少しで、何か思い出しそうな感じがしますけど」

「お手伝いさせてもらって、いいですか」

その寿子さんに、姉さまが言いました。人間の記憶は刺激に反応して変わりますから、今、この場で力を使うのは有効です。

私たちは通りの隅に寄り、二人を囲むようにしました。姉さまは寿子さんの正面に立ち、息を長く吸ったり短く吐いたりする、いつもの呼吸を繰り返しました。

「なるほど、わかりました……寿子さんは、すぐそこの喫茶店で働いてらっしゃったようですよ。ここから看板が見えている、あのお店です」

姉さまが指さす先に『ライムライト』という白い看板を出した、喫茶店の入り口がありました。

「そうだったかしら……そうなのかもしれない」

寿子さんは不思議そうに首を捻《ひね》りながら、その看板を見上げました。

「ちょっと、中に入って聞いてみましょう」

次の瞬間、万事において行動的なレンコさんは、喫茶店の扉に向かって歩いていました。

5

それから三日ほどした頃だったでしょうか——私は学校の昼休みに、教室の窓から校庭をボンヤリと眺めながら、小さな溜《た》め息をついていました。

「どうしたのよ、カミジ」

その私に話しかけてきたのは、心配性の中務さんです。ちなみに私は高校の三年間、一部の友だちからはカミジというアダ名で呼ばれていました。姓の上条を短くしただけの、あんまりパッとしない愛称ですが、その名前で呼ばれると、今でも高校の頃に戻れるような気がします。

「お腹でも痛いの？」

「そういうわけじゃないんだけど……ちょっと悩んでいるコトがあって」

「わかった、お昼、お弁当だけじゃ足りなかったんでしょう」

「ちょっとォ……何でそうなるのよ？　普通は、誰かに恋してるとか思うものじゃない？」

この性格ですから仕方ありませんが、あんまりといえばあんまりです。

「ごめん、ごめん。恋の悩みなんだ」

「いや、そうでもないんだけど」

「なに、それ。言ってることがメチャメチャよ」

中務さんは、あきれ声で言いました。確かにそうかもしれませんが、頭を抱えていたのは本当でした——寿子さんの件が、完全に暗礁に乗り上げていたからです。姉さまの力を使ったことで、彼女の身元は、すぐにわかりそうな感じがしました。姉さまがいなければ、寿子さんが渋谷の『恋文横丁』近くの喫茶店でウェイトレスをしていたという事実にたどり着くことは、きっとできなかったでしょう。けれど、すべての手がかりが、そこで切れてしまったのも事実です。

渋谷に出かけた日、私たちは寿子さんが働いていた『ライムライト』という喫茶店に入りました。案の定、そこは姉さまが見た通り、テーブルの間に水槽があるお店でした。入り口の大きさに比べて中は広く、落ち着いた感じの内装で、あちこちに小さな彫刻や複製絵画が飾られていました。

入るなり、何人ものウェイトレスさんに「いらっしゃいませ」と声をかけられたのですが、その中の一人が、すぐに寿子さんに気づきました。

「あれ、俊江《としえ》さんじゃないの……北海道に帰られたんじゃなかったの?」

その人が誰なのかもわからないらしく、当の寿子さんはキョトンとした顔をしていましたが、私たちは顔を見合わせて、ゴールにたどり着いたことを確信しました。けれど——実は、そうではなかったのです。

レンコさんは記者の名刺を出し、理由を話して店長さんの話を聞きました。その方はどことなくクレージーキャッツの犬塚弘《いぬづかひろし》さんを髣髴《ほうふつ》とさせる風貌《ふうぼう》をした中年男性でしたが、私たちを一番大きなテーブルに案内してくださると、快く質問に答えてくれました。

「そちらの方は、確かにうちで働いてくださっていた矢田《やだ》俊江さんですが……矢田さん、本当に私たちがわからないんですか？」

正面の席に坐《すわ》った寿子さんに店長さんは言いましたが、彼女はすまなそうに頭を下げるばかりです。

「すみません。本当に、何もわからないんです」

「そうですか。何だか……残念な気持ちがしますね」

店長さんは、小さな溜め息をつきました。忘れられてしまうというのは、それだけで寂しいものです。

「ところで、こちらの矢田さんは、いつ頃まで、こちらにいらしたんですか？」

「お辞めになったのは、三ヶ月ほど前ですね」

レンコさんの質問に、店長さんは考えることなしに答えました。時期的には、逗子の海岸で枚方さんに助けられた頃です。おそらく寿子さん（本当は矢田俊江さんですが、ここでは寿子さんで通しておくことにします）は、この喫茶店を辞めた数日後に、入水《じゅすい》しようとしたのでしょう。

「北海道のご実家に帰られるとおっしゃって、アパートの部屋も引き払っていきました。

もっとも、ほとんど荷物なんて、お持ちじゃなかったんですけどね」

聞くところによると喫茶店の経営者の方は篤志家で、戦争で身寄りをなくした人や、女手一つで生きていかなければならない事情のある方を、優先的に雇い入れていたそうです。住むところに困っている人にはアパートも借りてあげ、小さな子供がいる場合は預かり先まで世話してくれるような、至れり尽くせりの職場でした。

「彼女はこちらで、どのくらい働いていらっしゃったんですか？」

「そうですねぇ、だいたい三年くらいでしたかね。誰かに紹介されたとかで、社長が連れてきたんです」

レンコさんの質問に、店長さんは一つ一つ丁寧に答えてくださいました。

その結果、わかったことは——寿子さんは、三年ほど前に一人でこの店に来て、同時に神泉《しんせん》のアパートに入居したこと。その間、記憶を失っているような様子は、特に感じられなかったこと。また誰かが訪ねてくる様子もなく、身寄りもなかったこと。明るくハキハキしていて、とても気の利く人であったこと。四ヶ月前、故郷の北海道に帰ることになったと言って退職を申し出て、その一ヶ月後に辞めたこと。やはり、この店にいる頃から、外出する時には、いつも日傘を差していたこと……などです。

「そりゃあ、少しばかりは奇妙にも思いましたけどね。別に日傘を差したところで法に触れるわけでもなし、取り立てて理由を尋ねたことはありません。近所では『ライムライトの日傘美人』なんて呼ばれて、けっこう有名でしたよ」

寿子さんと日傘の付き合いは長いのだと知って、私は不思議な気がしました。このお店にいた頃は記憶を失っていなかったようですから、この障害と日傘は特に関係ない……ということになります。

「こちらの社長さんに、お会いすることはできないでしょうか？」

「あいにくですが、社長は半年前に亡くなりましてねぇ。今は息子さんが後を継がれているんですが、矢田さんのことはご存じないと思いますよ」

店長さんの言葉を聞いたレンコさんの顔に、ありありと失望の色が浮かびました。その社長さんに尋ねれば、寿子さんの身元は簡単にわかったはずです。

「こちらにいた頃、矢田さんはお子さんの話をしていませんでしたか？　男の子が一人と、性別はわからないんですけど、もう一人お子さんがいたようなんですけど」

「いえ、私は全然……大下さん、聞いたことある？」

店長さんは近くにいたウェイトレスさんに尋ねました。その人は何でも、寿子さんがここで働いていた間、もっとも仲良くしていた同僚なのだそうです。

「俊ちゃん、子供がいるなんて一言も言っていませんでしたよ。それどころか結婚したこともないって」

「そうなんですか」

その言葉にうなずきながら、レンコさんはチラリと姉さまを見ました。きっと姉さまが見たものと違う事実が出てきたので、不安に感じたのでしょう。

姉さまの力を知ったばかりですから、そんな風に怪しむ気持ちもわかりますが、妹の私は微塵《みじん》も姉さまの力を疑ってはいませんでした。姉さまが見たのなら、それは間違いなく実際に起こったことなのです。もし違う事実が出てきたとすれば、姉さまから聞いた風景の解釈を私たちが間違えているか、あるいは、その事実とされているものが間違っているかのどちらかです。

「矢田さんは北海道の出身だったそうですけど……どちらの町か、言っていませんでしたか？」

枚方さんの言葉にウェイトレスさんは、しばらく考え込んで答えました。

「確か函館《はこだて》と聞いた覚えがあります」

思いがけず遠くの地名が出て、私は姉さまと顔を見合わせました。いつの頃に寿子さんは、東京に出てきたのでしょう。お子さんたちと生活していたのは函館なのでしょうか。

やがて私たちは『ライムライト』を後にしました。

「まいっちゃったわね。これじゃあ、ぐるっと一回りしただけじゃない……ねぇ、レンコさん？」

お店を出てから、私たちはレンコさんを中心にして歩きながら、小さな声で話しました。少しでも記憶を取り戻そうとしているのか、寿子さんと枚方さんは五メートルほど後ろを歩きながら、ゆっくりとした足取りで周囲を見回していました。

「どうやら寿子さんは何らかの理由でご家族と別れて、一人で東京に来たみたいね」

茜ちゃんの言葉を受けて、レンコさんが言いました。

「実際のところ、彼女には本当に子供がいたのかしら。今みたいな話を聞くと、その大前提からして怪しくなってきちゃうわね」

「あら、レンコさん、それは間違いないわ。だって、姉さまが見たんですもの」

「でも……こんなことを言っちゃ悪いけど、鈴音ちゃんが見た風景が間違っているという可能性もあるでしょ……そこのところはどうなの」

「それはリンちゃんに聞くより、本人に聞いた方が早いんじゃないの？」

姉さまの力を疑ったレンコさんに抗議するように、茜ちゃんが口を挟みました。

「それが、ダメなの」

レンコさんは背後を気にしながら、さらに声を小さくして言いました。

「そのことを本人に聞くと、必ず取り乱してしまうのよ」

「どういうこと？」

「ほら、例の野球カードと、おしゃぶり……枚方さんもあれを見て、子供がいるのかどうか尋ねたことが何度かあるらしいの。彼女、そのたびに考えるんだけど、いつも最後には泣き出してしまうのよ」

「どうして？」

「アネゴちゃん、あの人は本当に……わからないみたいなのよ。もし子供がいたんだとしたら、きっと名前も顔も声も、何もかも忘れているんだわ」

「お母さんが、子供のことをすっかり忘れてしまうなんて……そんな」

茜ちゃんが、頬を膨らませて言いました。幼い頃にお母さんと生き別れになった茜ちゃんには、お母さんが子供を忘れてしまうなどということが、許せないのでしょう。

「寿子さんも、きっとそう思っているのよ……けれど、子供がいたような証拠の品を自分が持っていることや、ちょっと私には想像できないけど、子供を産んだ実感のようなものが体に残っているんじゃないかしら。だから自分でもどっちかわからなくって、苦しむんだわ」

その寿子さんの気持ちを思うと、私は何も言えなくなりました。子供がいたと思われる証拠があるのに、記憶はまったくないというのは、女性として相当に苦しいことなのではないでしょうか。

「どっちにしても振り出しに戻ったようなものだけど、収穫もあったわ」

十分に舗装されていない道を杖《つえ》でコツコツとつきながら、レンコさんは言いました。

「寿子さんが本当は矢田俊江さんで、函館出身だとわかっただけでも進歩よ。いざとなったら、最後の手段が取れる」

「何なの、最後の手段って」

「新聞に載せるのよ」

私が尋ねると、レンコさんは意気揚々とした口調で教えてくれました。

「うちの関東タイムスは弱小ローカル新聞に過ぎないけどね……だからこそ、あちこちの地方新聞と提携したりしているんだけど、その中に『新道南週報』っていう北海道の新聞があるの。そこに頼んで顔写真付きの記事を載せてもらえば、きっと知り合いの誰かが見るはずよ」

「新聞には、前にも載せたんじゃないの？」

入水しようとして枚方さんに助けられた数日後、身元不明の女性として、寿子さんは新聞に紹介されたと聞きました——もっとも、まったく何の反応もなかったそうですが。

「私も切り抜きを見せてもらったけど、あれじゃダメだわ。写真も小さいし、記事も簡単だったし……でも名前と出身地がわかれば、きっと効果があるはずよ」

それを聞いた茜ちゃんが、指を鳴らして言いました。

「じゃあ、いっそ賞金も出したら？」

「そうね。有力な情報提供者には謝礼進呈……とでも書いておけば、ぐっと関心を持ってもらえるかも」

すっかりその気になった様子で、レンコさんは答えました。

その時は、私もそれが一番いい方法かもしれないと思ったのですが——その日の夜、銭湯に向かう途中で姉さまと話したことが、私に不安の種を運んできました。

「ねぇ、ワッコちゃん」

夕食の後、いつもの暗い路地を私と歩きながら、突然に姉さまが切り出したのです。

「寿子さんの記憶だけど……お昼に茜ちゃんが言っていたみたいに、無理に取り戻させようとしない方がいいんじゃないかしら」

「どうしたの、急に。何で、そう思うの？」

「枚方さんは、お子さんたちの元に寿子さんを早く帰してあげたいと考えてらっしゃるけど……もしかしたら、お子さんたちは、すでにこの世にいないのかもしれないわ」

その言葉に、私は息が詰まる思いがしました。いったい姉さまは何を根拠に、そんな不吉なことを言い出すのでしょう。

「何か見たの、姉さま？」

「ううん、別に何も」

私の問いかけに、姉さまは悲しげな面持ちで首を振りました。

「でも少し考えてみれば、すぐにわかることだったわ。あの野球カード……持ち主の坊やの宝物だったみたい。本当に目をキラキラさせて眺めていたもの」

レンコさんの家の応接間で野球カードを〝見た〟時のことを思い出しながら、姉さまは言いました。

「それがどうして、その子が死んでいるかもしれないっていうことになるの？」

「ただの思い過ごしならいいんだけど……その子の宝物を、どうして寿子さんが持っているんだと思う？　たとえお母さんにでも、何の理由もなく、子供が一番のお気に入りの品物をあげたりするものかしら」

ゆっくりと説明してもらったおかげで、頭のめぐりが悪い私にも、姉さまの考えていることが理解できました。つまり寿子さんが宝物の野球カードを持っているということは――持ち主の子供自身が、もういないからではないか……ということです。

「つまり、あの野球カードやおしゃぶりは、子供たちの形見かもしれないってこと？」

「あくまでも可能性があるっていうことよ……でも、そう考えたら、いろんなことが繋《つな》がる気がするの」

なるほど、確かにそうです。何より一番わからなかった〝寿子さんが、なぜ入水《じゅすい》しようとしたのか〟ということが説明できるでしょう。

もしそうだとしたら、確かに寿子さんの記憶を取り戻させようとしない方が、いいのかもしれません。姉さまの考えた通り、お子さんたちがすでに亡くなっていて、その後を追おうとしたのだとしたら、記憶を取り戻したその日のうちに、寿子さんは再び自殺を試みる可能性があります。

「もしかすると、ずるいことなのかもしれないけど」

木のサンダルの足音に消えてしまいそうな小さな声で、姉さまは、こうも言いました。

「時には忘れることで救われることが、人間にはあるんじゃないかしら」

まったく姉さまの言う通りです――レンコさんと枚方さんは、とにかく寿子さんの記憶を取り戻させるということで頭がいっぱいになっているようですが、ちょっと引いて考えてみれば、姉さまのような考え方もできるわけです。

「虫のいい想像なのかもしれないけど……寿子さんの心なり体なりが、覚えていることが破滅に繋がるって判断して、わざと記憶を消し去っているのかもしれないわ」

「そんなことって、あるの？」

「さぁ……だから、虫のいい想像だって言っているでしょ」

人間の心理と体の関わりについて詳しいわけではありませんが、ありそうなことだと私も思いました。

（いったい、どっちがいいのかなぁ）

このまま、そっとしておくのがいいのか……あるいはレンコさんたちのように、積極的に思い出させようとするのがいいのか――どちらが寿子さんのためになるのか、私はすっかり判断がつかなくなってしまいました。だから学校の昼休みにまで、溜《た》め息をついてしまうのです。

「結局、カミジの悩みって何なのよ」

話しかけてきた中務さんが、どこかあきれた口調で尋ねてきました。

「私でよかったら、何でも相談してね」

「ありがたいわ、そう言ってもらえると」

ソバカスだらけの彼女の顔を見ながら、私は友情に深く感謝しました。けれど寿子さんのことは、とても説明できません。事情が複雑ですし、何より姉さまの秘密に通じることですから、みだりに他人に話すわけにもいかなかったのです。

「でも、そんなに心配しないで……たいしたことじゃないのよ。強いて言えば、紅梅キャラメルの話だから」

はぐらかすつもりで、私はわざと冗談めかして言いました。

「あぁ、紅梅キャラメル……懐かしいわね。あれについていた野球カード、うちのお兄ちゃんが血眼になって集めていたわ」

私が小学校の低学年の頃、やっぱり男の子たちは紅梅キャラメルのカードを一生懸命に集めていました。子供の事情は、いずこも変わらないようです。

「そう言えば昔、お父さんの仕事の都合で秋田に引っ越した従兄弟《いとこ》がいたんだけど、あっちじゃ紅梅キャラメルを売ってないから、箱で買って送ってくれって頼まれたことがあったわ。いくら何でも、そこまで行ったら〝病膏肓《こうこう》に入《い》る〟ってやつよね」

子供の頃というのは、何でも熱中すれば極端なものですから、そういう子も珍しくはなかったでしょう。けれど私は、別の部分に引っ掛かりを覚えました。

「ちょっと待って。紅梅キャラメルって、秋田には売ってなかったの？」

「そうよ。何せ従兄弟が紅梅キャラメルの会社にまで電話を掛けて聞いたんだから、間違いないわ。紅梅キャラメルを売っていたのは関東だけなんですってよ……一時期は、仙台あたりまでなら売っていたらしいけどね」

「じゃあ、北海道には売ってなかった？」

「詳しいことはわかんないけど、秋田で買えなかったものが、北海道で売ってるとは思え

運送技術が格段に違う現在なら、会社の営業方針で販売する都市を自由自在に選べるのかもしれませんが、当時はやはり、会社なり工場なりに近い地域から順に売っていたのではないかと思えます。

（そうだとしたら……寿子さんはお子さんたちと一緒に、関東に住んでいたってことになるわ）

私はない知恵を一生懸命に絞りました。

あんなにたくさんの野球カードを集めるのは、とても北海道ではできないでしょう。どうしても関東でなければ無理なはずです。それはすなわち、寿子さん一家は関東に住んでいたという、何よりの証拠なのではないでしょうか。

「ねぇ、そういうことを確かめようと思ったら、やっぱり紅梅キャラメルの会社に聞くのが早いわよね？」

「よくわからないけど、それって大事なことなの？」

「うん……ちょっと急いで調べたいんだけど」

どうしてそんなことで慌てているのか、少しも理解できない……と言いたげな顔で、中務さんは私の顔をまじまじと眺めました。

「どうしてカミジがそれを確かめたいのかはわからないけど、やっぱり会社に聞くのが一番早いでしょうね。でも、紅梅キャラメルは無理よ」

「どうして？」

「カミジは男の兄弟がいないから知らないでしょうけど、紅梅キャラメルはとっくに潰《つぶ》れたんだから」

「そうなの？」

「私たちが小学校の一年か二年の時じゃなかったかしら……あの野球カードを集めるのが、ものすごく流行《はや》ったでしょ？　中にはカード欲しさにお家のお金を盗《と》ったり、お店から万引きするような子もいたのよ。それで……会社にしてみればかわいそうな話だけど、子供がそんなことをするなんて、本を糾《ただ》せばカードなんかつけて売っている方が悪いって、PTAがカンカンになったの」

そう言えば私も小学校の低学年の頃、「紅梅キャラメルは買わないように」と先生が言っていたのを聞いた覚えがあります。

「あちこちの学校で紅梅キャラメルを買っちゃいけないって話になって、売り上げがガクンと落ちたのよ。それで結局、会社は……まぁ、残念なことに」

「それっていつ頃の話？」

「うーん、それこそ私たちが小学二年くらいのことじゃない？」

姉さまが見た寿子さんのお子さんも、同じような年頃だったのを私は思い出しました。てっきり、ずっと年下だと思っていましたが――中務さんの情報が正しいとすれば、その子は私と同じぐらいか、さもなければ年上であるはずです。

（もしかしたら、本当に姉さまの言う通りなのかも）

理由らしい理由はないのですが、私はなぜか、そう思いました。きっと、その間に思い出が更新されたような形跡がないからでしょう。

「どうしたの、カミジ……急にダンマリになっちゃって」

いつのまにか考えに熱中していた私の肩を、中務さんが恐る恐る叩《たた》きました。

6

関東タイムスの社会面に寿子さんの記事が載ったのは、それから数日後のことです。

我が家では関東タイムスを取っていませんでしたが、茜ちゃんと同じアパートに購読している人がいたので、一日たってからもらい受けたものを、茜ちゃんが私の家に持ってきてくれました。

「あんまり大きくないわよ」

茜ちゃんの言う通り、それほど大きなスペースではありませんが、どこか不安げな表情の寿子さんの正面向きの写真に、『私はだれ？』という見出しがつけられていました。左上の、かなりいい場所です。

「同じ記事が、北海道の新聞にも載ってるの？」

私と一緒に新聞を覗《のぞ》き込みながら、姉さまが尋ねました。

「日にちはズレるかもしれないけど、ちゃんと載るってレンコさんは言ってたわ」

その記事を眺めながら、私は少しばかり誇らしい気分でした。なぜなら北海道の新聞ばかりでなく、関東タイムスにまで記事が載ったのは、私の意見をレンコさんが聞き入れてくれたからです。

「寿子さんは函館の出身かもしれないけど、十年くらい前は東京に住んでいたはずですよ」

紅梅キャラメルは関東でしか売っていなかったことを聞いた日の夜、私は公衆電話からレンコさんに電話をかけて、そのことを話しました。

「なるほど……そこまでは頭が回らなかったわ。確かにワッコちゃんの言う通りね」

すべてを説明すると、レンコさんはどこか熱のこもった口調で言いました。きっと受話器の向こうで、何度もうなずいていたに違いありません。

「じゃあ、北海道の新聞に記事を載せるより、うちの新聞でやった方が効果的なのかしら」

「もちろん北海道にも出した方がいいですけど、東京の新聞でもやった方がいいと思うんです」

「考えてみるわ」

結局、レンコさんは私の言葉通り、関東タイムスに記事を出したのです。十五歳の私は、自分のすべてが認められたような気がして、鼻高々でした。

「謝礼の件も、小さく出ているわね」

「あっ、ほんとだ」

記事に目を通すと、終わりの方に『有力な情報を寄せていただいた方には、謝礼を進呈いたします』という一文がありました。

「でも、こんなに控えめだったら、気づかない人もいるんじゃないの？　どうせなら、もっとバーンッ！　って書いたらいいのに」

茜ちゃんは大きく手を広げながら言いました。

「いいんだよ、茜ちゃん。あんまり大きく書いたら、変な人まで来ちゃうでしょう」

私はレンコさんの口真似で茜ちゃんに答えました。電話で話した時、そのあたりの話もしたのです。

「そう言えば賞金を出すっていう話は、どうなりました？」

「出したいのは山々だけど、うちの会社も、お金持ちじゃないからねぇ。第一、うかつに謝礼を出したら、変な人まで来ちゃう可能性があるでしょう」

確かに、それはそうです——何せ寿子さんは自分のことを何も覚えていないのですから、謝礼目当てに適当な情報を持ってくる人がいないとも限りません。

「もっとも枚方さんは、謝礼を出したいって言ってるんだけどね……どうしたものかって考えているのよ」

「えっ、自分から出したいって、枚方さんが言ってるんですか？」

その言葉を聞いた時、鈍い私にもピンと来ました——きっと枚方さんは、寿子さんが好きなんだな、と。

失礼な言い方ですけど、枚方さんの尽力ぶりは、すでに通りすがりの域を超えています。いくらお母さまのお言葉とは言え、まったくの見ず知らずの人に、そこまでできるものでしょうか。お子さんたちのところに寿子さんを帰してあげたい……という言葉も、きっと本当なのでしょうが、何より枚方さんは寿子さんの力になりたいのでしょう。

「じゃあ、あんまり大きくじゃなくて、文章の最後にチョコッと書いておいたら？」

「枚方さんの気持ちを無にするわけにも行かないし……それがいいかしら」

答えたレンコさんの口調も、何もかもわかっているような感じでした。寿子さんのために紙面を何度も割くわけにも行きませんから、一回で効果的な記事にしたいと思うのは人情です。

そんな会話の結果できあがったのが、その新聞記事というわけです。私は自分の意見の多くが認められたのが嬉《うれ》しくて、何度も何度も読み返しました。

「これで寿子さんの身元がわかれば、いいよねぇ」

「今度は大丈夫……きっと寿子さんのことを知っている人が、この記事を読むはずよ」

茜ちゃんの言葉に、私は弾んだ声で答えました。何だか、すべてが解決したような気持ちになっていたからです。

ですから、その時の私には、まったく予想できませんでした——その小さな新聞記事が、最低最悪の人を呼び寄せてしまうことになるとは。

そのあくる日の学校で、やはり昼のお弁当の時間、私は再び校内放送で呼び出されました。前と同じように、教頭先生の声です。

「また呼び出し……カミジって忙しいのね」

一緒にお弁当を食べようとした友だちにからかわれ、私も少しウンザリした気分でしたが、前と同じように急いで職員室に向かいました。

「上条くん、学校の電話を赤電話みたいに思われても困る……と言ったはずだよね」

ノックして職員室に入ると、教頭先生がムッツリとした顔で言いました。

「四時間目の授業中に、例の関東タイムスの女記者さんから電話があったよ。なるべく早く連絡してほしいそうだ……まったく、どうして私が、こんな伝令みたいなことをしないといけないんだね」

「どうも、すみません」

確かに学校に電話を掛けてくるというのは、たいていが緊急事態であることが多いのですから、教頭先生が腹を立てるのも、もっともでしょう。レンコさんによく言っておかなくっちゃ……と、私も思ったのですが、学校帰りに会社に電話を入れた時には、そのことをすっかり言いそびれてしまいました。というのも、記事の効果が劇的にあったと聞いたからです。

「やっぱり、謝礼進呈の一言が効いたのかしらね。記事が出てから、何本も問い合わせの電話が入ってきているの。一つ一つ確認を取るだけでも一仕事よ」

「もしかして、それを手伝えっておっしゃる？」

電話ボックスの扉を足で押さえて閉まらないようにして、私は尋ねました。

ちなみに、この頃の電話ボックスは全面ガラスの素通しのものではなくて、一部だけにガラスが入った、妙に空気の通りの悪い代物でした。夏場など、ちょっと長電話すれば汗だくになってしまったものです。ついでながら言うと、何分掛けても十円でした。

「頼みたいのは山々だけど、プライバシーに関することだから、部外者にはお願いできないわね。それより、ちょっと怪しい電話があって……それ絡みで、頼みたいことがあるのよ」

「怪しい電話？」

「初めから疑ってかかっちゃいけないっていうのは百も承知なんだけど……何て言うのかな、新聞記者のカンみたいなものが働くのよね」

「言ってることが、よくわかんないんですけど」

一人で納得している風なレンコさんに、わかりやすく説明してくれるよう、私は頼みました。

「実は午前中に、若い女の人から電話があってね……寿子さんが昔、近所に住んでいた人にそっくりだって言うのよ。でも新聞の写真だと粗くて、はっきりとしたことがわからないから、一回、実際の寿子さんに会わせてくれって」

別に少しも変じゃないのでは……と私は思いました。

寿子さんの顔を知っている私たちは、新聞に載った写真でも十分に彼女だとわかりますが、確かに紙面の写真は粒子が粗く、印刷の状態によっては別人のような顔に見えてしまうことだって、十分にあり得るでしょう。向こうから確認したいと言っているくらいなのですから、かなり有望なのかもしれません。

「会わせてあげれば、いいじゃないですか」

「そんなに簡単に言わないでよ、ワッコちゃん」

私があんまりアッサリと言ったせいでしょうか、レンコさんは気色ばんだ声になりました。

「その人、さりげないけど、謝礼の話ばかりするのよ。いくらもらえるとか、すぐにもらえるのか、とか」

「うーん」

なるほど、レンコさんの考えていることもわかります。謝礼を出すと書いてしまった以上、邪《よこしま》な気持ちを持った人が集まって来ることは避けられないのかもしれません。

「ハッキリ言うと、私、その人は怪しいんじゃないかと思うの。口ぶりも何だか高慢な感じがするし……でも、もしかしたら本当に、寿子さんのことを知っている可能性もあるわ。だから、どうかしら、その日、鈴音ちゃんにも来てもらうっていうのは」

「まさか、その人の記憶を見て、情報だけもらっちゃおうって言うんですか」

姉さまの力を以《もっ》てすれば、そんなことは簡単です。

「こらっ、誰がそんなことを言った。頼みたいのは、その人の言葉が本当かどうか、鈴音ちゃんに見てもらいたいってことよ。どうせ枚方さんの懐を痛めるなら、ちゃんとした情報に謝礼をあげたいじゃないの」

「なるほど……じゃあ、今度の土曜日の午後とかはどうですか」

土曜の午後は姉さまの体が空いていることが多いので、私は一人で決めてしまいました。

「いいわね。じゃあ、昼の一時、場所は九段下《くだんした》の私の会社でいい？」

「えーっと……往復の交通費を出していただけるとありがたいんですけど。できれば三人分」

「ちゃんと出すわよ。ワッコちゃん、意外にガッチリしてるわね」

レンコさんは笑って言いましたが、それは仕方ありません。きっと初めから交通費を出してくれるつもりだったでしょうが、しっかりと約束しておかなくては安心できないからです。

「じゃあ、姉さまと茜ちゃんにも言っておきます」

そう言って私は電話を切りました。受話器を置いてから、教頭先生に注意されたことを話すのを忘れていたのに気がつきましたが、それよりも九段下なら飯田橋も遠くないので、うまく行けば帰りに名画座(映画が格安で見られるのです)に寄ってこられるかもしれない……という考えで、頭がいっぱいになったのでした。

7

土曜日、私たちは少し早めに家を出て、神保町《じんぼうちょう》経由で関東タイムスの社屋にたどり着きました。所在地は九段下でしたが、俎橋《まないたばし》の交差点を渡った郵便局の近くなので、神保町からでも行けるのです。

すでに関東タイムスはなくなり、その社屋跡にも今はありふれたビルが建っているばかりですが、あの建物はレンコさんの家同様に、なかなか風情のあるものでした。アール・デコ調と言うのでしょうか、入り口まわりの壁にはいくつもの段が作ってあり、ヨーロッパ貴族の紋章のようなレリーフが、あちこちに施されていました。地面から五段ほどの階段を上って入り口に入るのですが、その階段も角を滑らかに落としたもので、何ともしゃれた感じがしたものです。

私たちが受付でレンコさんの名前を言うと、係の人が社内電話で連絡をしてくれて、やがて鉄の手すりのついた階段を、杖《つえ》を手にしたレンコさんが降りてきました。

「枚方さんと寿子さんは、もう見えてるわよ」

私たちを小さな会議室へと案内してくれながら、レンコさんは言いました。私たちもかなり早く着いたと思ったのに、逗子に住んでいる枚方さんたちの方が早いというのが、何だか奇妙な気がします。

「やぁ、どうも」

会議室に入ると、十二畳ほどの広さの部屋にテーブルがコの字の形に並べてあり、その隅に枚方さんと寿子さんが並んで腰掛けていました。枚方さんは私たちを見て片手をあげ、寿子さんは慎み深げな会釈をしました。やはり今日も差してきたのでしょう、その傍らには、いつもの日傘が立てかけてあります。

「枚方さんたちには、もう伝えてあるんだけど」

私たちが適当な場所に腰を降ろすのを見計らって、レンコさんは言いました。

「電話をくれたのは、伊藤《いとう》さんという女の方よ。何でも御茶ノ水のニコライ堂近くに住んでいたそうなんだけど、近くに寿子さんに似た人がいたらしいわ」

「お子さんのこと、何か言ってた？」

茜ちゃんが尋ねると、レンコさんは首を振りました。

「そのあたりのことは伊藤さんも、覚えていないらしいの。でも一目見れば思い出すって言ってたわ」

「何だか、ずいぶん自信たっぷりなのね」

その伊藤という人を怪しむレンコさんの気持ちが、何となく私にもわかりました。新聞の写真ではわからないと言ったくせに、どうして一度会えば、必ず思い出せると自信を持って言えるのでしょう。

（もしかしたら、例のナカツギさまみたいな力の持ち主なのかもしれない）

茜ちゃんの手前、口にこそ出しませんでしたが、私はそんなことを考えました。

人の心や前世を見抜くというナカツギさまの超能力は、ほとんどインチキ同然のものでしたが、それでも完全には否定できない不思議な部分も残っていました。もしかしたら、その伊藤という人も何か奇妙な力を持っているのではないでしょうか。そうでなければ、そんなに自信たっぷりなのが理解できません。

しばらく雑談を交わしていると、部屋の隅の電話が鳴りました。

「どうやら、いらしたみたいよ……はい、文化部南田です。わかりました、すぐ参ります」

レンコさんは受話器を取って言うと、どこか緊張した面持ちで部屋を出て行きました。

「さすがに新聞の力というのは、大したものだね。向こうの方から、手がかりを持ってきてくれるんだから」

「まだ、わかんないですよ。間違いかもしれませんし、謝礼目当てのデタラメかもしれません」かなり経ってから間を持たせるように呟《つぶや》いた枚方さんに、茜ちゃんが釘《くぎ》を刺しました。

「大丈夫ですよ。僕らには鈴音さんがいるんだから……嘘だったら、すぐに見破れるでしょう」

枚方さんがそう答えた時、石造りの廊下を歩いてくる足音が聞こえてきました。一つはレンコさんの杖をついた足音、もう一つはハイヒールらしい靴音です。

「さぁ、こちらにどうぞ」

会議室の扉が大きく開き、レンコさんが同行してきた人に言う声が聞こえました。

「今言ったように寿子さんのお友だちも一緒ですけど、それはかまいませんね」

「ええ、ちっとも」

その気取った高い声を聴いた瞬間、私の耳の裏に鳥肌が立ちました。その声には、確かに聞き覚えがあります。その主は、まさしく――。

「あらっ、珍しい人たちがいるわね」

戸口に姿を見せたその人は、いつかと同じように頭から爪先《つまさき》まで、黒尽《ず》くめの姿をしていました。薄手の黒いタートルネックのセーターに黒いフレアースカート、黒いストッキングに黒い靴――まるでお葬式の帰りのような姿です。以前と違うのは、長く波打っていた豊かな髪が、ボーイッシュなショートカットに変わっていたことでしょうか。

「御堂……吹雪さん」

腰掛けていた姉さまは、思わず立ち上がって言いました。その前につかつかと歩み寄り、黒尽くめの女性は、口の端を大きく吊《つ》り上げて笑いかけました。細い腕を組んだ、どこか高慢な態度です。

「久しぶりね、鈴音。少し背が伸びたんじゃない？」

「……お久しぶりです」

姉さまはまっすぐに黒尽くめの女性の目を見返しながら、小さく頭を下げました。

「えっ、えっ、どういうことなの？　鈴音ちゃんの知り合い？」

「その人が……薔薇姫ですよ」

やっとの思いで私が言うと、枚方さんはとっさに腰を浮かせ、レンコさんは一歩、後ろに下がりました。

「何だって？」

「薔薇姫って……鈴音ちゃんと同じ力があるっていう……」

レンコさんには、すでに彼女の存在を教えてあります。

「なんだ、鈴音たちがいるんなら、変な気を遣う必要なんかなかったわね」

吹雪さんはテーブルに腰を預け、どこか白けた口調で言いました。

「わざわざ嘘の名前まで名乗ったのに」

「あんた、何しに来たのよ！」

大きな声を出したのは茜ちゃんです。

「誰、あんた……あぁ、前に移動パン屋さんのところで会った人ね。頭に巻いてたスカーフ、やめたんだ……うん、それが正解だわ。あれ、カッコ悪かったもん」

まるで茜ちゃんの声が聞こえていないかのように、吹雪さんはきれいに磨いた自分の爪《つめ》を見ながら言いました。その態度を私は憎らしく思いましたが——同時に、やっぱり美しい人だとも思いました。

この年は、加山雄三《かやまゆうぞう》の若大将シリーズの一作目が封切られた年ですが、それに代表されるように、明るくて健康的な雰囲気の人に人気が集まるようになっていた頃だと思います。女性の世界もまた然《しか》りで、爽《さわ》やかな印象のファッションが流行《はや》っていました。けれど御堂吹雪さんは、それとは対極にある、いわば退廃美のようなものを身にまとっているように思えました。太陽の光よりも三日月のかすかな光が、明るい海辺よりも暗い街の片隅が、よく似合うような雰囲気です。

「あんたなんか、お呼びじゃないわ。とっとと帰んなさいよ」

無視された茜ちゃんは、もう一度、強い口調で言いました。吹雪さんはうんざりしたように眉《まゆ》を顰《ひそ》めると、うるさそうに答えました。

「用が済んだら帰るから、そんなに吠《ほ》えないでちょうだい。何せ鈴音のおかげで商売がやりにくくなったから、正直、懐具合が寂しいのよ」

そう言いながら吹雪さんは、つかつかと歩いて、寿子さんの前に立ちました。

「記憶をなくしているっていうのは、あなたね？　大丈夫、私がすぐに、あなたがどこの誰か教えてあげる。怖がることなんか、何もないんだからね」

そう言いながら吹雪さんは、そっと寿子さんの髪を触りました。寿子さんは、まるで蛇に睨《にら》まれた蛙のように体を硬くして、じっと吹雪さんの顔を見つめています。

「でも、もしわかったら、ちゃんと謝礼をちょうだいよ。今月のアパートの家賃が払えるくらいにもらえたら嬉《うれ》しいんだけどね……いったい、いくらもらえるのかしら？」

どうやら吹雪さんは、あまり豊かな暮らしぶりをしていないようです。

「これだけ用意しましたけど」

寿子さんの隣にいた枚方さんが、茶色い封筒を差し出しました。吹雪さんはそれを受け取ると、中を覗《のぞ》いてうなずき、テーブルの上に置きました。

「ちょっと少ないけど、ガマンしてあげる。大学の先生って、たいした給料をもらってないみたいだし」

すでに吹雪さんは、枚方さんが大学の先生であることを〝見た〟ようでした。まったくその様子を感じさせなかったのに――やはり姉さまより、力を発揮するスピードは速いようです。

「ただし、これだけは言っておくけど、身元や過去がわかったことで何が起こっても、私のせいにはしないでちょうだい。私は何も悪くない……忘れてしまった、この人が悪いんだからね」

そう言うと吹雪さんは椅子の一つを寿子さんの方に向けて、腰を降ろしました。

「残念でした。寿子さんは、リンちゃんがとっくに見ているんだから……あんたなんかが見たって同じよ」

「うるさいわね、ちょっと黙っててよ」

さらに悪態をつく茜ちゃんに吹雪さんは言いました。その言葉に合わせるように、きれいな弧を描いた眉が、ピクピクと動きます。

けれども、私も茜ちゃんと同じ意見でした。寿子さんの記憶は、すでに姉さまが何度か見ています。それでも身元に繋《つな》がるものは何も見出《みいだ》せなかったのに——吹雪さんの手にかかっても、結果は同じような気がしました。

「そう……もう鈴音が見たのね。でも、やっぱり身元はわからないまま……それがどうしてか、わかる？」

いったい誰に向かって言っているのか、吹雪さんは独り言のように呟きました。

「それは鈴音が、ナマっちょろい方法しか知らないからだわ。記憶なんて、こちらが道筋さえつけてやれば、いくらでも引きずり出せるものなのよ。いい……？　私のやり方を、よく見ておきなさい」

そう言うと吹雪さんは短い呼吸を繰り返しながら、目を大きく開けたり細めたりを繰り返しました。そのたびに長い睫毛《まつげ》が、水の底をゆったりと泳ぐ魚のヒレのように上下します。

「あなたの中、どうして空ばかりなの？」

じっと寿子さんを見ていた吹雪さんが、突然尋ねました。

記憶を見ている時、その人物に質問を投げかけるようなことを姉さまはしませんが——もしかすると、それが『道筋をつけてやる』ということなのでしょうか。記憶は刺激に反応して広がっていくものですから、理にはかなっています。

「わかった……あなたは、空が怖いのね。人間はなぜか好きなものと同じくらい、嫌いなものを見たがるわ。こんなに空の様子を見ているということは、あなたは空が怖いんだわ。それはどうしてかしら」

その言葉に寿子さんは大きく目を広げ、近くにあった日傘に手を伸ばしました。けれど、その手を吹雪さんの細い腕が掴《つか》みます。

「日傘……あなた、いつも日傘を差しているのね」

「や、やめてください。手を放してください」

寿子さんはおびえたような声を出しました。けれど、吹雪さんは冷酷に彼女の中に踏み込んで行きます。

「わかったわ……あなたは、空の上にいる神さまが怖いんだ。神さまが自分を見ているような気がするから、空が怖いのね。バカね、そんなもの、いやしないのに」

その言葉を聞いて、私の中でも繋がるものがありました。

寿子さんは、渋谷でウェイトレスをしていた頃から、たとえ冬でも、出かける時には日傘を差していました。それは、空の上から自分を見ている誰か（寿子さんは神さまと考えているようですが）の視線を恐れていたからだったのです。

ならば、どうして彼女は神さまの目を恐れなくてはならないのでしょう――私の中に浮かんだ疑問を、そのままの言葉で吹雪さんが尋ねました。

「どうして、そんなものを怖がるの？　ふふふ、何かしたのね。人に言えない何かを」

「やめてください」

寿子さんは両手で顔を隠し、吹雪さんの目から逃れようとしました。

「もうやめなよ！」

耐えかねたように茜ちゃんが吹雪さんに駆け寄り、その薄い肩を掴みました。

「どうして、そんな尋問みたいな聞き方をしなくっちゃなんないのよ」

「それはね」

その手をゴミのように振り払いながら、吹雪さんは冷たい口調で言いました。

「この人が、都合よく忘却の中に逃げ込んでいるからよ。たぶん、この人の過去に何か大きな出来事があったのね。覚えていたら、それこそ狂ってしまいかねないような何かが……だから、この人は無意識のうちに、それを記憶の奥深いところにしまいこんだのよ。忘れることで、自分を助けたの」

時には忘れることで、救われることがある——その数日前、姉さまは同じことを言っていました。確かにその通りだと私も思ったのですが、吹雪さんは、そうは考えていないようでした。むしろ、その逆です。

「忘れることで、本人は救われるかもしれないわね。でも、忘れられた方はどうなるの？　そのまま何も言わずに消えていけって言うの？　ダメよ、そんな都合のいいこと……私は許さない」

寿子さんの腕を掴んだまま、吹雪さんはさらに鋭い目になりました。少しも大げさではなく、この世のすべてを見通してしまいそうな厳しい視線です。

「暗い海……夜の海ね。ものすごく荒れてるわ。嵐の中……大きな船に乗っている。この人は赤ちゃんを抱いている。右手には、小学生くらいの男の子……」

吹雪さんは見えてくるものを、そのまま口にしているようでした。おそらく、そうすることで言葉が記憶の呼び水になり、寿子さんが忘れていることまでが見えてくるのでしょう。

(何て、ひどいやり方なの)

『道筋をつけてやる』という言葉の意味は理解しましたが、私には、とても賛同できない方法でした。それこそ記憶の中に手を突っ込み、無理やり引っ張り出してくるような方法です。

「わかったわ、全部」

やがて吹雪さんが、深い溜《た》め息をつきながら言いました。

「あなた、自分の子供を見捨てたのね……傾いて沈みそうになっている船で、小学生の男の子はしっかりと手を摑んでいたのに、あなたはそれを自分から振りほどいた。そうしないと、抱いていた赤ちゃんを支えきれなかったからだわ。でも男の子は驚いた。まさか、お母さんが手を振りほどくなんて、夢にも思わなかったからね。男の子は斜めになった甲板の上を滑りながら、大きな声で叫んだわ……いい子にするよ！　いい子にするから、助けてよっ！」

その言葉を聞いた瞬間、寿子さんは獣じみた声をあげました。ほとんど錯乱のような状態になり、慌てた枚方さんが背後から体を押さえつけました。

「君、もうわかった。わかったから、やめてくれ」

「そうは行かないわ。ちゃんと、この人の身元を探し出す約束だからね」

「金は払うから！」

そう言いながら枚方さんは、テーブルに置いた封筒を取り、差し出しました。吹雪さんはそれを受け取ると、口の端を曲げて、にっこりと笑いました。

「忘れて生きるなんて虫のいいこと、私は許さないのよ」

8

七月の上旬、私は姉さまと茜ちゃんと共に、逗子の枚方さんのお宅を訪ねました。いろいろ力を貸してくれたお礼にと、ご馳走《ちそう》に呼ばれたのです。もちろんレンコさんも一緒です。

私たちはお母さまお手製のお料理をいただきながら、寿子さんのことを思い出していました。

「本当に、これで良かったのかしら」

海の見える座敷でテーブルを囲んで、レンコさんはどこか寂しそうな口調で呟《つぶや》きまし

なずきます。

どこか力のない笑顔で枚方さんは言い、その顔をちらりと見て、レンコさんも小さくう
「良かったんですよ……あの人も、ちゃんとご主人のところに帰れたわけですから」

た。

「確かに……それはそうだけど」

私は二人の顔を見比べて、どうしようもなく切ない気持ちになりました。確かに形の上では、一番いい決着がついたのかもしれませんが——それが本当に最良かどうかは、私にはわかりませんでした。

御堂吹雪さんが関東タイムスの社屋に姿を現した翌日、レンコさんの元に世田谷区《せたがや》に住んでいるという中年男性から、一本の電話が入りました。数日前に新聞で紹介されていた女性は、六年近く前に失踪《しっそう》した自分の妻ではないか……と言うのです。

その男性の言うことは、吹雪さんが強引に寿子さんの中から引きずり出した記憶と一致していました。やがて男性は関東タイムスの社屋で寿子さんと顔を合わせ、自分の妻であることを確認したのです。

「どこかで死んでしまったものだとばかり思っていたのですが……生きていて良かった」

男性はうっすらと涙を浮かべて、寿子さんの体を抱きしめたそうです。けれど、その前に——寿子さんは男性の顔を見た途端、いきなりその場で土下座して、床に頭を何度も打ちつけたのだそうです。

その折に男性が語った話をレンコさん経由で聞いた時、私たちは言葉を失いました。もちろん、吹雪さんの見たことがすべて当たっていたからではありません。あまりに悲劇的な寿子さんの運命に、強く打ちのめされたからです。

この年の七年前の昭和二十九年九月二十六日、北海道でタイタニック号の遭難に次ぐ世界海難史上二番目と言われている大惨事が起こりました——千百五十五人もの死者・行方不明者を出した、青函《せいかん》連絡船洞爺丸《とうやまる》の沈没です。

寿子さんは運悪く、この船に乗り合わせていたのでした。

当時、寿子さんは主婦として東京の世田谷に住んでいましたが、生まれ故郷の函館にいるお母さまが病気で重篤になり、お見舞いのために二人の子供を連れて帰郷していたところでした。一人は小学二年生の男の子、もう一人は生後十ヶ月の女の子です。

運命の日の前日、すでに一週間近くを函館で過ごしていた寿子さんは、一人東京に残っていた夫から「不便で仕方ないから、そろそろ戻って来い」と強く言われていました。まだお母さまは安心できるような状態ではなかったのですが、やはり当時の女性は夫の言うことを第一に考えるものでしたから、仕方なく寿子さんは、翌日の青函連絡船に乗ることにしたのです。

その日の未明に日本に上陸した台風十五号は、時速百キロを超えるスピードで日本海を北上し、津軽海峡にもっとも近づくのは夕方の五時頃だと予想されていました。実際、その時間が近づくにつれて激しい雨と風が吹き荒れ、洞爺丸も一時は欠航する公算が高かったそうです。

けれど、どうしたわけか――夕方の五時頃に暴風雨がふっと止み、空に晴れ間さえ見えたのです。洞爺丸の船長は気象判断に優れた人だったそうですが、それを見て出航を決めました。その晴れ間こそ台風の目の通過だと考え、天候の回復は時間の問題と判断したと言われていますが、当の船長も事故で亡くなっているので、正確なところはわかっていません。

洞爺丸は六時四十分頃に函館港を出航しましたが、それからすぐに風が激しくなりました。ついには碇《いかり》を降ろして港外に仮泊することになったのですが、あまりの風の激しさに碇が用を為《な》さず、船体は波に揉《も》まれながら流されました。やがて機関室に浸水して推進器がすべて止まり、船長は転覆を避けるために、遠浅の七重浜《ななえはま》に船を座礁させることにしたのです。

座礁すれば、とりあえず沈没することは避けられるのですが――遠浅の海で停まっていた洞爺丸を、更なる不幸が襲いました。強い横波を受けて船体が横倒しになり、ついには裏返しになったのです。

多くの人が海に投げ出されたのですが、寿子さんの悲劇も、この時に起こりました。彼女は激しく揺れる船の中で男の子と手を繋《つな》ぎ、片手で赤ちゃんを抱いていました。けれど横倒しになる瞬間、最悪の選択を迫られたのです。

船体が倒れる勢いは強く、しっかりと抱きしめなければ、赤ちゃんが吹き飛んでしまいそうでした。けれど片手は、男の子の手を摑《つか》んでいます。

もしかすると、とっさにやってしまったことなのかもしれませんが——寿子さんはその瞬間、男の子の手を振りほどいて、両腕で赤ちゃんを抱いてしまったのです。

「お母さんっ」

傾いた甲板を滑るように落ちて行きながら、男の子は叫んだそうです。

「いい子になるよっ、いい子になるから助けてっ！」

その声はすぐに激しい風にちぎれ、耳に届かなくなったそうですが……ほんの数秒後には、寿子さん自身も荒れ狂う夜の海に投げ出されていました。

その後、かなりの人数の人が、自力で近くの七重浜に泳ぎ着きました。けれど激しい混乱のために救助態勢も十分ではなく、そのまま浜辺で息を引き取った人も多かったと言います。

寿子さんも翌日の明け方近くに、その浜辺で目を覚ましました。必死に泳いだのが功を奏して、どうにか命拾いをしたのですが——しっかりと抱いていたはずの赤ちゃんの姿は、どこにもありませんでした。

「私には、よくわからないけど……そういう時、やっぱりお母さんは自分を責めてしまうんだろうね」

事故の様子を話している途中で、茜ちゃんがポツリと呟きました。

「お母さんだから……きっと、全部が自分のせいだと思ってしまうんだろうね」

しかも、やむを得なかったとはいえ、結果的に寿子さんは子供の命の選択をしたのです――どちらの子供の手を離し、どちらを抱きしめるかという選択を。

「やっぱり、どうしようもないことだったんじゃないかしら」

レンコさんは眼鏡の下に指先を差し入れ、目元を拭《ぬぐ》いながら言いました。

きっと、その通りです。その時の寿子さんには、子供を二人とも抱きしめておくことが、物理的に不可能だったのです。

その事実を無視して、寿子さんのがんばりが足りなかったのだと詰《なじ》るのは、あまりにも想像力が足りないというものでしょう。けれど――その場にいなかった人間がいろいろ言ってみたところで、その選択を迫られた母親の心を慰めることができるでしょうか。

それ以来、寿子さんはいつも、日傘を差して歩くようになりました。

差していないと、空の上から神さまが自分をじっと見ているような気がして、怖くて仕方ないからです。それは実は神さまの目と言うより、自分自身の心の目に違いないのですけれど……とにかく日傘に隠れなければ、寿子さんは外を歩くこともできなくなったのでした（それは時によっては泣くほどの恐怖になるらしく、初めて根岸で見かけた時、寿子さんが涙ぐんでいたのは、そのせいでした）。

やがて寿子さんは、家を出ました。何一つ言葉を残さずに、そのままどこかへ行ってしまったのです。

「寿子さん……せっかく忘れていたのに、また思い出しちゃったんだね」

私は会議室で見た彼女の様子を思い出しながら言いました。

吹雪さんのやり方は強引で冷酷でしたが、ある意味、大きな効果がありました。まるで心を封印していた鎖が断ち切れたかのように、寿子さんはほとんどの記憶を取り戻しました。夫や子供の名前も、自分がどこの誰であるかも、きれいに思い出したのです。

むろん、それが寿子さんに幸せをもたらすかどうかは、私たちにはわからないことです。

やがて私たちは枚方さんのお宅にお暇《いとま》を告げました。タクシーで送ると枚方さんがおっしゃるのを丁重にお断りし、バスで駅まで戻ることにしました。

バス停に向かう途中、ちょっと寄り道して、女ばかり四人で逗子海岸の砂浜に降りました。枚方さんが、入水《じゅすい》しようとしていた寿子さんを助けた浜辺です。

ちょうど夕凪《ゆうなぎ》の頃で、波の音は静かでした。数組の海水浴客の姿が遠くに見えましたが、彼らの多くも帰り支度をしています。

「姉さま……寿子さん、これからどうなっちゃうのかしら」

穏やかになった太陽の光を照り返す海を見ながら私は尋ねましたが、姉さまは静かに首を傾げるばかりでした。

「私、やっぱり、寿子さんは記憶を取り戻さない方がよかったと思う……どうして吹雪さんは、あんなにひどい方法を使ってまで、記憶を取り戻させようとしたのかしら。やっぱり謝礼が欲しかったのかな」

「それはわからないわ」

姉さまは、何だか困ったような顔をしていました。どんな結果が出ればよかったと言えるのか、本当にわからないようです。わかる人なんて、いないのかもしれません。

「でも、満足はしているはずよ……あの人は、犯した罪を忘れてしまう人が大嫌いみたいだから」

あの日、御堂吹雪さんは枚方さんから謝礼の入った封筒を受け取ると、そのまま会議室を逃げるように出て行きました。茜ちゃんがすぐに後を追いかけたのですが、いったいどこに消えたのか、その姿はどこにも見えなくなっていたそうです。

「あの人、本当に何者なのかしら」

「さぁ……それは私にもわからないわ。でも私たちには、絶対に忘れられない人になったわね」

「忘れてくれって言ったって、忘れてやるものですか」

そんな言葉を口に出した時、私の中で閃《ひらめ》くものがありました。ある意味、それは素晴らしい思いつきのようにも思えましたが——常識で考えれば、とてもありそうもないことでした。むしろ人に言ったら、バカバカしいと笑われてしまいそうです。

けれど胸にしまっておくのが惜しい気がして、私は貝殻を拾っている姉さまに言いました。

「姉さま……今、変なこと思いついちゃった」

「どんなこと？」

「寿子さんの記憶が急になくなったのって、ちょっと不思議じゃない？　別に頭をぶつけたわけでも、事故の後遺症っていうわけでもないんでしょ」

「それは、お医者さまの意見を聞いてみないことには、何とも言えないわね」

案外に現実的なことを、姉さまは言いました。

「もしかして……亡くなったお子さんたちが、寿子さんの記憶を隠してしまったんじゃない？　自分たちのことを忘れてもいいから、とにかくお母さんに元気になってもらいたくって」

その他愛のない思い付きを、姉さまは少しも笑いませんでした。

「ワッコちゃんは優しい子ね……でも本当に、そうかもしれないわよ」

「どうして、そう思うの？」

「絶対に、誰にも言ってはダメよ」

形のいい指を唇の前に立てて、姉さまは言いました。

「実は、初めて寿子さんと会った時のことを枚方さんから聞いた時、たまたま、その時の記憶が見えちゃったの。見るつもりはなかったんだけど、うっかり波長が合っちゃったっていうか……」

例の力のコントロールはなかなか難しく、時にはそういうこともあるようです。

「初めて二人が会った時って、寿子さんがこの海に入ろうとしていた時でしょ？　確か男の子が見つけて、枚方さんに知らせたのよね」

「その子なんだけど……暗かったから、ハッキリとしたことは言えないんだけど、例の野球カードを見ていた子と」

「同じなの？」

一瞬、私の背筋に冷たいものが走りました。その子供は突然に現れ、寿子さんのことを教えるだけ教えると、いつのまにか姿を消していたそうです。

「同じとまでは言わないわ。ただ何となく、似ていたってだけの話……はい、ワッコちゃんにあげる」

形のいい巻貝を私に差し出しながら、姉さまは言いました。

「それって、すごく気になる。もう一度枚方さんを見れば、ハッキリさせられるかしら」

「ハッキリさせなくてもいいのよ、そんなことは」

姉さまは笑って言いましたが、私は何だか残念なような気がしました。

もし、それが本当に亡くなってしまった子だとすれば――その子は、すでにお母さんを許しているということではないでしょうか。自分のことを忘れてもいいから、お母さんに生きていてもらいたいと――その子は思っているのではないでしょうか。

「たとえ、どちらでも……もう寿子さんは、ずっと日傘を差して生きていくんだと思うのよ」

ふと姉さまは、寂しそうな口調で言いました。

（あぁ、本当に……その子が、寿子さんの子供でありますように）

私は海に向かって、強く祈りました——その時、ずっと遠くの波打ち際に、日傘を差している寿子さんの小さな後ろ姿が、はっきりと見えたような気がしたのです。

昔、ずっと昔

みなさんは自分の〝宝箱〟をお持ちでしょうか。

私はちょうど浦島太郎さんが持っていた玉手箱より、少し小さいくらいの宝箱を持っています。たぶん、あられか何かが入っていたブリキ缶だと思うのですけど、フタなんかは長い年月の間にデコボコになってしまっていて、開け閉めする時は少しばかり苦労をします。昔は文房具屋さんで買ったシールで飾り付けていた頃もあったのですが、今はすっかり剝《は》がれ落ちてしまって、ほんのりと跡だけがあります。

中身は——いやはや、いい年になってしまった私の口から申し上げるのは恥ずかしいのですが、何と言うのでしょう……子供の頃から高校生くらいになる頃までに、何となく集まってしまったけれど、なぜだか捨てられなかったガラクタたちです。もちろん、その時は大切だと思ったはずですが、大人になってしまった目で見れば、本当に他愛のないものばかりなのです。

少女雑誌の付録だった『おしゃれ手帳』、子供の頃に集めていたオハジキ、ローマ・オリンピックの記念キーホルダー、中学の時に友だちからもらった髪留め、何かの景品だったトッポ・ジージョの小さな人形、なぜか使いかけのロウセキ——今となっては珍しいものもありますが、そのほとんどが何の役にも立たないものばかりです。

私は昔から、なぜかこういったものを捨てることができないタチで、いろいろと理由をつけては、こうして残していたのでした。もっとも、途中で何度か思い切って処分したこともあったはずですから、この宝箱に入っているのは、本当に選《え》りすぐりの宝物ばかりと言うことができるでしょう。

この中で一番大事なのは、茜ちゃんが家に来るようになった頃に、みんなでした落書きです。学校で配られたガリ版刷りの学校だよりの裏にしたもので、一番大きく描いてあるのは、私の下手くそなお姫さまの絵です。そのまわりを取り囲むように、案外上手な茜ちゃんの女の人の横顔の絵（夢見るように長い睫毛《まつげ》を伏せて、どことなく東郷青児《とうごうせいじ》風です）や、姉さまの生き生きとして可愛らしいウサギや金魚の絵が描いてあります。どうしてかはわかりませんが、端っこの方には姉さまの字で『おしょうゆ』と説明がつけられた、一升瓶の絵もありました。

きっと私たちは顔を寄せて何かしゃべりながら、一本の鉛筆を代わりばんこに使って落書きしたのでしょう。おそらく『おしょうゆ』について何か話したのだと思いますが、残念ながら今の私には、その時のおしゃべりを思い出すことはできません。けれど、みんなが楽しんで描いているのが、それらの絵から伝わってきて——じっと見ていると涙が出そうになります。この絵だけは、これからも絶対に手放せないでしょう。

その宝箱の中に、お豆腐くらいの大きさの四角いボール箱があります。

たぶん元はクッキーかチョコレートが入っていたのだと思いますが、フタを取ると、中から幾重にもチリ紙に包まれた黒褐色の平たい石が三つ出てきます。

それは一つが長さ五センチくらい厚さ七ミリくらい、表面はツルツルで、思いつくままに言えば靴底のような形をしています。手に取ってみると意外に重く、それぞれ真ん中に一センチくらいの丸い穴が開けられていて、いったいこれが何をするものなのか、一目見てわかる人はいないでしょう。

この宝箱の中にあるものは、すべて私だけに意味のあるものばかりですが、この石だけは、実際に貴重なものでした。本当なら、博物館に飾っておいた方がいいような代物なのです。

どうして、そんな大層なものが、私の宝箱に入っているのか——今日は、そのお話をいたしましょう。

1

それは、私が高校二年生の秋のことでした。年代で言えば、昭和三十七年——前にお話しした寿子さんの出来事から、一年と少しが過ぎた頃です。

その頃、私は学校で卓球部と読書クラブに入り、ときどき人数が足りないからと頼まれて合唱部の手伝いをしたりしながら、楽しい毎日を送っていました。親しい友だちもたくさんできて、学校に行くのが面白くて仕方なかった時期です。

確か九月半ばの夕暮れ時だったでしょうか——私は学校の帰り、ちょっと遠回りをして貸し本屋さんに寄り、そこで仕入れた何冊かのマンガを自転車の前カゴに放り込んで、家に向かっていました。その半年ばかり前、近所の人から中古の自転車をもらい受け、私はそれに乗って学校に通っていたのです。

もちろん自転車と言っても、今のようなスマートなものではありません。

その頃の自転車はロッド式といわれるブレーキを使った、ガッシリとしたものが主流でした。早い話、おソバ屋さんや新聞屋さんが配達に使うような無骨な自転車です。いささか女の子には不似合いですが、私は特に恥ずかしいとも思いませんでした。それよりも、中古とは言え自転車が持てたことがうれしくて、休みの日などは、それであちこち走り回っていたものです。

以前に通っていた中学の近くを通り、馴染《なじ》みの交番の前を通った時です——すぐ前に秦野さんが立っているのに気づいて、私は自転車から飛び降りました。高校に通うようになってから滅多にその道を通らなくなったので、秦野さんの顔を見るのは、ずいぶん久しぶりでした。

「秦野さん、お久しぶり」

「やぁ、ワッコちゃん」

秦野さんは私の顔を見ると、少し大げさなくらいに笑いました。

「いや、高校に入ってから、すごく女の子らしくなったから、いつまでもワッコちゃんなんて呼んじゃいけないね。ちゃんと和歌子ちゃんと呼ばなくっちゃ」

「やだなぁ、いきなり何を言ってるんですか。ワッコでいいですよ」

私は少し照れくさい気がして、顔の前で手を振りながら言いました。その時、何となく秦野さんの雰囲気が、いつもと少し違っているような気がしました。どことなく元気がない感じがします。

「考えてみれば、君とも長い付き合いだ……もしかしたら、心のどこかが繋《つな》がっているのかな」

いったいどういうつもりか、取りようによってはロマンチックとも感じられるようなことを、秦野さんはさらりと言いました。ますます奇妙な感じがします。

「……どうしたんですか、急にヘンなことを言い出して」

私が尋ねると、しばらく秦野さんは何ごとか考えていましたが、やがて口を開いて——。

「実は昨日、僕は二本の電話を受けたんだ。一本は、久しぶりに神楽さんからだった」

私自身、その名前を聞くのは久しぶりでした。それこそ例の幸男くんの一件以来、神楽さんとはまったく顔を合わせていなかったのです。

「神楽さん、お元気ですか」

「うん、特に変わった様子はないみたいだったよ。相変わらず、忙しそうだしね」

神楽さんは本庁の偉い刑事さんですから、事件が起こり続ける限り、ヒマになることはないのでしょう。

「それで……何の御用だったんですか」

「どうやら、また鈴音ちゃんの力を借りたいことが起こったみたいだよ。なるべく早く、電話をくれって言ってた。このことを伝えるために、後でコッソリ家の近くまで行こうと思っていたんだけど、ワッコちゃんが通りかかってくれたんで手間が省けたよ」

「姉さまの力を借りたい事件って、何ですか……もしかしたら、例の山荘の十人殺しかしら」

その数日前、山中湖のほとりにある山荘が火事になり、焼け跡から十人もの男女の遺体が出てくるというショッキングな事件がありました。新聞やテレビは大量殺人だと騒いでいましたが、日を追うにつれて遺体に外傷がなかったとか、プロパンガス中毒ではないかといった情報が飛び交うようになって、実際のところハッキリしたことは、まだわかっていませんでした。

「いや、あれは風呂《ふろ》の空焚《からだ》きの一酸化炭素中毒説が有力だよ。少なくとも、殺人じゃないのは確かだ」

好奇心に目を輝かせている私を尻目《しりめ》に、秦野さんはかすかに笑って言いました。ちなみに、この年の暮れに警察が再現実験をして、一酸化炭素中毒説を実証しました。『山荘の十人殺し』は殺人事件ではなく、事故だったのです。

「じゃあ、何の事件でしょう？」

「それは僕にもわからないよ……ただ伝言を託《ことづ》かっただけだからね。でも、何となく呑気《のんき》な口ぶりだったな。案外、たいした用事じゃないのかもしれないよ」

神楽さんともあろう人が、たいした用事もなく連絡を求めてくるとも思えません。呑気なのは秦野さんの方だと、私は意地悪く思いました。

「ところで、もう一本の電話って何だったんですか？」

秦野さんは確か、二本の電話を受けたと初めに言っていたはずです。

「それなんだけどね……急な話だけど、僕は今日でワッコちゃんたちとお別れだよ」

「えっ」

私は思わず秦野さんの顔を見上げました。

「そろそろ頃合いかとは思っていたんだけどね、今日限りで異動になったんだ。電話はその内示だったんだ。明々後日《しあさって》から、新宿署の派出所さ」

「ずいぶん……急なんですね」

「あっちの方で欠員が出たらしくてさ。警察官と言っても、要はサラリーマンみたいなものだからね。行けと言われたら、どこにでも行かなくちゃ」

その言葉を聞いた途端、私は胸元がキュッと締め付けられたような気がしました。秦野さんとは小学校の頃からですから、すでに五、六年の付き合いです。しかも言いにくいことですけど——私のほのかな初恋の人でもあるのです。

「……寂しくなりますね」

「そう言ってくれるだけで、うれしいよ。でも、お別れというのは、こんなものなのかもしれないね。たいていは突然で、心の準備をしたり、気の利いた挨拶《あいさつ》を考える暇もなくって……こうして、最後に顔を合わせることができただけでも、よかったよ」

秦野さんらしくもなく、その口調がしんみりしたものだったので、私は危うく泣いてしまいそうになりました。すっかり秦野さんに憧《あこが》れる気持ちはなくなっているのですが――それでも、この町から秦野さんの笑顔が消えてしまうのは、やはり寂しかったのです。

「秦野さん、今、姉さまも呼んで来ます」

そう言って私は、自転車のペダルに足をかけました。乗ってしまうと地面に足がつかないので、少し勢いをつけてからサドルをまたぐ乗り方です。

「ワッコちゃん、ちょっと待ってくれ」

秦野さんは自転車のハンドルをつかまえて、私を押さえました。

「改まって挨拶されると、僕も辛《つら》いんだ。だから今日は鈴音ちゃんには何も言わないで、明日の夜になったら教えてあげてよ」

「でも、それじゃ……」

「いいんだよ」

秦野さんは、照れくさそうに言いました。

「そのかわりキミから、すまなかったって伝えておいてくれないか」

「すまなかったって……どうしてですか」

「だって……僕のせいだろう？　鈴音ちゃんが神楽さんに言われて、辛い事件現場を見なくちゃならなくなったのは」

まさか今になって、そんな言葉が秦野さんの口から出てくるとは思いませんでした。確かに姉さまの力のことを神楽さんに話してしまったのは秦野さんで、そのために姉さまは、むごたらしい事件現場を何度となく見ることになってしまったのです。

けれど私は——その言葉を聞くまで、秦野さんはそんなことを気にしていないのだろう……と考えていました。むしろ自分の点数稼ぎに利用したのだとばかり思っていたのです。

「僕だって、申し訳ないと思ってたさ。でも神楽さんに話してしまったのは本当だし、何を言っても男らしくないような気がしてね……だから、キミから謝っておいてくれ」

どうせなら、直接自分で言えばいいのに……とも思いましたが、私の方も何だか胸がいっぱいになって、それを口にすることはできませんでした。

「まぁ、新宿に来ることがあったら、また会うこともあるかもしれないよ」

前の仕事の管理者に連れ去られた茜ちゃんを助けに行った時、秦野さんが新宿までパトカーに乗せて行ってくれたことが、ふと思い出されました。

「どこの交番か、もう決まってるんですか」

「いや、それは僕にも……明日、署に出向いて辞令を拝命して、それからだよ」

「わかったら教えてください」

そう言って、私は秦野さんと別れました。何だか——心の中にピンポン玉くらいの穴が開いたような気がしました。

「ワッコちゃん、どうして昨日のうちに教えてくれなかったの」

指示された通り、私は翌日の夜になってから、姉さまに秦野さんの異動の件を話しました。やはり姉さまは、最後に挨拶がしたかった……と口を尖《とが》らせました。

「だって、秦野さんに頼まれたんだもの」

「それもわかるけど、何も言わないでお別れするなんて、あんまりじゃないの。私たち、秦野さんにはいっぱいお世話になったわ」

その時、姉さまは小さめのスケッチブックを開いて、線描きを済ませたスタイル画に色鉛筆で色をつけているところでした。

姉さまは二十歳を目前にして、洋服作りに目覚めました。

婦人雑誌についている型紙通りに作るのに飽き足らず、自分でスタイル画から描き、それを型紙に起こす本格派です。私にも何着か作ってくれましたが、おとなしい性格の割には大胆なデザインセンスで、襟が木の葉のようにギザギザになっているブラウスや、裾《すそ》が斜めにカットしてあるスカートなど、次から次へと風変わりな服を発案しました。のちに洗練されたデザインのものを作るようになりましたから、この頃は言わば実験期間だったのかもしれません。

「でも、秦野さんの気持ちもわかるような気がするのよ。秦野さん、姉さまに悪いと思ってたんだわ」

「それなら、なおさらでしょ。何も私は、無理やり神楽さんに協力させられているわけじゃないわ。確かに初めはイヤだったけど、今は私が自分からやっているのよ」

台所で夕飯を作っている母さまに聞こえないように、姉さまは声を潜めて言いました。

「私に済まないなんて感じているんなら、何が何でもお会いして、それは違うんだって言わなくっちゃ……秦野さんがそんな風に思う必要なんて、これっぽっちもないのに」

「そんなこと言ったって……秦野さん、あそこの交番には、もう来ないのよ」

「いえ、きっと神楽さんなら、秦野さんがどこに異動したのか、すぐに調べられるはずよ。ちょうど連絡しなくちゃいけないみたいだし、ついでに聞きましょうよ」

そう言って姉さまは、すっくと立ち上がりました。ふだんはおっとりとしているくせに、ときどき、こんな風に行動的になります。

母さまには本屋さんに行ってくると言い置いて、私は姉さまと一緒に家を飛び出しました。それから家から少し離れた電話ボックスに入り、神楽さんのところに電話を掛けました。なぜだか電話をするのは、いつも私の役目です。

「妹か……久しぶりだな」

電話に出た神楽さんは、どこか冷たそうな口調でしたが、この人の場合はそれが素《す》です。

私は構わず、秦野さんが異動した交番がどこなのか、知っているかどうか尋ねました。

「秦野が異動？　まぁ、組織に属している限り、そういうこともあるだろうな」

私の話を聞いても、神楽さんには少しも驚いた様子はありませんでした。

「それで、どこなんでしょうか？　異動になった先は」

「そんな末端の人事なんか、私にわかるわけがないだろう」

神楽さんは少し不機嫌になって答えました。かと思うと、ほんの数秒後には、気を取り直したように優しい口ぶりに変わりました。そんなことは今まで一度もなかったので、私は少しだけ薄気味悪く感じました。

「けれど、調べるのは簡単だ。どうだろう、私の頼みを聞いてくれたら、すぐに調べてやるが」

「また何か、姉さまに見ろっておっしゃるんですね」

神楽さんの依頼は、たいていが陰惨な殺人事件なので、二つ返事で引き受けるのは禁物です。

「確かにその通りなんだが……今回は事件に関連するものじゃない。私のプライベートな頼みなんだ」

「プライベートな頼み？」

すぐ隣で受話器に耳を近づけていた姉さまと、私は思わず顔を見合わせました。いわゆる仕事人間である神楽さんが、そんな言葉を使うとは思ってもみなかったからです。

「いったい、何を姉さまに見ろとおっしゃるんですか」

私が尋ねると、受話器の向こうで神楽さんは数秒黙り込み、やがて思い切ったように言ったのです。

「石器だよ……ずっと大昔の」

2

それから数日後の土曜日の午後——よく神楽さんとの打ち合わせに使う、駅前の『白薔薇《しろばら》』という喫茶店の席に、私と姉さまは並んで腰掛けて話していました。

「いつだったか……お兄さまが大学で、考古学を教えてらっしゃるって言っていたわね」

熱いココアをおっかなびっくり飲みながら、姉さまは言いました。電話で土曜の二時にここで待つように言われ、私たちは一足先にやって来て、飲み物を楽しんでいたのです。

「そんなこと、言ってたっけ？　お兄さんがいるとは聞いてたけど」

「言ってたわよ。確か駒ノ辺高校の事件の時じゃなかったかしら」

事件のことはよく覚えていますが、神楽さんのその言葉は、私の頭の中から完全に抜け落ちていました。そもそも駒ノ辺高校の事件から、すでに四年の時が流れているのです。その時に交わした瑣末《さまつ》な会話を覚えている姉さまの方が、ちょっと変わっているのだ……と私は思いました。

「だから、大昔の石器を見るっていうのは、お兄さま絡みの頼みなんじゃないかと思うの」

「お兄さま……ねぇ」

前にも感じたことですが、人を人とも思わないようなところがある神楽さんが、誰かの弟であるということが、どうしても私には想像できませんでした。イメージだけで言えば、絶対にわがままな一人っ子です。

「じゃあ、やっぱり小さい頃には、『お兄ちゃ〜ん』とか言ってたのかしら。そんな可愛い神楽さん、少しも思い浮かばないけど」

レモンスカッシュに口をつけて私が言った時、お店の扉についたベルが鳴りました。誰かお客さんが入ってきたのです。

私が何気なくそちらを見ると、ブレザー姿の神楽さんでした。下にはベージュのセーターを着ていて、いつもよりカジュアルな感じがします。きっと今日は、仕事が休みなのでしょう。

神楽さんは私と姉さまを見つけると、ニコリともせず、ただ右手を上げました。私たちは無言で頭を下げましたが——その後ろにいた体の大きな男の人を見て、思わず息を呑《の》みました。一目で神楽さんの兄弟とわかるほど、そっくりな顔をしていたからです。

ただ違うのは満面に笑みを湛《たた》えていることと、すべてのサイズが神楽さんよりも、はるかに大きい……ということでした。背丈は頭一つ分、横幅は両腕分、お腹まわりは枕一つ分、神楽さんに付け足した感じなのです。手には黒い鞄《かばん》を提げていましたが、それさえ普通サイズより小さく見えました。

「すまん、待たせてしまったかな」

　私たちのテーブルの横に立ち、神楽さんは言いました。

「いえ、別にたいして」

「そうか……じゃあ紹介しよう。電話でも言ったが、俺の兄貴だ」

「どうも、神楽桜丸《さくらまる》です」

桜丸――私と姉さまは、思わず顔を見合わせました。弟の神楽さんは百合丸《ゆりまる》さんです。

「あぁ、そのままでいい」

　私と姉さまが挨拶《あいさつ》するために立ち上がろうとすると、神楽さんは手で制し、お兄さんをボックス席の奥に坐《すわ》らせました。それから自分が腰を降ろしたのですが、お兄さんが場所を取っているために、脚一本分、通路にはみ出していました。

「いやはや、お噂は、かねがね弟から聞いています。こちらがお姉さんの鈴音さん、こちらは妹さんの和歌子さんですね」

　恵比寿《えびす》さまのようなニコニコ顔で、お兄さんは言いました。何だか警戒したり構えたりするのがバカらしく思えてくるような笑顔で、むしろホッとするものを私は感じました。

　顔の部品そのものは神楽さんと似ているのに、ちょっとした配置の違いで大きく印象が違うのが、何だか不思議に思えました。

「せっかくの土曜日なのに、無理をお願いしちゃって、スミマセン。どうにも困っちゃいましてねぇ」

「どういったことで、お困りなんですか」

お兄さんには気安いものを感じたのか、姉さまが自分から尋ねます。

「こいつなんですよ……ええっと、ちょっと待ってくださいね」

そう言いながら黒い鞄を膝《ひざ》の上に置き、お兄さんは大きな手を突っ込んで、何やら探し始めました。その動きが、どことなく木の虚《うろ》に手を入れてハチミツを取ろうとしているクマを思わせて、何だか可愛らしく見えました。

「何だよ、兄貴。どうせ見せるんだから、わかりやすいところに入れておけばいいじゃないか」

「ちょっと書類が多くてさぁ。おっ、あった、あった」

やがてお兄さんは鞄の中から、お医者さんが注射器や器具を携帯する時に使うような金属製の小箱を三つ、テーブルの上に並べました。ちょうどそこにウェイトレスさんが水を持ってきて、神楽さんはコーヒーを頼み、お兄さんは姉さまの飲んでいるカップをまじまじと眺めた後、同じココアを注文しました。

「えーっと、お姉さんは、甘いものがお好きですか」

小箱を並べたまま、いきなりお兄さんが尋ねました。姉さまは少しドギマギしながら、好きです、と答えました。

「あぁ、いいですね。甘いものは頭のエネルギーになるんです。もう、どんどん摂った方がいいですよ。まぁ摂り過ぎると、私みたいになっちゃうんですけどね」

そう言った後、自分の言葉がおかしかったように、お兄さんは声をあげて笑います。

(兄弟でも、ずいぶん違うもんだなぁ)

もちろん私と姉さまだって、見かけも性格もずいぶん違っています。けれど、神楽兄弟ほど極端な差はないでしょう。

「まぁ、こいつを見てくださいよ」

運ばれてきた水を半分ほど飲んでから、お兄さんは小箱を一つずつ開けました。中には平たい靴底のような形をした石が、一つずつ入っていました。長さは五センチほどで、表面はツルツルしています。そして真ん中には、少々歪《ゆが》んだ丸い穴が開いています。

「これ、いったい何だと思いますか」

「いわゆる、石器というヤツですよね」

私が真剣な表情で答えると、お兄さんは首をカクカクと動かし、空中をひっかくような手つきをしながら言いました――「ぎゃっふーん」。

その言い方には、まるでクレージーキャッツの谷啓《たにけい》さんのようなおかしさがあって、たまらず私は噴き出してしまいました。こっちはこっちで、箸《はし》が転んでもおかしい年頃です。

「兄貴……みっともないから、そういうことはやめてくれよ」

たまりかねたように神楽さんが、お兄さんの腕を叩《たた》きました。

「だってさぁ、石器を見せて『何だと思うか』って聞いたら、『石器』って答えたんだよ。そこはズッコケなくっちゃ」

「何か私、ヘンな答え、しちゃいましたか？」

笑いが収まってから、私は神楽さんに尋ねました。

「妹、お前、ロールシャッハ・テストって知ってるか？」

「知ってますよ……紙にインクを流して、その模様が何に見えるかってヤツでしょう？心理学で使う検査ですよね」

「お前は今、その模様を見て『インク』と答えたんだ」

あぁ、そういうことか――私は納得しましたが、そんなに笑うほどのことでもないような気がしました。それなのに、ぎゃっふーんって。

私が再びクスクス笑っていると、姉さまが尋ねました。

「つまり、その石器が何に使うものかって、お尋ねになってるんですか」

「そうです、そうです」

お兄さんは小箱から平たい石を取り出し、裏表を何度も見せながら言いました。

「おそらく、そんなに古い年代のものではないと思えるんですけど、何に使ったものなのか、今ひとつわからないんです。初めは肉などの切断に使うナイフかもしれないと思ったんですが、刃のようなものは一切つけられていないんです。いや、むしろ意図的に丸めている節さえあるんですねぇ」

「ちょっといいですか」

姉さまはお兄さんから平たい石器を受け取り、いろいろな角度から眺めました。途中で代わってもらい、私もじっくりと見ました。

（へぇ、これが原始時代の石器かぁ）

　原始時代と言うと、毛皮を着た原始人が長い棒の先に尖《とが》った石を付け、それを頭上に掲げてマンモスを追いかけている光景が目に浮かびます。もちろん、そんなものを実際に見たことなどはないので、マンガのような絵で……です。

「これは、どこから発掘したんですか」

「区内の花坂ですよ」

「えっ、そんなに遠くないいじゃないですか」

　花坂は足立区のはずれ、埼玉との県境ギリギリにあって、当時は畑と荒地しかないような土地でした。

「そう言えば、今度、あのあたりに大きな団地を造るらしいですね」

「それなんですよ、問題は」

　女子高校生の私の言葉に、大人のお兄さんは丁寧な口調で答えてくれました。

「その石器は、実は団地建設予定地のど真ん中から出土したものなんです。あのあたりには昔から古墳が点在していましたから、ある程度掘り返せば、何らかの遺跡が出てくるだろうとは思っていたんですが」

「へぇ、すごいですね」

自分の住んでいる区内に大昔の遺跡があったなんて、何となくロマンチックな気もします。きちんと保存すれば、すてきな文化遺産になるでしょう。

「それなら、いいんですけどね」

私が思った通りのことを口にすると、お兄さんは太い腕を組んで困ったような顔つきになりました。

「実は今、ちょっとした問題になっているんだ」

お兄さんの代わりに、神楽さんが言います。

「兄貴たちとしては、その古墳をジックリ調べてみたいわけだ。何せ、その石器……何に使ったものなのか、皆目見当がつかないんだそうだ。似たようなものが、どこからも出土していないらしくてな」

「この真ん中の穴……これが謎なんですよねぇ」

お兄さんは私の手から石器を受け取り、真ん中に開けられた穴を指さして言いました。

「もしかしたら、石器時代のお金じゃありませんか」

「うーん、和歌子さん、マンガの読みすぎ」

確かに原始人が穴の開いた大きな石をお金にしているマンガを、私は読んだことがありました。

「さっきも言ったように、これには刃がありませんし、むしろ全体を研磨したような形跡があります。つまり実際的な作業に使った道具だとは考えにくい……そうなると、何らかの儀式に使った道具ではないか……という可能性も出てくるわけです」

今も昔も、私には考古学という学問がよくわかりませんが、そういう考え方をするものなのでしょう。

「それって、つまり、どういうことなんですか？」

姉さまの質問に、お兄さんは響くように答えました。

「儀式というのは、たいてい支配者階級が行なうものです。また、そんな支配者がいるということは、集落もある程度大きいということが考えられます。つまり、あのあたりを発掘すれば、かなりの規模の遺跡が出て来る可能性が高いんですよ」

なるほど、そんな風に易しく説明されれば、私にもわかります。

「ところが今、発掘どころか調査さえ、ままならない状態なんだよな」

再びお兄さんに代わって、神楽さんがぼやきました。

「どうしてですか？」

「この石器が出てきたのは、団地の建設予定地のど真ん中だって言いましたけど、そこには栃木県や埼玉県から、工事用の土が運び込まれているんです。つまり工事屋さんが言うには、この石器は他所《よそ》からの土に紛れ込んで来たもので、ここから出たものじゃないってことなんですよ」

「確かにどちらから出てきたものなのか、わかりませんよね」

ココアを美味《おい》しそうに飲みながら、姉さまは言いました。

「いやいや、それは工事屋さんが、発掘調査をさせないために言っているだけですよ。調査を始めたら、半年や一年は簡単に過ぎてしまいますからね」

なるほど、工事を請け負っている人たちにすれば、考古学の調査は迷惑な話かもしれません。

「けれど、大規模な遺跡が出てくるかもしれないんですよ？　工事を進めたら、そんなものはすべて破壊されてしまいます。私は、せめて半年……いや、三ヶ月でも、あの土地を調査してみたいんです。もし、かなりの規模の遺跡が出るとなれば、保存される可能性も出てきますから……そのためには、この石器が、あの土地から出てきたことを証明できれば」

私と姉さまは、思わず顔を見合わせました――神楽さんのお兄さんは、姉さまの力を使って、それをどうやって証明しようというのでしょうか。

3

昭和三十七年頃といえば、東京がすごい勢いで変わっている頃でした。

二年後のオリンピックに間に合わせるために、高速道路や新幹線ばかりではなく、古い道路を舗装したり、地面に張り付いていた線路を高架にしたりしていたのです。

それに合わせるように私たちの周囲も、古くからある家を新しく建てかえたり、区画整理をして道の流れを整えたり……という具合に、いろいろと変わっていました。言ってみれば、あの頃こそが東京のお色直しの時期だったのでしょう。オリンピックは、その大きなきっかけです。

こうして思い出せば、東京が、いえ、日本全体が、新しい時代に向かって勢いよく走っていたように思います。まさしく時代の変わり目と言っていいかもしれませんが、その頃、あちこちに造られていたのが〝団地〟です。

もちろん団地のような集合住宅は以前からありましたが、圧倒的に数が少なく、私のような庶民には馴染《なじ》み深いものではなかったと思います。けれど年々増加する人口に比例して、あちこちに大型団地が造られるようになりました。

当時の私にとって、団地は憧《あこが》れの的でした。

何せ下水の普及率も低く、まだ水洗トイレのある家は多くない時代です。建物も木造が多く、私が住んでいた梅田の家も、小さな地震で家のあちこちが鳴り、激しい雨が降ると雨漏りしたものでした。天井裏でネズミが走り回るのも当たり前で、その尻尾《しっぽ》の長い生き物が得意でない私は、夜中に頭上から響いてくるモールス信号を打つような足音を耳にするだけで、本当にゲンナリしたものです。

そんな家に比べれば、団地はいいこと尽《ず》くめです。

火事や地震にも強く、衛生的で、しかも高い階に住めば見晴らしもいい——私と変わらないような暮らしをしている人の多くが、ぜひ住みたいと思うのは当然でしょう。そして希望する人が多ければ、その要望に応《こた》えられるよう、団地が増えていくのも当たり前です。

「その団地、いつできるのかしら……私も住みたいな」

日光街道を神楽さんの車で走りながら、私は言いました。向かっていたのは、県境近くの花坂団地建設予定地です。

「すでに造成は始まってるけど、全部できあがるのは、かなりかかるんじゃないかなぁ。何せ五階建ての棟を、三十個も四十個も造るらしいから」

窮屈そうに助手席に坐《すわ》った桜丸さんが答えてくれました。

「そんなにたくさん造るんですか？　想像すると、何だかスゴイですね」

後ろの席に私と並んで坐っている姉さまが、どこか楽しそうな口調で言いました。神楽さんの車に乗る時、姉さまは無口になることが多いのですが（たいていは気が重くなる光景が待っているのですから、それも当たり前です）、この日は特別だったようです。悲惨な事件の現場を見るのではない……と、わかっていたからでしょう。

「そんなに造るんだったら、全部できるまで五年くらいかかるんじゃないの？」

「いや、工事を本格的に始めれば、一年もあれば完成するらしい……だから、考古学の調査なんて、やってるヒマはないってわけだ」

私の言葉に、ハンドルを握っていた神楽さんが答え、さらに桜丸さんがぼやきました。

「本当に役所の連中と来たら、考古学に理解がなくて困るよ」

弟の神楽さんに比べれば、お兄さんの桜丸さんは、ずっと親しみやすい感じの人でした。

「いつも学生を相手にしているから、兄貴は口がよく回るのさ。逆に俺は、一癖も二癖もある連中相手だから、目つきも口調も悪くなる一方だ」と神楽さんは言っていましたけど、明らかに性格の違いだと思います。

「でも、これが造成地から出てきたってわかれば、ずっと話はしやすくなるんだ」

そう言って笑いながら、桜丸さんは手にしていた金属製の小箱を示しました。その中には団地建設予定地から発見された、奇妙な石器が入っています。

「でも、お兄さま……さっきも喫茶店で言いましたけど、それが建設予定地から出たものかどうかは、わかりませんよ」

どことなく強気な口調の桜丸さんに、姉さまは控えめに言いました。

「そうですねぇ。でも、さっきみたいな答えが出るのは、ある程度予想はしていたんです。ですから、ちょっと見方を変えてもらおうってわけですよ……現場を見てもらったら、別のことがわかるかもしれません」

実はその少し前、喫茶店のテーブルで姉さまは、すでに桜丸さんの持っていた奇妙な石器を〝見て〟いました。けれど、それなりの時間をかけたのですが、何の手がかりも得られませんでした。ただ暗いばかりで——具体的な景色は、何も見えなかったそうです。

考えてみれば、それも当たり前でしょう。何せ石器は何千年もの間、地面の中に埋まっていたのです。その間、石器に光が当たることはありませんでした。つまり石器そのものが、いかなる光景も記憶していないということになります。

ですが桜丸さんは、姉さまに何も見えないことこそ、元から石器が団地建設予定地に埋まっていた証拠ではないかと考えていました。もし他県から運び込まれてきた土に交ざって来たのなら、その途中で何らかの光景に接したはずだ……というのです。

それは、もっともらしい理屈かもしれませんが、完全ではありません。何せ石器は一つが五センチ程度の大きさですから、掘り返されても、まったく外気に触れなかった可能性だって考えられるのです。

「とにかく建設予定地まで、行ってみようじゃないか」

そう言い出したのは、弟の神楽さんでした。

「こんなところじゃ上条鈴音も集中できないだろうし、何より現場を見れば、新しい発見があるかもしれんからな」

神楽さんのその積極性に、私は少しばかり驚きました。やはり肉親の情愛というものでしょうか、お兄さんの研究を少しでも手伝いたい……と考えているようです。あるいは、よくテレビドラマや推理小説で出てくるみたいに、〝現場百回〟という刑事のセオリーに則《のっと》っていたのかもしれませんが――それで私たちは、梅田から花坂までのドライブをしていたというわけです。

やがて私たちは東武伊《い》勢《せ》崎《さき》線の竹《たけ》ノ塚《つか》駅近くを通り抜け、花坂に入りました。

「そろそろ着くけど、どのあたりで車を停めればいいんだ？」

日光街道から小さな住宅が並んでいる通りに入り、神楽さんはお兄さんに尋ねました。

「とりあえず、造成地の手前で停めてくれ。そこからは歩いた方がいい」

通りを抜けてすぐのところに、広々とした造成地があり、ダンプやブルドーザーが路肩に停められていました。神楽さんは、その列の中にちゃっかりと車を停めます。

「このあたり全部が、団地になるんですか？」

車を降り、あたりを見回しながら私は言いました。目の前から三百メートルほど向こうまで、赤土がむき出しになった地面が続いています。

「いや、たぶん、ずっと向こうの田んぼの方までだと思うよ」

私が見ていたところよりも、ずっと遠くを指さして桜丸さんは言いました。確かに三十も四十も団地の棟を造るなら、それくらいの広さは必要であるような気がします。

「この石器が見つかったのは、すぐそこさ」

しばらく連れ立って歩いていると、不意に桜丸さんが大きな長方形に掘り起こした地面を指さしました。これから基礎工事を本格的に始めるのか、プールのようにくぼんだ土地のあちらこちらに、四角い材木が打ち込んであります。

「このあたりは水分が多い土地らしくてね。だから、他から土を持って来ているのさ」

桜丸さんがしてくれた説明に、私は納得しました。来る途中、車の中から大きな沼のようなものを、いくつも見たからです。やはり川の近くですから、掘り起こせば水が染み出てくるのかもしれません。

「でも……こんな広い土地をいちいち見ていたら、姉さま、また倒れちゃうんじゃないの」

　遠くで荷台の土を地面に落としているダンプを見ながら、私は言いました。

　これまで話してきたように、姉さまに見られないものはありません。小さな宇宙の塵《ちり》が見た地球の姿、赤ちゃんが前にいた世界——姉さまは、そんなすごいものまで見たことがあるのです（もっとも赤ちゃんがいた世界は、どうがんばっても思い出せないそうですが）。ただし、そんなものを見た後は、必ず倒れてしまいます。やはり力を使い過ぎてしまうからでしょう。

「確かに大昔の姿を見てもらえば、どの程度の集落だったのか、簡単にわかるんだけどなぁ」

　桜丸さんは、どこか残念そうな口調で言いました。その言葉通り、姉さまの力を使えば、考古学研究における学者さんの労力は、ずっと軽くなるでしょう。

「兄貴、なるべく上条鈴音の負担が軽いもので済むように、気を配ってくれよ」

　少し離れたところでタバコに火をつけながら、神楽さんは言いました。

「わかってるよ、百合丸……ちょっと鈴音さんを借りていいかな」

　桜丸さんの言葉に、神楽さんは私の方に顔を向けました。うなずいてみせると、大きい声でお兄さんに言います。

「あんまり遠くまで行くなよ」

どうやら桜丸さんは、あの奇妙な石器が発見された状況を姉さまに説明したいようでした。私は神楽さんと並んで、真剣な表情で話す二人を見ていました。会話に熱が入るにつれ、その姿は少しずつ遠ざかっていきます。

「何だ、妹は行かないのか？」

「私は、ちょっと」

尋ねられるままに、私は正直に答えました。

その頃の私は十六歳——正直に言ってしまうと、石で作った道具だの大昔の人のお墓になんて、何の興味もありませんでした。どれも似たようなものにしか見えませんでしたし、何千年も前の文化よりも、毎日、目の前で起こっている出来事の方に夢中になっていたからです。

「まぁ、そうだろうな……私だって似たようなもんだ。あんなもののどこが面白いのか、さっぱりわからん」

鼻から勢いよくタバコの煙を噴き出しながら、神楽さんは言いました。考えてみれば——神楽さんとはそれなりに長い付き合いでしたが、二人きりで話をしたのは数えるほどしかありませんでした。たいていの場合、秦野さんなり姉さまなりが近くにいたものです。

「それにしても神楽さん」

いい機会でしたので、私は怖いもの知らずに言いました。

「あんまりポンポン、姉さまの秘密を他人に話さないでくださいね。誰かに話す時は、私たちの許可を取るのがマナーじゃないですか」

「何だ、兄貴に話しちゃいけなかったか？」

「いけないってことはないですけど……秘密を知っている人は、少ないに越したことはありません」

わりと自分たちでも人に話してしまっているのを棚に上げて、私は責めるような口調になっていました。けれど自分たちが選んだ人に話すのと、勝手に他人が漏らすのとでは意味が違います。

「そりゃあ悪かった。今度からは、ちゃんと許可を取ることにするよ」

いかにも口だけ……という感じで、神楽さんは笑いながら答えました。

「ちょっと非常事態みたいなものだったんでな。もっとも兄貴には、ずっと前から話してはいたんだが」

「確かに、ここの調査ができるかどうかの瀬戸際ですから、それもわかりますけど」

「……調査ね」

薄い唇の端を少し持ち上げて、神楽さんは言いました。

「さっきも言ったように、私には考古学趣味はない。兄貴が持っている石器が何なのか、それがどこから出たのかなんて、どうでもいい……それがわかったからって、何の得があるのかもわからん」

「あら、冷たいんですね」

五十メートルほど離れた造成地の隅で、姉さまに何やら熱心に説明している桜丸さんを見ながら、私は答えました。

「よほど考古学が好きなのでしょう、いかにも桜丸さんは楽しそうでした。たっぷりと身振り手振りを交え、顔の表情も生き生きとしています。

「よかった……兄貴のあんな顔は、久しぶりに見るよ」

その姿を見ながら、神楽さんは呟《つぶや》きました。

「そうなんですか？」

「実は、ちょっとした出来事があってな……ここ数日間、兄貴はずっと塞《ふさ》ぎ込んでいたんだ。ここの石器の話をしたら元気を出すかと思ったんだが、どうやら狙いが当たった」

そう言いながら神楽さんはポケットから小さなブリキの缶を取り出すと、そのフタを開けてタバコを消しました。今で言う携帯灰皿なのでしょうが、それ用に売られていたものではなく、ドロップか何かの缶を再利用したもののようでした。神楽さんは意外に、こういう心遣いのできる人です。

「桜丸さん、元気がなかったんですか？」

「まぁな……兄貴が塞ぎ込むと、空気が重くなっていかん。だから元気を出させようと、君の姉さんに石器を見てもらうことを提案したんだ」

確かに会ったばかりでしたが、あんなに冗談好きで、よくしゃべる桜丸さんが塞ぎ込んでいるところなんて想像できませんでした。

「いったい、何があったんです？」

恐る恐る尋ねると、神楽さんは数秒の間、じっと私の目を見つめました。その鋭さに、つい視線を逸《そ》らすと――。

「まぁ、いいだろう……上条姉妹との付き合いも、思いがけず長くなったからな」

やがて小さく笑って、神楽さんは言いました。

「ある男の死刑が、執行されたのさ」

4

それから一時間ほど後、私たちは再び車に乗って、少しだけ移動しました。団地建設予定地から少し綾瀬川《あやせがわ》の方に進んだところにある、大鷲《おおとり》神社という神社にです。

なぜかと言うと、恰好《かっこう》の悪い話ですけど、私がどうしてもお手洗いに行きたくなってしまったからでした。工事現場の近くには何もなくて困ってしまったのですが、桜丸さんがこの神社の境内にお手洗いがあったことを思い出してくれて、本当に助かりました。

その後、近くにあった小さなお店で桜丸さんが牛乳を買って来てくれたので、境内の外れにあったベンチに腰を降ろして一休みしました。

「まったく……妹も出したり飲んだり、忙しいな」

「やだ、神楽さん、デリカシーがないですよ」

無神経な言葉に私が抗議すると、隣にいた桜丸さんは大きな声で笑いました。

「そうなんだよ、百合丸は昔からデリカシーがなくってねぇ。小さい頃、近くに住んでいた老婦人をつかまえて、『おばあちゃんって、ロバみたいな顔してるね』って言って怒られたことがあるくらいだよ」

「ちょっと兄貴、そういう話は、ここではやめてくれ」

桜丸さんの言葉に、神楽さんは慌てて口を挟みます。その様子があまりに面白かったので、私と姉さまは思わず顔を見合わせて笑ってしまいました。

「ねぇ、桜丸さん……神楽さんって、どんな子供だったんですか」

私は白牛乳の瓶を手にしたまま、桜丸さんに尋ねました。神楽さんにも可愛らしい子供時代があったと知って、どうして食いつかずにいられるでしょう。

「妹、そういうことには興味を持たなくていい」

「そうだねぇ、小さい頃は、けっこう泣き虫だったかな」

「相手にしなくていいからさ、兄貴も」

「まぁまぁ、いいじゃないか」

いつも冷静で厳しい神楽さんも、大らかなお兄さんの前ではやりにくそうです。

「五歳くらいまでは、百合丸は本当によく泣いたよ。転んで膝《ひざ》を擦りむいちゃ泣いて、腹が減ったって言っちゃ泣いて……そのたびに、母さんに慰められてたっけな」

「それ以上余計なことを口走ったら、兄貴でも逮捕するぞ」

「へぇ、何の罪で？　まさかスパイ容疑じゃないだろうね」

桜丸さんは、いかにも楽しそうに弟をからかいました。神楽さんは悔しげに薄い唇を嚙《か》むものの、無理にお兄さんの言葉を止めようとはしていないようでした。

きっと桜丸さんの顔が、とても明るいからだな……と、私は思いました。その数日前まで、気の毒なくらいに塞ぎ込んでいたそうなので、神楽さんとしても、その楽しい雰囲気を壊したくなかったのでしょう。

「そう言えば兄貴、さっき上条鈴音と建設予定地を歩いていたけど、何かわかったかい」

しばらくして、神楽さんが話題を変えるように言いました。

「いや、特に何も……歩いただけで、何かわかるはずもないだろう」

ズボンのポケットから例の石器を収めた金属製の小箱を取り出して、桜丸さんは言いました。けれど、その次に出てきた言葉は、まったく余計でした。

「いくら千里眼だと言っても、やっぱり石器の出所までは無理だろうね」

その言葉に、カチンと来たのは私です。その言い方が——何となく姉さまの力を信じていないような風にも聞こえたからです。

「実際、あの場所を時間をかけて発掘調査するのは無理だろうな。工事の日程が押しているらしいし、こっちが新しい説得材料を示せなければ、待ってくれるとも言えない」

小箱から薄っぺらい石器を取り出し、日にかざすようにしながら桜丸さんは言いました。

「そうだな……上条鈴音の力は保証するが、さすがにちっぽけな石が相手ではな」

神楽さんまで悲観的なことを言い出すので、私は思わずムッとしてしまいました。桜丸さんはともかく、神楽さんは今まで何度も、姉さまの力を目の当たりにして来たはずなのに。

「そんなこと、ありませんよ」

とうとう私は強い口調で、兄弟の会話に口を挟んでしまいました。

「確かに、その石器がどこから出たのかは、わかんないかもしれませんけど……それを科学的に突き止めるのは、もともと桜丸さんの仕事ですよね」

よくはわかりませんが、石の成分だの特徴だのを調べて特定するのは、学者さんの仕事のはずです。

「まったく、その通りだよ……本来は地質学的なアプローチで詳しく調べなくっちゃ、わからないことだ。今は少し時間が足りなかったから、つい鈴音さんの力に頼ってしまったけど」

桜丸さんは申し訳なさそうに言いました。その言葉を受けて、神楽さんが付け足します。

「妹、悪く思うなよ。何も兄貴は、上条鈴音の力を疑っているわけじゃないんだ……ウカウカしていたら工事で遺跡が壊されてしまうから、焦りを感じているだけなのさ」

その桜丸さんの気持ちはわかります。だからと言って、姉さまの力を疑うようなことを言うなんて。

「あの……ちょっと待ってください」

唇の上に牛乳の線をつけて、姉さまが言いました。

「姉さま、ヒゲ、ヒゲ」

「あら、やだ」

ハンカチで牛乳の線を拭《ふ》いてから、姉さまは続けます。

「その石器ですけど……もう一度、見てみましょうか？」

「さっき、もう見たじゃない」

姉さまの言葉に、私は口を尖《とが》らせました。

「ワッコちゃん、あのお店はレコードが流れていて、今ひとつ集中できなかったのよ」

確かに『白薔薇』には、歌謡曲のレコードが流れていました。確か、その少し前に発売されてヒットしていた、吉永《よしなが》小百合《さゆり》さんと橋《はし》幸夫《ゆきお》さんが二人で歌っている『いつでも夢を』だったと思います。私たちも好きな曲でしたので、姉さまの集中が途切れてしまうのもやむを得ないかもしれません。

「それに……日傘の寿子さんと一緒に、渋谷に行った時のこと、覚えてる？　あの時、レンコさんの家では思い出せなかったことを、寿子さんは渋谷では思い出せたわ。つまり、何かの光景に接することで、人は新しく思い出すことがあるってことね」

「それはわかるけど……この場合は誰が思い出すの？」

「もちろん石器よ」

そう言って姉さまは微笑みました。いくら何でも物に過ぎない石器が、何か新しいことを思い出すなんて——たとえ姉さまの言葉でも、さすがに半信半疑な気分になりました。

「お兄さま、その石器を貸してください……何となく、やれるような気もするんです」

「じゃあ、頼めるかい」

桜丸さんは、どこかうれしそうに、三つの石器を姉さまに手渡しました。石器は薄っぺらいものでしたので、三枚と言った方がいいかもしれません。

「何かの儀式に使われたものかどうかだけでもわかれば、僕も納得が行くんだけどな」

「けれど、くれぐれも無理はするんじゃないぞ」

神楽さんの言葉に、姉さまはにっこりと笑ってうなずきました。

「じゃあ、ワッコちゃん……例のやつ、お願い」

「がってんしょうちのすけ」

私は、後ろから姉さまの両肩に手を置きました。こうすることで、姉さまは落ち着いて精神を集中させることができるのです。

姉さまはいつものように、目を大きくしたり細めたりしながら、息を長く吸い短く吐く……を繰り返しました。視線は、手の中でトランプのように広げた薄い石器の、やや上の方に注がれています。

（さすがに……大変なんだな）

十分近い時間が過ぎた頃、私は思いました。いつもなら、ものの二、三分で何かが見えてきて、その光景を姉さま自身が説明してくれるはずなのですが——さすがに何千年もの時間が相手では、そんな簡単にはいかないのでしょう。

「上条鈴音……ずいぶん時間がかかっているようだが、何も見えないなら、それでも構わないぞ。そろそろやめた方がいいんじゃないか？」

やがて神楽さんが言った時、姉さまが小さく片手を上げて、その言葉を遮りました。

「見えてきました……ですが、さすがに暗いです……風景の輪郭が、いつまでもハッキリしません。映画のスクリーンに、光が当たってるみたいな感じです」

同じ風景を見ることは絶対にできませんが、その説明で、何となく想像できるような気がします。

「何でしょう……手が……女の人のものらしい手が」

そう言ったきり、姉さまは何も言わなくなりました。映りの悪い風景にすべての神経を集中して、その意味を読み取ろうと必死になっていたのです。

「これは、何をしてるのかしら……この動きは」

姉さまは、空いている右手をひらひらと動かしました。どうやら、そんな動きをしている女性の手のようなものが見えているようです。

「あぁ、そうか……そうなんだ」

やがて納得したように姉さまが言いました。その瞬間、桜丸さんが、どこか怯《おび》えたような口調で――「鈴音さん、鼻血が」。

慌てて姉さまの顔を覗《のぞ》き込むと、その言葉通りに、右の鼻から細い血が流れ出ていました。

「姉さま！」

その鮮やかな赤を見た時、私は胸元を強く握られたような気がしました。こんなことは初めてです。

「上条鈴音、もうやめるんだ」

神楽さんは姉さまの肩をつかんで揺すり、無理やり現世に引き戻しました。

「大丈夫か？」

「別に、何てこともありません」

姉さまは牛乳ヒゲを拭いたハンカチを取り出し、鼻を押さえました。その口調は穏やかで、動揺はまったく感じられませんでした。

「ちょっと、のぼせちゃったんでしょう……でも、わかりましたよ、この石器が何なのか」

姉さまが桜丸さんに言おうとすると――当の桜丸さんは顔をしかめて固く目を閉じ、鼻の前で両手を祈るように組んでいました。その顔色は、まさしく蒼白《そうはく》です。

「兄貴は……昔から血を見るのが大の苦手なんだ。こんなにデカい図体《ずうたい》をしているくせに」

神楽さんは肩をすぼめてみせた後、お兄さんの肩をポンと叩《たた》きました。やがて桜丸さんは、恐る恐る目を開けます。

「大丈夫なんですか、鈴音さん」

「ご心配をかけて、申し訳ありません……わかりましたよ、お兄さま」

姉さまは鼻にハンカチを当てたまま、笑いました。鼻血を出した姉さまより、声をかけた桜丸さんの方が青い顔をしているのですから、笑ってしまうのもしょうがないでしょう。

「やっぱり、何かの儀式に使っていたの？　その儀式が見えたの？」

その隙に、桜丸さんより先に尋ねたのは私です。さっきも神楽さんに言ったように、考古学には何の関心もありませんでしたが——姉さまが見たはずの何千年も前の光景には興味があったからです。

「私が見た限り、これは……赤ちゃんのおもちゃみたいですよ」

「おもちゃ？」

その場にいた全員が、同じ言葉を繰り返しました。

「そうです。この真ん中の穴に草を編んだ紐《ひも》を通して、何枚か束ねて……こんな風に」

姉さまは、赤ちゃんをあやすガラガラを振るような手つきをしてみせました。

「こうしたら音が出て、面白いんですよ」

「そんな……今までに、そんなものが出土した例なんて」

桜丸さんは姉さまの手から石器を奪うように取ると、一枚一枚を眺め始めました。

「大きさ的に、首飾りにしては大きすぎると思っていたが……それなら納得できる。この大きさは赤ちゃんが自分の手で持てて、なおかつ口に入らないように考えられたサイズなんだな」

いつのまにか桜丸さんから笑顔が消えて、すっかり考古学者の顔になっていました。

「しかし、赤ちゃんのおもちゃだなんて……そんなもの、今まで出土していないぞ」

「兄貴、この結果を信じるのも信じないのも、勝手だけどな」

口の中で同じような言葉を繰り返し呟《つぶや》いている桜丸さんに、神楽さんは言いました。

「さっきも言っただろう？　上条鈴音の力は、当てになるって……つまり昔も今も、親が子供に注ぐ愛情は変わらないってことじゃないか？」

神楽さんは桜丸さんの手にある石器の一枚を指さして言いました。

「ほら、石器の角が、全部きれいに落としてある。これはきっと赤ちゃんの指を傷つけないようにだろう？　こんなこと、親にしか思いつかない」

そう言って神楽さんは、かすかな笑みを浮かべました。

その時、私にも、ずっとずっと昔の女の人が、可愛い赤ちゃんを抱いてあやしている光景が見えたような気がしました。手には紐で繋《つな》げた石器を持って、ガラガラと振っています。

　いないいない、ばぁ……は、きっとその頃にはなかったでしょう。けれど、赤ちゃんの笑顔が見たい気持ちでいっぱいになりながら、お母さんは石器を振っていたに違いありません。昔も今も、お母さんの気持ちは同じなのです。

（あぁ、その土地の上に、また新しい家族が住むんだな）

　そうです——この石器が出てきた地面の上には、今、たくさんの団地が建設されようとしています。それが完成すれば、あちこちからたくさんの家族が、引っ越してくるでしょう。何千年もの時を経て、同じ場所で新しい家族が幸せに暮らすのです。

　発掘調査したい桜丸さんには気の毒ですが、それも悪くないのではないか……と私は思いました。

　当の桜丸さんは、手の中で何度も石器を引っくり返しながら、今にも泣きそうな顔になっていました。そのすぐ横に立って、神楽さんが言います。

「もしかすると、兄貴の説を証明してくれるんじゃないか？　この石器」

　桜丸さんは、その言葉に顔を上げて、じっと弟を見つめました。

「あれは説ってもんじゃない……信念だよ」

　そう言うと桜丸さんは、なぜか小さな涙を一粒二粒、こぼしたのです。それを見た神楽さんは、どこか困ったような顔でポケットからタバコを取り出し、一本くわえて火をつけました。

「まあ、どっちでもいいけどね」

神楽さんは突き放すように言いましたが——実は、その時、私には桜丸さんの涙の意味がわかっていました。さっき二人になった時、神楽さんから教えてもらっていたからです。

そのことを早く姉さまに教えてあげたくて、私は何とも切ない気持ちになっていました。

5

「絶対、他の人には言わないようにって言われてるんだけど、姉さまにだけは話すわね」

その夜、いつものお風呂屋《ふろや》さんに向かう途中で、私は姉さまに神楽さんの話を聞かせました。

「実は神楽さんたちのお母さまって……ずっと昔に殺されたんですって」

なるべく脅かさないように気をつけたつもりでしたが、やはり姉さまは言葉を失い、大きく目を広げて私の顔を見ました。

「三十年昔だって言うから、戦争が起こる、ずっと前よ……神楽さんが七歳の頃だって言ってたわ」

神楽さんの話によると——それこそ大陸に満州国が建国された頃だったそうです。

私が高校生であることを慮《おもんぱか》ってか、あまり詳細な内容は教えてくれませんでしたが、あらましを聞いただけでも、私にはかなりのショックでした。あの神楽さんのお母さまが……という気持ちも無論ありましたが、その内容が、あまりに辛《つら》かったからです。

その頃の神楽さん一家は、四谷のはずれに居を構えていました。

お父さまは建築技師で、その筋ではそれなりに名の通った方だったそうです。そのせいか、日本中を飛びまわっていることが多く、一年の半分以上は家を空けておられました。ちなみに、建築現場から出てきたという土器や石器の類をたくさんコレクションしていて、桜丸さんが考古学に興味を持ったのは、そのお父さまの影響が大きかったそうです。

お母さまは信州の小さなお寺の娘さんでしたが、とても気のつくしっかり者で、不在がちのお父さまに代わって、神楽兄弟のしつけを一手に引き受けておられました。このあたりは、何となく私の家と似ている気がします。

神楽さんの言葉を借りると、ご両親はどちらも優しい方で——それは子供たちの名前に花の名前が入れてあることからでもわかります。兄弟が生まれた大正の末頃と言えば、時流もあってか、男の子には勇ましい名前を付けるのが流行《はや》っていたそうですが、神楽さんたちの場合は桜と百合——どちらもお母さまの発案だったそうですが、反対しなかったお父さまも、同じ心根を持った方だったのでしょう。

「息子が言うのも奇妙な話だが……母は、本当に人の良い女性だったよ」

お母さまの話をする時、神楽さんは少し照れくさそうにしていました。

「寺の娘だったというのもあるかもしれないが、人を疑うということを知らないんだ。どんな人間の中にも仏性《ぶっしょう》があると言ってな……悪くなろうとして悪くなった人間なんか、この世にはいないと信じていたのさ。貧しさや差別が人を悪い道に追いやってしまうのだと、よく私や兄貴に語っていたもんだ」

その言葉通り、神楽さんのお母さまは、不幸な人を放っておけない性質《たち》でした。ですから保護司の仕事をするようになったのも、当然の成り行きのような気がします。

保護司というのは、罪を犯した人の再起や更生を手助けする仕事で、親身になって話を聞いてあげたり、必要に応じて住む場所や働き口を探してあげたりする人のことです。身分こそ非常勤の国家公務員ですが、完全無給なので、つまりはボランティアでした。神楽さんのお母さまは、女性と未成年者専門の（やはり、女性だったからでしょう）保護司を務めていたそうです。

「あの頃は私も幼かったから、どうして親戚《しんせき》でもない女の人や少年が家に出入りしているのか、よく理解していなくてな……母親に聞いても詳しいことを教えてくれないから、いつも不思議に思っていたよ。後で罪を犯した人だと聞いて驚いたもんだ。なぜかと言うと、出入りしているのは、たいていは良い人ばかりでな。まぁ、中には子供の私を意味なく睨《にら》みつけるようなのもいたけれど、そんな人でさえ、何度か来ているうちに笑顔を見せるようになって……きっと母と接しているうちに、人が変わったんだろう」

私には、その光景が目に浮かぶようでした。本当に素晴らしい人というのは、ただ会って話すだけで、人を明るい方向に導いていくことができるものです。

「その中にFという青年がいたんだ……見る限り、いかにも気の弱そうな、おとなしそうなヤツだったよ」

実際は本当の名前を教えてくれましたが、ここでは必要のないことですので、あえてFと仮名で呼ぶことにしておきます。

「当時のFは、ちょうど今の君くらいの年だったな。家は繊維関係の会社を営んでいて、とても裕福だったよ。それなのに……どういうわけか、彼は近所の小学生を絞殺したんだ」

「どうしてですか？」

ちゃんと〝どういうわけか〟と神楽さんが言っているのに、私は尋ねざるを得ませんでした。

当時の私と同じ年頃と言えば、十六歳です。そんな少年が、何の理由があって年下の子供を殺したりするのでしょう。

「それはわからない。本人は、些細《ささい》なことにカッとしてだの何だのと言っていたらしいが……どこまで本当なのか、わかったもんじゃないさ。もしかすると、理由なんかなかったのかもしれん」

現在でも衝動的な通り魔殺人などが起こり、世間を騒がせることがありますが、そういった事件は、何も今の時代だけに限られたものではありません。古き良き時代と語られる頃でさえ、不可解で理不尽な事件は起こっていたのです。

「もちろん未成年だから、刑務所に入れられることはない。Fは二年ほど矯正施設に入って、再び社会に戻ってきた……その保護司が、私の母だったんだ」

おぼろげに記憶している限り、月に何度となく神楽さんの家に顔を出す（そういう決まりなのだそうです）Fは、とても折り目正しい少年で、むしろ優しそうに見えたそうです。神楽さんと桜丸さんをとても可愛がり、一緒にキャッチボールをしたり、お正月には凧《たこ》を揚げて遊んでくれたこともあったそうでした。

それにも拘《かか》わらず――そのFという青年は、それから四人もの人間を殺害しました。その一番初めの被害者が、神楽さんのお母さまだったのです。

「正直に言うと……その前後のことは、あまり覚えていないんだ。普通なら、一生忘れられない日になるはずなのに」

この時、神楽さんは辛そうに目を閉じました。

「ただ覚えているのは、居間で血だらけになっていた母の姿だ。他には誰もいなくて、テーブルの上には客に出していたらしいお茶と、少しだけ手がつけられたカステラの皿が載っていた」

そう……事件は白昼起こり、その現場を初めに発見したのは、学校から帰ってきた神楽さんなのです。

その時、まだお母さまには息があり、神楽さんは隣家に助けを求めました。隣家の人はすぐに通報してくれ、お母さまは病院に運ばれました。

「初めのうちは、命だけは助かりそうだと言われていたんだが……やはり、ダメだった。丸一日苦しんで、次の日の昼に亡くなったよ。その間、昏睡《こんすい》したり覚めたりを繰り返していたんだが、意識がある時には、父や警察の質問に答えられるだけの気力があった。それで事件のあらましはわかったんだが……わかったらわかったで混乱を招いていたよ。何せFの行動が、誰にも理解できなかったからだ」

何でもその日、十一時近くにFが神楽さんの家を訪れ、いつものように居間でお母さまと話していたのだそうです。お父さまは会社、神楽さんたちは学校に行っていて、家には誰もいませんでした。

たとえば、そこでFがお母さまに邪《よこしま》な心を持ったとか、何か物を奪おうとしたというのなら、まだ理解できます。けれど、そういった雰囲気は微塵《みじん》もありませんでした。ただ話の途中でFがお手洗いに立とうとし、お母さまの横を通り抜けようとした時——突然に身を翻したかと思うと、隠し持っていたナイフで、いきなりお母さまの背中を刺したのです。

きっと何が起こったのか、お母さまは理解できなかったでしょう。Fは大声で喚《わめ》くでもなく、恨みがましい言葉を口にするでもなく、ただナイフを振るって、お母さまを十八回も刺しました。

「けれど母は亡くなる瞬間まで、これは何かの間違いだと言っていたよ。Fくんがこんなことをするはずがない、きっと病気にでもかかっているに違いない……とね」

「やっぱり、そうだったんですか？」

「いや……その後、Fは五年も逃げ回った挙げ句に逮捕されたが、その際に行なわれた精神鑑定では、何の問題もなかったらしい。それなのに……彼は逃亡の最中に、他に三人もの人間を殺害していた」

悪魔のような人だ——私は、そう考えざるを得ませんでした。本当に何を考えているのかわかりません。いったい何のために、彼は人を殺したのでしょう。

「母と、その次の被害者を手にかけた時、まだFは未成年者だった。だから裁判も長引いたが……最初の小学生を入れれば、五人もの人間を殺しているんだ。出された判決は、やはり死刑」

「それが当たり前ですよ」

私はホッとするものを感じながら、頷《うなず》きました。やはり多くの人間の命を奪ったのですから、それ相応の罰は受けるべきです。

「さっき言っていた男って、そのFなんですね」

「その通りだ……戦争を挟んで二十年以上も拘置所で過ごし、ようやく一週間前に死刑執行されたよ」

（あぁ、よかった）

それできっと神楽さんたちや他の被害者のご家族の心も、ようやく慰められたに違いないと私は思ったのですが——この会話の一番初めを思い出して、大きな疑問にぶつかりました。

Ｆの死刑が執行されてから、どういうわけか桜丸さんは塞《ふさ》ぎ込んでいたといいます。本当なら、気持ちが軽くなるはずではないでしょうか。

「それはな、妹」

感じた通りに私が尋ねると、苦いものでも口に入れられたような顔で神楽さんは答えました。

「Ｆは逮捕されてから刑が執行されるまで、ただの一度も謝罪の言葉を口にしなかったんだ。それどころか自分のやったことを、たいしたことではない……と言い続けていた」

「そんな」

私は思わず大きな声になってしまいました。

「やっぱり、どこか頭がおかしいんですよ、その人」

「そうかもしれんな」

小さな溜《た》め息交じりに、神楽さんは答えます。

「Ｆは何かにつけて主張していたそうだ——しょせん人間は、他者を殺す生き物だ。その証拠に、殺した動物の肉を食べなければ生きていけないように、体ができている。また世界の歴史を見ても、人が何かを殺さなかった時代はない。人はもともと殺す生き物、救われない生き物なんだと」

聞いているだけで、心が抓《つね》られるような気がしました。確かに人間は家畜を殺して食べますが、それと殺人を一緒にされても困ります。

「そんな人が死刑になったからって、どうして桜丸さんが塞ぎ込まなくっちゃいけないんですか……言っちゃなんですけど、その人が死刑になるのは自業自得じゃないですか」

「兄貴はFに、『お前の考えは間違っている』って言ってやりたかったんだ」

遠くの造成地で姉さまと話し込んでいる桜丸さんの姿を、神楽さんは目を細めて見ながら言いました。

「兄貴が考古学好きになったのは父の影響だが、その研究に身を捧《ささ》げようと決めたのはFのせいだ。母が言っていたみたいに、人間というものは本来は善き存在なんだ……と、兄貴は証明したいんだよ」

あとで姉さまが石器を〝見た〟時、兄弟で交わしていた会話に出てきた『桜丸さんの説』というのは、たぶん、それのことを言うのでしょう。

「けれど死刑が執行されてしまったら、それを証明する相手がいなくなってしまうだろ。だから、兄貴は塞ぎ込んでいたのさ。せっかく『ほぉら見ろ、お前は間違ってたんだよ』って言ってやるんだって、ずっと張り切ってたのにな」

「神楽さんは……どうなんですか？」

「ん？　私か？」

「お母さまを殺した人が死刑になったら、少しは気が軽くなりましたか？」

自分でも勇気があると思いますが――どうしても、その答えを聞きたいと私は思いました。

「そうだなぁ……私も兄貴と同じようなものかもしれないな」

笑っているとも泣いているともつかない顔で、神楽さんは答えてくれました。

「反省させることができなければ、どんな刑罰も意味がない……たとえ死刑でも」

「つまり、今日姉さまが見た石器……あれが赤ちゃんのおもちゃだとしたら、きっと桜丸さんはうれしいと思うの」

お風呂屋《ふろや》さんへの道で、私は姉さまに言いました。

「だって、そうでしょう？　ずっとずっと昔から、人間は愛情を持っていたっていう証拠なんだもの」

「きっと、そうね」

私の長い話を聞き終わって、姉さまは微《かす》かに笑いを浮かべながら言いました。

「あの石器が、そんな風に使われていたのは間違いないと思うわ。そういう風景を確かに見たから……でもね、ワッコちゃん。もしそうだとしても、そのFという人の言葉を、完全に引っくり返せるわけではないんじゃないかしら」

思いがけず厳しい言葉が姉さまの口から出てきたので、私は少し驚きました。

「人間には優しい心がある……けれど、その優しい心を持った人が、それこそ他の人を殺したりしてしまうこともあるわ。だから、人間は善い存在なのか悪い存在なのかって決めるのは、とても大変なことよ」

「そりゃあ、そうだけど」

私はホッペを膨らましながら頷きました。姉さまなら、私の意見に諸手《もろて》を挙げて賛成してくれると思っていたからです。

「だから私たちにできるのは、信じることだけじゃないかしら……神楽さんのお母さまみたいに、悪くなろうと思って悪くなった人なんて、ただの一人もいないんだって。どんな人でも反省することができるし、生まれ変わることができるんだって」

確かに、そうかもしれません。

人間の本性が善悪どちらであろうと、それを論ずるのは、あまり大きな意味はないでしょう。大切なのは、どんなにまわり道をしても、いつか善い存在になろうとすること……そして、そう努力する人を信じてあげること——姉さまは、そう言いたいのでしょうか。

「神楽さんは……あ、百合丸さんの方だけど」

姉さまは、きれいな星空を見上げながら言いました。

「そのお母さまの言葉を実践するために、お巡《まわ》りさんになったそうよ。つまり、何かの拍子で道を踏み外してしまった人たちが、やり直すためのお手伝いがしたいんですって」

「へぇ、そうなんだ……あれ、どうして姉さまが、そんなこと知ってるの？」

「お兄さまに聞いたのよ」

そんな話、私は聞いていません。

「いつ？」

「今日、工事現場でワッコちゃんが、神楽さんと二人で話している時」

その時、姉さまは桜丸さんと造成地を見て回っていたはずです。

「……やっぱり兄弟なんだね」

少し考えて、私は思わず笑ってしまいました。

何のことはありません——神楽兄弟は偶然、同じ時間に違うところで、同じ話をしていたのです。同じようなことを考えてしまうのは、やはり血が繋《つな》がっているからでしょうか。

しかも——私には、こちらの方が大事件なのですが、その話を切り出す時、桜丸さんは、姉さまにこう言ったそうです。

「まったく百合丸のやつ、見ていられないですよ。近頃、やたら機嫌が悪くって……だから、私、言ってやったんです。いつも話に出てくる千里眼の女の子にでも、会いに行ったらどうだって。と言うのも、あなたのお話をする時のあいつは、母親の思い出話をする時と同じくらい無邪気な顔になるもんですから……そしたらあいつ、事件もないのに、そんなことできるかって言うんです。だから、わざと相談したんですよ……この石器のことを」

そんな話を聞かされた姉さまがどんな顔をしたのか、妹としては興味のあるところでした。

「姉さま、それってさぁ……」

ニヤニヤしながら私が言いかけると、姉さまは指先で器用に私の唇を挟んで閉じました。

「その先は、言いっこナシ」

その柔らかな指先は、秋の風に吹かれて、ひんやりとしていました。

「さぁ、早くお風呂に行きましょ。明日は大久保《おおくぼ》まで行くんだから、今日は早く寝ないとね」

そうです——私たちはあくる日の日曜日、秦野さんに会いに行くことになっていました。大久保駅の近くの交番に異動になったと、神楽さんに教えてもらったのです。何でも午後からの勤務らしく、二時くらいに行けば、必ず会えるということでした。

「ほら、かけっこよ」

お風呂屋さんの暖簾《のれん》が見えてきたところで、姉さまは突然走り出しました。私も慌てて、その後を追いかけます。

「姉さま、ちょっと待ってよ」

姉さまのすぐ後ろを走っていると、長い髪がそよいで甘い香りがしました。その匂いをかいだ時、私はなぜか思ったのです——このまま、時間が止まればいいな、と。

あれから長い時間が流れ、姉さまも今は鬼籍の人となりました。この出来事から十年も数えないうちに、ひっそりと世を去ったのです。

姉さまの葬儀は慎《つつ》ましやかなものでしたが、神楽さんたちは兄弟揃って参列してくださいました。その折に、桜丸さんが例の石器を私にくださったのです。貴重なものでしょうに、なぜだか私が持っているのが一番いいとおっしゃって——。

それから石器は、今も私の宝箱の中で眠り続けているのです。

解説

佳多山大地

上条《かみじょう》さんちの姉さまにはとても敵《かな》わないが、わが家にも一人、千里眼の能力者がいる。昨年、めでたく卒寿の祝いをした、大正生まれのお祖母《ばあ》ちゃんだ。

まだまだ元気で口も達者なこのお祖母ちゃんが、孫の僕には知りようがないことを、たった今見てきたように教えてくれる。あるときは好々爺然《こうこうや》とした親戚《しんせき》のおっちゃんの若い頃のワルさを暴き、またあるときは床の間に飾られた奇妙な馬の置物のメロドラマチックな来歴を語って、僕を驚かす。もちろん、ウチのお祖母ちゃんの千里眼は八十年と少しばかり過去に溯《さかのぼ》るのが限界のうえ、個人的な経験からしか《見る》ことはできないけれど、平均寿命を超えて長生きし、あれこれの物事を細かに記憶しているというのは、じつに大変な能力だと思うのだ。

だから、僕のお祖母ちゃんの能力と比べたらとても敵わないが、還暦の祝いを目前に自分の少女時代を振り返る上条さんちの「私」も、そろそろ千里眼の仲間入りと言えるだろうか。そう、今は亡き姉さまと過ごした日々を語る「私」は、まったく僕ら読者には知りようがないことを、たった今見てきたように教えてくれるのだから――。

*

本書『わくらば追慕抄《ついぼしょう》』（二〇〇九年）は、『わくらば日記』（〇五年）を嚆矢《こうし》とする連作長編――通称《わくらばシリーズ》の第二巻にあたる。

作者の朱川湊人のプロフィールや華麗なる受賞経験を含む筆歴《キャリア》については、当文庫版カバー袖《そで》の紹介文に譲るとして――デビュー作『都市伝説セピア』（〇三年）に直木賞受賞作『花まんま』（〇五年）、そしてこの《わくらばシリーズ》もそうなのだが、戦後日本の経済が高度成長を遂げる昭和三十年代から四十年代を主に時代背景とし、この世のものならぬ〈怪異〉を絡め情味豊かな物語を紡ぎ出すのが、この作者の自家薬籠中《じかやくろうちゅう》の物とするところ。最近では、昭和四十年代の東京下町の商店街を舞台にした短編集『かたみ歌』（〇五年）が文庫版の刊行（〇八年）からさらに二年を経て二十万部を超える〝遅れてきたヒット作〟となったことが斯界《しかい》で話題になっている。短編の積み重ねが一続《ひとつづ》きの長い物語を構成する《わくらばシリーズ》は、『花まんま』や『かたみ歌』の収録短編がそれぞれ雑誌連載されていた時期（〇三年〜〇五年）と重なって「野性時代」誌上に開幕《スタート》したもので、この折いよいよ朱川湊人は「短編の名手」の定評を得たと言っていい。

朱川が初めて連作形式の大長編に挑んだ《わくらばシリーズ》では、齢《よわい》六十に手が届こうかという語り手の「私」が昭和三十年代の少女時代を振り返り、在りし日の「姉さま」の面影を新《あらた》にする。人や道具、さらには場所の記憶さえも《見る》ことができる千里眼の少女、上条鈴音《りんね》をヒロインとする広義のSFミステリであると同時に、すべては過去の〈回想〉という形式を取りながらも、語り手の「私」、上条和歌子《わかこ》の成長小説《ビルドゥングスロマン》としての色相《いろあい》が清新に滲《にじ》み出ている。

シリーズ第二集にあたる本書『わくらば追慕抄』では、上条鈴音と同様――いや、それ以上の千里眼能力を有する美女、御堂吹雪《みどうふぶき》の登場こそシリーズ最大級の〝事件〟と言うべき「澱みに光るもの」を皮切りに、語り手の「私」が中学三年の夏から高校二年の秋まで(昭和三十五年〜三十七年)に経験した五つの出来事が語られる。精米店で働く好青年の恩人捜しに上条姉妹が手を貸したことが、警察をも巻き込む思わぬ騒動に発展する「黄昏の少年」。赤ん坊が生まれつき心臓病を抱えていることに悩み、怪しげな新興宗教に頼ろうとしていた若夫婦に鈴音が〝福音〟をもたらす「冬は冬の花」。海で入水自殺を図り、記憶を失ってしまった女性の〈過去〉が悲しく浮かび上がる「夕凪に祈った日」。そして、掉尾《とうび》を飾る「昔、ずっと昔」では、シリーズファンにはお馴《なじ》染み、警視庁刑事の神楽百合《かぐらゆり》丸《まる》が考古学研究者の兄貴を元気づけるため、鈴音にプライベートな助力を乞《こ》う……。

昭和三十年代を背景とする《わくらばシリーズ》には、郷愁《ノスタルジー》を誘う風俗小説としての面白さが横溢《おういつ》している。しかし一方で、過ぎ去りし〈過去〉が懐旧の情を呼び起こすばかりではないことに、作者の朱川は自覚的だ。思い出すたび美化されて誰も傷つけない幸福な

〈過去〉もあるかもしれない。だが、やはり〈過去〉とは、もはや取り返しのつかないことの積み重ねでもあるのだ。だから「私」は、シリーズ第一集『わくらば日記』の最初の話で、まず一番取り返しのつかないことを話すのだ――「二十七歳でこの世を去るまで、姉さまは悲しい出来事や惨《むご》い光景を、たくさん見なければなりませんでした」と。《わくらばシリーズ》は、すでに決定された〝姉さまの死期〟まで、一話ごと確実に時を刻んでゆく。偶然《わくらば》に得た千里眼能力で、あらゆる人や物事の〈過去〉を見つめ、そこで自分が最善と信じる道を示して〈現在《いま》〉を力強く生きること――上条鈴音の短い生涯の輝きは、彼女がついに見ることが叶《かな》わなかった平成の世に生きるわれわれに眩《まぶ》しく映る。彼女の〝未来への希望〟はいつもわれわれに託されているのだと心して第三巻の幕が上がるときを待ちたい。

＊

――ところで。いったい「私」は、自分と姉さまの少女時代の出来事を誰に向けて語っているのだろう？　僕ら読者に、ではないはずなのだ。姉さまはすでにこの世に亡いとはいえ、彼女の千里眼は時に人から「バケモノみたい」（なんて口の悪い立花刑事！）と言われることもあって、その能力のあることを努めて隠そうとしていた。だから「私」が、姉さまのスーパーナチュラルな能力が絡む〝事件〟を、果たして大勢の人に伝えようとするだろうか。

老境に入る「私」の語り口は、やわらかく、優しく、どこか人を諭《さと》すようでもある。それに、これは誰かが聞き書きしたものではなく、「私」自身が筆をとり、その誰かのために書き綴《つづ》っておいたもののように思えるのだ。

ここから先はさらに、千里眼でない僕の勝手な想像だ。語り手／書き手の「私」こと上条和歌子の姓は、きっと「上条」ではないはずである。いまだ語られぬ〈過去〉に出会った素敵な男性と結婚し、子どもがいて、孫もいる。そして、姉さまにあった千里眼能力の因子は妹の「私」の中にも眠っていて、それが隔世遺伝で孫の一人に伝わっていることが「私」にはわかったのだとしたら……そう、「私」はまだ稚《いとけな》いその子がもうすこし大きくなったとき、亡き姉さまの〝静かなる闘いの記録〟が、きっと良き導きになると思ったのではないだろうか。

本書は二〇〇九年三月、小社より刊行された単行本を文庫化したものです。

わくらば追慕抄《ついぼしょう》

朱川湊人《しゅかわみなと》

平成23年 9月25日　初版発行
令和6年 12月15日　3版発行

発行者●山下直久

発行●株式会社KADOKAWA
〒102-8177　東京都千代田区富士見2-13-3
電話　0570-002-301（ナビダイヤル）

角川文庫 17024

印刷所●株式会社KADOKAWA
製本所●株式会社KADOKAWA

表紙画●和田三造

●お問い合わせ
https://www.kadokawa.co.jp/（「お問い合わせ」へお進みください）
※内容によっては、お答えできない場合があります。
※サポートは日本国内のみとさせていただきます。
※Japanese text only

ISBN978-4-04-373503-7　C0193

角川文庫発刊に際して

角川源義

第二次世界大戦の敗北は、軍事力の敗北であった以上に、私たちの若い文化力の敗退であった。私たちの文化が戦争に対して如何に無力であり、単なるあだ花に過ぎなかったかを、私たちは身を以て体験し痛感した。西洋近代文化の摂取にとって、明治以後八十年の歳月は決して短かすぎたとは言えない。にもかかわらず、近代文化の伝統を確立し、自由な批判と柔軟な良識に富む文化層として自らを形成することに私たちは失敗して来た。そしてこれは、各層への文化の普及滲透を任務とする出版人の責任でもあった。

一九四五年以来、私たちは再び振出しに戻り、第一歩から踏み出すことを余儀なくされた。これは大きな不幸ではあるが、反面、これまでの混沌・未熟・歪曲の中にあった我が国の文化に秩序と確たる基礎を齎らすためには絶好の機会でもある。角川書店は、このような祖国の文化的危機にあたり、微力をも顧みず再建の礎石たるべき抱負と決意とをもって出発したが、ここに創立以来の念願を果すべく角川文庫を発刊する。これまで刊行されたあらゆる全集叢書文庫類の長所と短所とを検討し、古今東西の不朽の典籍を、良心的編集のもとに、廉価に、そして書架にふさわしい美本として、多くのひとびとに提供しようとする。しかし私たちは徒らに百科全書的な知識のジレッタントを作ることを目的とせず、あくまで祖国の文化に秩序と再建への道を示し、この文庫を角川書店の栄ある事業として、今後永久に継続発展せしめ、学芸と教養との殿堂として大成せんことを期したい。多くの読書子の愛情ある忠言と支持とによって、この希望と抱負とを完遂せしめられんことを願う。

一九四九年五月三日

角川文庫ベストセラー

わくらば日記　朱川湊人

私の姉さまには不思議な力がありました。その力は、ある時は人を救いもしましたが、姉さまの命を縮めてしまったのやもしれません。少女の不思議な力が浮かび上がらせる人間模様を、やるせなく描く昭和事件簿。

さよならの空　朱川湊人

女性科学者テレサが開発した化学物質ウェアジゾンによって、夕焼けの色が世界中から消えてしまう事態に。最後の夕焼けを迎える日本で、テレサと小学生トモル、〝キャラメル・ボーイ〟らはある行動に出る……。

銀河に口笛　朱川湊人

昭和40年代。小学三年生の僕らは秘密結社ウルトラマリン隊を結成して、身の周りの事件に挑んでいた。そんなある日、不思議な力を持つ少年リンダが転校してきて——。懐かしくて温かい、少年たちの成長物語。

哀愁的東京　重松　清

破滅を目前にした起業家、人気のピークを過ぎたアイドル歌手、生の実感をなくしたエリート社員……東京を舞台に「今日」の哀しさから始まる「明日」の光を描く連作長編。

みぞれ　重松　清

思春期の悩みを抱える十代。社会に出てはじめての挫折を味わう二十代。仕事や家族の悩みも複雑になってくる三十代。そして、生きる苦みを味わう四十代——。人生折々の機微を描いた短編小説集。

角川文庫ベストセラー

とんび　重松　清

昭和37年夏、瀬戸内海の小さな町の運送会社に勤めるヤスに息子アキラ誕生。家族に恵まれ幸せの絶頂にいたが、それも長くは続かず……高度経済成長に活気づく時代と町を舞台に描く、父と子の感涙の物語。

みんなのうた　重松　清

夢やぶれて実家に戻ったレイコさんを待っていたのは、いつの間にかカラオケボックスの店長になっていた弟のタカツグで……。家族やふるさとの絆に、しぼんだ心が息を吹き返していく感動長編！

ファミレス(上)(下)　重松　清

妻が隠し持っていた署名入りの離婚届を発見してしまった中学校教師の宮本陽平。料理を通じた友人である、一博と康文もそれぞれ家庭の事情があって……50歳前後のオヤジ3人を待っていた運命とは？

さまよう刃　東野圭吾

長峰重樹の娘、絵摩の死体が荒川の下流で発見される。犯人を告げる一本の密告電話が長峰の元に入った。それを聞いた長峰は半信半疑のまま、娘の復讐に動き出す——。遺族の復讐と少年犯罪をテーマにした問題作。

使命と魂のリミット　東野圭吾

あの日なくしたものを取り戻すため、私は命を賭ける——。心臓外科医を目指す夕紀は、誰にも言えないある目的を胸に秘めていた。それを果たすべき日に、手術室を前代未聞の危機が襲う。大傑作長編サスペンス。

角川文庫ベストセラー

夜明けの街で　東野圭吾

不倫する奴なんてバカだと思っていた。でもどうしようもない時もある——。建設会社に勤める渡部は、派遣社員の秋葉と不倫の恋に墜ちる。しかし、秋葉は誰にも明かせない事情を抱えていた……。

ナミヤ雑貨店の奇蹟　東野圭吾

あらゆる悩み相談に乗る不思議な雑貨店。そこに集う、人生最大の岐路に立った人たち。過去と現在を超えて温かな手紙交換がはじまる……張り巡らされた伏線が奇蹟のように繋がり合う、心ふるわす物語。

ラプラスの魔女　東野圭吾

遠く離れた2つの温泉地で硫化水素中毒による死亡事故が起きた。調査に赴いた地球化学研究者・青江は、双方の現場で謎の娘を目撃する——。東野圭吾が小説の常識をくつがえして挑んだ、空想科学ミステリ！

あやし　宮部みゆき

木綿問屋の大黒屋の跡取り、藤一郎に縁談が持ち上がったが、女中のおはるのお腹にその子供がいることが判明する。店を出されたおはるを、藤一郎の遣いで訪ねた小僧が見たものは……江戸のふしぎ噺9編。

お文《ふみ》の影　宮部みゆき

月光の下、影踏みをして遊ぶ子どもたちのなかにぽつんと女の子の影が現れる。影の正体と、その因縁とは。「ぼんくら」シリーズの政五郎親分とおでこの活躍する表題作をはじめとする、全6編のあやしの世界。